L'ENFER À PAYER

LES ENQUÊTES DE DÉTECTIVE KAY HUNTER

RACHEL AMPHLETT

CHAPITRE 1

L'inspectrice Kay Hunter se pencha par-dessus le siège passager de sa voiture, attrapa une paire de vieilles bottines en cuir sur le sol devant le siège, et maudit à la fois le malheureux automobiliste qui avait perdu le contrôle de son véhicule et l'inspecteur Devon Sharp de l'avoir appelée à une heure du matin pour se rendre sur les lieux de l'accident.

— Retrouvez-moi sur place dans trente minutes, avait-il dit avant de raccrocher.

Elle se tortilla sur son siège pour retirer ses chaussures plates, les échangea contre les bottines, et ouvrit brusquement la portière avant de resserrer sa veste cirée autour d'elle, haletant lorsque la pluie lui fouetta le visage.

Elle plissa les yeux face aux phares des véhicules de secours alignés le long de la bande d'arrêt d'urgence de l'autoroute, les gyrophares bleus d'une ambulance clignotant à travers l'averse constante et se reflétant sur les vitres des voitures de patrouille utilisées pour délimiter la zone de l'accident. Plus loin, deux pompiers revenaient de leur camion, le visage grave alors qu'ils enjambaient les restes de la barrière en acier et disparaissaient de vue en descendant le talus.

Chassant les dernières traces de sommeil de ses yeux, elle enfonça ses mains dans ses poches et se mit à chercher son supérieur.

Lorsque l'inspecteur principal Devon Sharp l'avait appelée, la sonnerie stridente de son téléphone portable l'avait tirée de son sommeil et avait fait jurer bruyamment son compagnon, Adam, avant qu'il ne se retourne et tire la couette sur sa tête.

Ses ronflements lui étaient parvenus alors qu'elle se faufilait hors de la chambre.

Maintenant, elle regrettait de ne pas avoir mis une couche de vêtements supplémentaire alors qu'elle arpentait la route.

Un vent violent balayait la section surélevée et exposée de l'autoroute, les champs environnants n'offrant aucun abri face au changement de saison.

En s'approchant de l'ambulance, elle aperçut un agent de police en uniforme debout à côté des portes arrière ouvertes, son visage attentif à l'activité autour de lui. Kay réalisa que l'équipe était à l'intérieur et elle jeta un coup d'œil, curieuse.

Le duo travaillait comme une équipe bien rodée,

une femme plus âgée et un homme plus jeune penchés sur leur patient, leurs voix concises.

Plus loin, à l'avant du véhicule, une radio grésillait ; la voix d'un homme de leur centre de contrôle à Ashford, calme et efficace, transmettait des informations à l'équipe.

L'odeur de désinfectant parvint à Kay tandis qu'elle les regardait travailler, ses yeux parcourant l'équipement autrefois impeccable, se demandant combien de temps il leur faudrait pour nettoyer le véhicule lorsqu'ils retourneraient enfin à la base à la fin d'une longue garde.

— Il a dû être désincarcéré de l'épave.

Kay se retourna à la voix de Sharp.

— Quelles sont ses chances ?

— Traumatisme crânien. Il a fait un arrêt cardiaque pendant qu'ils le remontaient du talus sur une civière. Donc, pas élevées.

Kay protégea ses yeux de la pluie et des lumières vives et scruta l'autoroute.

Un flot intermittent de camions transcontinentaux et quelques voitures occasionnelles passaient le cordon, leur vitesse ralentie par les avertissements affichés sur des portiques plusieurs kilomètres avant le lieu de l'accident.

L'eau de pluie giclait sous leurs roues, formant des flaques au bord de la route où se tenait Kay. Même si elle savait que le cordon avait été érigé à une distance de sécurité, elle fit un pas en arrière lorsqu'un gros camion passa, le souffle d'air bousculant sa silhouette mince.

— D'autres véhicules impliqués ?

— Non. Les agents prennent la déposition d'un chauffeur de camion là-bas, il était garé sur la bande d'arrêt d'urgence quand l'accident s'est produit.

Ils se retournèrent tous les deux en entendant un appel de l'ambulance, et le plus jeune des ambulanciers se pencha pour leur parler.

— On l'a stabilisé. On va y aller maintenant.

— Merci, dit Sharp. Où est-ce que vous l'emmenez ? Maidstone ?

— Oui, c'est là qu'on nous a dit de le conduire.

L'ambulancier descendit au sol et se prépara à fermer les portes arrière.

— Je ne retiendrais pas mon souffle quant à ses chances de s'en sortir, cependant.

Sharp tourna son attention vers le jeune agent en uniforme.

— Allez avec eux. S'il parle, je veux le savoir.

— Oui, chef.

L'ambulancier attendit que l'agent de police soit monté, puis se dirigea vers la portière du conducteur.

Kay et Sharp s'écartèrent pour laisser le véhicule manœuvrer hors du cordon avant de s'engager sur l'autoroute, ses sirènes hurlant pour se frayer un chemin entre les camions.

Kay le regarda disparaître au loin, puis tapa du pied et se tourna vers Sharp.

Ancien militaire, il était impeccablement habillé malgré l'heure. Seuls ses yeux troubles trahissaient le fait qu'il avait lui aussi été réveillé au milieu de la nuit.

Kay plissa les yeux en réalisant qu'il portait même une cravate.

Elle se sentait négligée en comparaison.

— Venez jeter un coup d'œil, dit-il, ne remarquant pas son malaise, et il la conduisit vers le bord du talus.

Les autres services d'urgence avaient installé deux projecteurs en haut de la colline pour permettre à l'équipe de pompiers de travailler à la désincarcération du conducteur du véhicule. Sauver sa vie avait pris le pas sur la préservation de la scène pour la brigade criminelle, et Kay pouvait bien imaginer ce que dirait l'enquêteuse en chef en voyant l'état des sous-bois.

De grandes empreintes de pas descendaient du bord de la route, et lorsque Kay sortit sa lampe de sa poche et l'alluma, le faisceau mit en évidence la dévastation totale laissée par le passage du véhicule, suivi dans l'heure par une équipe de premiers intervenants.

— Quelles sont leurs premières hypothèses sur ce qui s'est passé ?

— Selon le chauffeur du camion garé là-bas, il a vu la voiture dévier vers la gauche dans ses rétroviseurs, il pensait qu'elle allait le percuter. Il semble que le conducteur de la voiture ait essayé de corriger sa trajectoire au dernier moment, mais qu'il ait perdu le contrôle et se soit retrouvé à traverser la barrière en tête-à-queue. La police de la route a déjà examiné le point d'impact et remonté la trace, il y a de l'huile sur la route, plus la graisse accumulée ces deux dernières semaines.

Kay acquiesça. Après une fin d'automne particulièrement sèche, une soudaine averse avait soulevé toute la crasse des routes et créé des conditions dangereuses pour les automobilistes imprudents.

Évitant les bords brisés de la barrière, ils se déplacèrent vers un endroit qui ne bloquerait pas la sortie de l'équipe du véhicule accidenté vers l'autoroute, et ils s'arrêtèrent un moment, observant les activités en contrebas.

— Qu'est-ce qui a poussé la police de la route à signaler ça comme une scène de meurtre ? cria Kay par-dessus le vent hurlant.

En réponse, Sharp tendit la main pour prendre sa lampe de poche avant de faire quelques pas de plus jusqu'à ce qu'il soit à un angle différent par rapport à la voiture, et il balaya le faisceau sur l'arrière du véhicule.

Un bras pâle s'échappait du coffre et passait par-dessus la plaque d'immatriculation arrière dans un angle impossible.

— Elle, dit-il.

CHAPITRE 2

Sharp s'approcha de la barrière et siffla en direction de l'équipe de la brigade criminelle en contrebas.

L'une des silhouettes vêtues d'une combinaison blanche se redressa au son, puis pointa du doigt vers sa droite et en haut de la berge.

— Bien. Harriet a enfin mis en place un chemin délimité.

Ils enfilèrent des combinaisons et des couvre-chaussures provenant d'une boîte de fournitures laissée à côté de la barrière, le fin matériau claquant au vent contre leurs propres vêtements, puis Kay attacha ses cheveux et suivit Sharp le long de la pente, consciente que si elle n'était pas prudente, elle glisserait sur la végétation humide et dévalerait le reste du chemin sur son postérieur.

Les projecteurs fournissaient suffisamment de lumière pour se déplacer en sécurité le long du chemin, alors Kay dirigea sa lampe torche vers sa droite, suivant le sillage que le véhicule avait creusé dans la végétation en plongeant jusqu'à l'endroit où il gisait maintenant.

Elle avait vu de graves accidents de la route au cours de sa carrière dans la police, et elle laissa échapper un faible halètement en observant l'étendue des dégâts.

— C'est un miracle qu'il ait survécu, n'est-ce pas ? dit Sharp par-dessus son épaule.

— Oui. Il a dû être ballotté comme une poupée de chiffon.

En s'approchant du pied du talus, Kay remarqua qu'une clôture en fil de fer séparait le terrain de l'agence des autoroutes de celui d'un champ agricole.

Le paysage au-delà de la portée des projecteurs semblait avoir été abandonné depuis la période des récoltes, la terre laissée en jachère et nue.

Kay frissonna lorsqu'une rafale de vent froid la frappa et fit osciller les portiques de part et d'autre, puis elle reporta son attention sur le lieu de l'accident.

Elle ne pouvait qu'imaginer la tâche titanesque qui attendait l'équipe de Harriet — ce n'était que maintenant que le conducteur de la voiture était en route pour l'hôpital que les enquêteurs pouvaient faire leur travail. Leur tâche serait exacerbée par le fait qu'au moins douze autres personnes avaient piétiné la zone désormais délimitée depuis l'accident.

Une tente avait été dressée à l'arrière du véhicule pendant qu'elle et Sharp discutaient en haut du talus, et en s'approchant, Kay put voir Harriet debout sur le côté, en train de donner des instructions à son équipe pendant qu'ils installaient une seconde tente au-dessus de la portière du conducteur. Un photographe se déplaçait d'un côté à l'autre de la voiture, le flash de son appareil illuminant la scène par à-coups de lumière qui rebondissaient sur les troncs des arbres voisins et projetaient des silhouettes parmi ses collègues.

Harriet jeta un coup d'œil par-dessus son épaule lorsqu'ils s'approchèrent du cordon, puis se dirigea vers eux, sa progression entravée par les branches d'arbres et les épaisses lianes qui recouvraient le sol boueux.

— Bonsoir, inspecteurs.

— Harriet.

Sharp inclina le menton vers le véhicule.

— Qu'est-ce que vous avez trouvé jusqu'à présent ?

L'enquêteuse de la Crim' abaissa son masque en papier.

— Une femme, la mi-vingtaine à première vue. Enveloppée dans une bâche en plastique noir maintenue par du ruban adhésif. Des contusions au visage, qui n'ont évidemment pas été causées par l'accident, trop peu de temps s'est écoulé. Je ne vois pas de liens autour de ses poignets. Je vais laisser

Patrick finir les photographies préliminaires, et ensuite nous y regarderons de plus près.

— Merci.

Sharp se tut tandis que Harriet remettait son masque et retournait vers la petite tente, sa combinaison blanche couverte d'éclaboussures de boue des genoux jusqu'en bas.

Kay renifla l'air, un mélange capiteux de carburant répandu et des effluves terreuses du champ voisin. Elle jeta un coup d'œil en haut du talus au son de freins pneumatiques et aperçut un grand camion de remorquage s'arrêter près de la barrière, ses feux de détresse clignotant. Elle regarda sa montre et se demanda s'ils auraient fini à temps avant le lever du soleil.

La dernière chose dont ils auraient besoin serait que la scène de crime ralentisse les déplacements du matin et se retrouve aux informations avant qu'ils ne puissent travailler avec l'équipe médiatique pour coordonner une réponse structurée.

D'un autre côté, précipiter l'examen médico-légal du véhicule alors qu'il était encore sur place serait une catastrophe. Les prochaines heures étaient cruciales pour recueillir autant de preuves que possible.

Le photographe s'approcha de l'endroit où Kay et Sharp se tenaient, puis abaissa son appareil.

— Ok, Harriet, j'ai toutes les photos préliminaires, cria-t-il en direction de la voiture. Il te faut autre chose autour du périmètre ?

— Non, c'est bon. Allons-y et voyons ce que nous avons. Charlie, tu peux rapprocher l'un de ces projecteurs ?

Un technicien s'éloigna du groupe, donna une tape sur le bras d'un collègue en passant et pointa du doigt loin de la voiture, avant que les deux silhouettes ne saisissent le projecteur le plus proche et ne le traînent vers l'arrière du véhicule.

Une fois satisfaite que l'installation d'éclairage avait été sécurisée pour que le vent ne la fasse pas tomber sur quelqu'un, Harriet se remit au travail.

Kay retint son souffle, la tentation de soulever la bande entre elle et le véhicule tempérée par la connaissance qu'elle ne pouvait pas simplement s'imposer dans le travail de Harriet.

De leur position au cordon, Kay devait tendre le cou pour essayer de voir ce que Harriet faisait.

La femme parlait à son équipe tout en travaillant, sa voix basse portée par le vent tandis qu'elle pointait différentes parties du véhicule et mettait ses collègues au travail pour prélever des échantillons et placer tout dans des sacs à preuves afin de commencer leur tâche ardue d'enregistrement de chaque infime détail.

Au bout d'une demi-heure, Harriet releva la tête de l'arrière de la voiture et leur fit signe d'approcher.

— Ok, venez jeter un coup d'œil.

Sharp souleva la bande pour que Kay et lui puissent passer dessous, et ouvrit la marche vers la voiture.

Ses yeux parcoururent le véhicule à mesure qu'elle s'approchait, les bosses et les éraflures causées par la violence du crash encore plus évidentes sous les ampoules crues des portiques d'éclairage.

Elle laissa Sharp parler avec Harriet pendant qu'elle faisait le tour de la voiture pour examiner les dégâts sur la carrosserie.

La portière côté passager avait été arrachée de ses gonds et gisait plus haut sur le talus par rapport à l'endroit où le véhicule avait fini par s'immobiliser, un flot constant de débris dégringolant parmi les broussailles tandis que trois des collègues de Harriet se dépêchaient d'en ramasser le plus possible avant que le vent ne s'en empare.

Contournant l'arrière de la voiture, elle rejoignit Sharp aux côtés de Harriet.

Il fit un pas de côté et désigna le corps de la femme.

— Elle n'avait aucune chance.

Kay baissa les yeux.

La femme semblait avoir une vingtaine d'années, son corps nu enveloppé dans le plastique noir avant d'être jeté à l'arrière de la voiture.

Harriet avait découpé le ruban adhésif qui maintenait le plastique, exposant le corps meurtri et battu de la femme. Des coupures et des marques couvraient sa pommette gauche et son orbite, son visage détourné d'eux.

— Nous allons terminer ici et l'amener à Lucas

dès que possible, dit Harriet. Mais gardez à l'esprit que nous devons prélever des échantillons de toute la voiture et rassembler tout ce qui se trouve sur sa trajectoire. Nous en avons encore pour un moment.

— Compris, dit Sharp.

Kay changea de pied d'appui, ignorant l'humidité qui commençait à s'infiltrer à travers les surchaussures de protection et dans le cuir de ses bottines.

— Je ne me souviens pas d'affaires similaires à celle-ci, et vous, chef ?

— Non. C'est ce qui m'inquiète.

Elle se tourna vers Sharp. Elle faisait presque la même taille que lui, mais il se tenait un peu plus haut sur la pente, si bien qu'elle dut lever le menton. Son visage était préoccupé.

— Vous pensez qu'il a déjà fait ça avant ?

— Peut-être.

— C'est peut-être un cas isolé, une affaire domestique.

Il haussa les épaules.

Kay soupira et fit de nouveau face à la voiture.

Peu importe ce que pensait Sharp, leur première priorité serait d'identifier le conducteur et sa victime avant de déterminer d'où ils venaient.

Et où il l'emmenait.

L'idée qu'ils aient pu passer à côté d'un tueur expérimenté avec plusieurs sites d'inhumation éparpillés autour de la ville du comté lui donna des frissons dans le dos.

Et s'il n'avait pas eu d'accident ?

Quand aurait-il été attrapé, et combien d'autres victimes y aurait-il eu ?

— Il a intérêt à survivre à l'opération, marmonna-t-elle.

CHAPITRE 3

Le lendemain matin, les yeux encore embués par le manque de sommeil, Kay leva la tête de son ordinateur en entendant le sifflement discret de Sharp, puis elle fit rouler sa chaise jusqu'à l'endroit où le reste de l'équipe d'enquête commençait à se rassembler.

Elle fit un signe de tête à l'enquêteuse Carys Miles, dont les cheveux noirs tombaient sur ses épaules – une nouvelle coupe pour elle, qu'elle avait avoué à Kay essayer uniquement pour les mois d'hiver à venir.

— Il fait trop chaud en été pour avoir les cheveux longs, avait-elle grommelé. Mais au moins, je peux garder mon cou au chaud maintenant.

Kay avait ri à ce commentaire – elle ressentait le froid de l'hiver dès la fin septembre et n'envisagerait jamais de couper ses cheveux blonds plus courts que leur longueur actuelle. Son seul compromis était de garder sa frange courte pour au moins voir ce qu'elle faisait au quotidien sans qu'elle ne la gêne.

Gavin Piper et Ian Barnes, deux autres enquêteurs, les rejoignirent, le plus jeune des deux – Gavin – choisissant de se percher sur un bureau voisin, son carnet et son stylo prêts à l'emploi.

Il avait réussi ses examens le mois précédent avec brio et faisait désormais partie intégrante de l'équipe d'enquête du commissariat de la ville du comté. Naïvement, Piper avait pensé que les taquineries de ses collègues cesseraient dès qu'il ne serait plus stagiaire, mais Barnes avait d'autres idées, d'autant plus que le grand et bel homme faisait l'objet de tous les commérages parmi les membres féminins du personnel administratif et était connu pour passer la plupart de son temps libre à surfer sur la côte des Cornouailles. Il gardait ses cheveux blonds à la longueur réglementaire, mais ils avaient toujours tendance à partir en épis à cause de la quantité d'eau salée à laquelle ils avaient été exposés pendant les mois d'été, accentués par le bronzage profond qui s'accrochait encore à sa peau.

Kay considérait le plus âgé d'entre eux, Barnes, comme le ciment de l'équipe.

On pouvait compter sur Barnes pour détendre l'atmosphère quand c'était nécessaire, mais il imposait aussi un énorme respect parmi les détectives et le personnel administratif réunis. Dans la cinquantaine, il était policier depuis ses vingt ans et ses connaissances de la région et de son histoire avaient été maintes fois sollicitées lorsque Kay avait travaillé à ses côtés. Il avait confié à Kay qu'il avait commencé à fréquenter quelqu'un avant l'été, une avocate spécialisée dans les transactions immobilières qu'il avait rencontrée par l'intermédiaire d'amis, et il semblait que la romance s'était épanouie.

Kay prit son carnet et son stylo, tourna une page vierge et s'installa confortablement dans son siège tandis que Sharp commençait.

— Bien, pour ceux d'entre vous qui n'étaient pas sur les lieux hier soir, je vais vous faire un rapide résumé, dit-il.

Il épingla une série de photographies en couleur de la scène de l'accident sur le tableau blanc à côté de lui.

— À vingt-deux heures dix hier soir, la police de la route a été appelée pour un accident de voiture sur la M20, environ quatre cents mètres après la sortie de Harrietsham. À leur arrivée, le conducteur était inconscient, mais toujours en vie, et les équipes de pompiers et d'ambulanciers ont travaillé pour le libérer de l'épave et l'emmener à l'hôpital. Il est actuellement à l'hôpital de Maidstone dans un coma artificiel après six heures de chirurgie.

Il fit une pause pour permettre à l'équipe de rattraper sa prise de notes, puis épingla trois autres photographies au tableau.

— À l'arrière de la voiture, le corps de cette femme a été trouvé.

Un silence remplit la salle des opérations tandis que l'équipe fixait les photographies.

— L'hôpital a confirmé qu'ils avaient dû retirer la rate du conducteur, et on m'a dit qu'il avait également une jambe cassée et qu'il aura besoin d'une nouvelle intervention chirurgicale pour la fixer en temps voulu. Ils le maintiennent dans un coma artificiel pour essayer de réduire le gonflement de sa blessure à la tête, il semble qu'il se soit cogné le crâne contre la vitre de la voiture quand elle a dévalé le talus.

— Quelles sont ses chances ? demanda Kay.

— Limitées, mais dès que nous aurons confirmation de l'hôpital qu'il est conscient, nous prendrons des dispositions pour l'interroger officiellement.

Un murmure parcourut la salle des opérations. Cela rendrait leur travail plus difficile s'ils ne pouvaient pas interroger le conducteur, et bien qu'aucun d'entre eux ne lui souhaite du mal, ils voulaient aussi que justice soit rendue pour la victime de l'homme.

L'inspecteur principal attendit que leurs voix se soient calmées.

— Carys, est-ce que quelque chose est apparu sur le fichier national de la police concernant l'immatriculation de la voiture ?

Elle secoua la tête.

— Il n'y a rien qui ressemble à un lien, chef, mais certains des dossiers de la base de données de l'agence d'immatriculation des véhicules sont un vrai fouillis, donc j'ai fait une demande auprès d'eux. Il ne semble pas que ce soit une voiture de location, cependant. J'espère obtenir des informations plus claires de leur part bientôt.

— D'accord. En attendant, les empreintes digitales du conducteur ont été relevées, mais nous n'avons rien trouvé, dit Sharp. Il n'apparaît pas dans notre système. Il n'avait ni portefeuille ni pièce d'identité sur lui, et rien n'a été trouvé dans la voiture. Deux téléphones portables ont été localisés dans la voiture, cependant, et ils ont été transmis à l'équipe de criminalistique numérique d'Andy Grey au quartier général. Nous les aurions apportés comme preuves ici, mais ils ont été écrasés dans l'accident, et nous avions besoin de l'expertise de Grey pour extraire les informations que nous pouvions en tirer. L'équipe de Harriet a trouvé un autre téléphone dans les broussailles qui portait les empreintes digitales de la victime féminine. Grey a confirmé il y a quinze minutes que le dernier appel passé sur l'un des téléphones dans la voiture a été fait vers le téléphone de la victime.

— Mais pourquoi l'appellerait-il ? dit Barnes. Il savait où elle était, dans le coffre de sa voiture.

— Peut-être qu'il la connaissait et qu'il l'a appelée avant de la tuer ? suggéra Kay.

— Ou c'était un délit de fuite ? dit Gavin.

Il secoua la tête.

— Non, ça n'a pas de sens.

— Et la femme ? Des informations à son sujet ? demanda une enquêteuse à la périphérie du petit groupe, son stylo en suspens.

— Aucune. Là encore, ses empreintes digitales ont été relevées, mais elle n'apparaît pas dans le système, Debbie, dit Sharp. Donc, est-ce que vous pouvez faire circuler les empreintes à nos collègues du Sussex, de l'Essex et de la police de Londres pour commencer, pour voir s'ils ont quelque chose pour nous ? Élargissez la recherche s'ils n'ont rien. Lucas Anderson prévoit de faire l'autopsie demain matin, donc nous devrons attendre de voir si cela nous apporte quelque chose pour nous aider, comme des dossiers dentaires et autres.

— Je m'en occupe, chef.

Debbie West soutenait régulièrement l'unité des crimes majeurs, et Sharp recherchait toujours sa présence parmi le personnel en uniforme de la station si elle était disponible.

Diligente et l'une des utilisatrices les plus talentueuses de la base de données HOLMES2 sur laquelle l'équipe s'appuyait pour gérer toute enquête, Debbie dégageait un certain calme au milieu des dynamiques d'équipe souvent tendues.

L'attention de Sharp se reporta sur les détectives.

— Pendant que Debbie s'occupe de l'angle des

empreintes digitales, Carys, vous et Gavin, commencez à travailler avec les personnes disparues pour voir si notre victime apparaît dans ces bases de données. Harriet a envoyé par e-mail quelques photographies de la scène d'hier soir, vous pouvez donc les utiliser. Encore une fois, élargissez votre recherche si elle n'apparaît pas dans le Kent.

— D'accord.

— Pendant que Carys s'occupe de l'enregistrement de la plaque d'immatriculation, nous devons retracer le parcours de cette voiture, dit Sharp. Gavin, occupez-vous des caméras LAPI. Demandez-leur de tracer le parcours de la voiture depuis son dernier point connu sur la M20 jusqu'à son point de départ. Reliez ça aux caméras de surveillance locales et voyons si nous pouvons déterminer les déplacements du conducteur.

— Oui, chef.

— Carys, parlez aux agents en uniforme. Dès que Gavin aura un point de départ, nous aurons besoin de leur aide. On ne sait pas à quoi on a affaire, mais ça va demander de la main-d'œuvre. Je vais parler du budget au commandant divisionnaire Larch.

— Kay, Barnes, dès que nous aurons une identification du conducteur, vérifiez la base de données pour voir si nous avons une trace de lui dans le système et s'il a des connaissances connues. Nous allons sans doute rendre visite à certains dans les jours à venir, donc j'aimerais avoir une mise à jour sur l'endroit où nous pouvons les trouver. En attendant, vous pouvez aider Gavin en examinant les images de vidéosurveillance locales quand nous les aurons.

— Compris.

— Bien.

Sharp regarda sa montre.

— Nous aurons un autre briefing à dix-sept heures. Voyons ce que nous aurons réussi à rassembler d'ici là.

CHAPITRE 4

Kay s'approcha du distributeur d'eau et remplit deux gobelets en plastique avant de rejoindre le petit groupe rassemblé autour du tableau blanc à l'autre bout de la salle des opérations.

Le soleil d'hiver était passé sous l'horizon depuis plus d'une heure, le ciel changeant du gris pâle au noir en quelques minutes.

Kay consulta sa montre. Elle avait oublié de manger et espérait que le dernier briefing de la journée serait bref.

— Tiens, dit-elle en tendant l'un des gobelets à Barnes.

— Merci.

Les superviseurs de l'équipe chargée d'examiner les images LAPI et de vidéosurveillance étaient présents, ainsi que plusieurs membres du personnel administratif du quartier général chargés d'assurer la liaison avec les agents en uniforme.

Kay bâilla, la salle des opérations bondée devenant rapidement étouffante en raison d'une combinaison de chauffage central capricieux et d'un manque de ventilation. Elle et le reste de l'équipe fonctionnaient au café et à l'adrénaline toute la journée, et malgré ses efforts, l'épuisement commençait à s'installer.

Sharp siffla fort une seule note pour mettre fin aux nombreuses conversations feutrées, et tout le monde tourna son attention vers l'avant de la salle où il se tenait.

— Merci. Debbie, vous pouvez baisser les lumières ? Je vais vous montrer les images que nous avons obtenues des caméras.

Il appuya sur une télécommande, et une vue aérienne de Maidstone apparut sur le mur à côté de lui, la lumière du projecteur accrochant l'épaule de sa veste alors qu'il se déplaçait sur le côté.

— Je remercie nos collègues en uniforme qui ont travaillé toute la journée pour nous rassembler tout cela. Nous allons commencer par le site de l'accident et remonter en arrière. Comme vous pouvez le voir sur cette image, nous avons beaucoup de terrain à couvrir.

Kay réprima sa fatigue, sachant qu'elle devait rester concentrée. Qui que soit le conducteur, elle ne se détendrait pas tant qu'il ne serait pas condamné et mis à l'écart pour très longtemps.

La lumière ambiante dans la pièce baissa et vacilla lorsque Sharp passa à l'image suivante.

— Ceci a été pris lorsque le véhicule est passé sous le pont du chemin de fer, dit-il, et il continua à changer les images tout en commentant, utilisant un pointeur laser pour tracer les détails. Le conducteur a quitté Maidstone par l'A229 pour rejoindre l'autoroute. Avant cela, nous avons des images de vidéosurveillance le situant ici.

Son auditoire se pencha en avant d'un seul mouvement.

À l'écran, on voyait une image granuleuse du véhicule en train de passer dans une rue vide, mais seule la calandre avant de la voiture était visible.

— C'est où ça, chef ? demanda Gavin.

— Wheeler Street. Elle part de Holland Road. Malheureusement, les entrepreneurs responsables de l'entretien des caméras de vidéosurveillance dans ce secteur n'ont pas respecté leur planning, et il nous manque au moins vingt minutes.

Il passa à l'image suivante.

— Pour l'instant, nous n'avons aucune idée de l'endroit où se trouvait le véhicule entre cette position connue précédemment sur l'A26 et l'endroit où nous l'avons repéré dans Wheeler Street.

— C'est suffisant pour tuer et cacher un corps dans la voiture, réfléchit Kay à voix haute.

— Si c'est là qu'il l'a tuée, oui. Une partie de la mission des agents en uniforme demain matin sera de parler aux propriétaires des entreprises le long de Wheeler Street et de Holland Road pour voir si quelqu'un a des images de caméra qui pourraient nous aider. S'ils en ont, nous essaierons de combler les lacunes en utilisant les informations disponibles.

Malgré l'optimisme de Sharp, Kay pouvait entendre la frustration sous-jacente. C'était une tâche longue et laborieuse et pendant ce temps-là, ils piétineraient en attendant les résultats.

— En remontant plus loin, dit Sharp, nous avons localisé la voiture à un rond-point à Mereworth. Elle disparaît ensuite, encore une fois en raison du manque de couverture des caméras, et nous la reprenons ici, à la périphérie de Tonbridge, son point de départ.

Une rue sombre apparut, ses trottoirs bordés d'une variété de voitures devant des maisons mitoyennes serrées.

— Nous aurons des équipes d'agents en uniforme mobilisées demain matin pour aider aux enquêtes de porte-à-porte à Tonbridge, dit Sharp. La première équipe sortira tôt pour essayer de joindre le plus de personnes possible avant les obligations professionnelles ou scolaires. Une deuxième équipe partira à dix-huit heures pour aller dans les maisons où nous n'aurons pas obtenu de réponse lors de la session du matin. Toutes les déclarations seront saisies dans le système par le personnel administratif du quartier général au fur et à mesure qu'elles arriveront des équipes sur le terrain. Kay, Carys, dès que nous aurons la confirmation des enquêtes de porte-à-porte sur la maison à laquelle appartient ce véhicule, je veux que vous fassiez la perquisition officielle de la propriété. Je vais faire autoriser les mandats nécessaires, mais cela signifie que vous devrez rejoindre l'équipe à Tonbridge demain matin pour pouvoir agir immédiatement. Nous demanderons à Barnes ou Gavin de vous apporter le mandat de perquisition. Ce serait peut-être une bonne idée que vous accompagniez les agents en uniforme, que vous parliez aux voisins pour prendre une longueur d'avance.

— Oui, chef.

— J'aurai Harriet et son équipe en attente pour effectuer une recherche médico-légale.

Kay hocha la tête, mais ne répondit pas. S'il s'avérait que la femme avait été assassinée dans la propriété, tout l'endroit serait immédiatement bouclé pendant que la brigade criminelle fouillait le bâtiment.

Sharp éteignit le projecteur et jeta le pointeur laser sur le bureau à côté de lui tandis que les lumières étaient rallumées.

— Bien. À demain, tout le monde. Ne soyez pas en retard.

CHAPITRE 5

Kay poussa un soupir en s'extirpant de la voiture, la nuit tardive et le réveil matinal qui avait suivi commençant enfin à se faire sentir.

Adam, son compagnon, avait garé son 4x4 sur l'allée en gravier plutôt que dans le garage devant la maison dont il avait hérité d'une cliente âgée reconnaissante, et elle dut se faufiler entre les deux véhicules pour atteindre la porte d'entrée.

Elle remarqua que l'arrière du 4x4 était ouvert, alors elle changea d'avis et longea le côté du véhicule jusqu'à atteindre le garage, puis elle se dirigea vers la cuisine par une porte intérieure.

Adam était accroupi sur le sol, dos à elle, une structure en bois rectangulaire posée à côté de lui. Il jeta un coup d'œil par-dessus son épaule lorsqu'elle referma la porte derrière elle.

— Salut, dit-il. J'ai cru entendre ta voiture dans l'allée.

Il se redressa, et Kay leva son visage vers lui avant qu'il ne l'embrasse.

Elle baissa les yeux vers la structure en balsa.

— Qu'est-ce que c'est cette fois-ci ?

Il sourit.

— Quelque chose que tu vas vraiment aimer. Mignon et tout doux.

Il passa une main dans ses cheveux noirs en bataille, les yeux pétillants.

Kay regarda autour d'elle et réalisa que la boîte était en fait une petite cage avec un espace fermé à une extrémité et un grillage recouvrant l'autre moitié. Adam avait étalé du papier journal sous la partie ouverte.

Adam se dirigea vers le plan de travail de la cuisine et fouilla dans un sac en plastique, avant de se retourner avec deux bols en céramique dans les mains. Il en tendit un à Kay.

— Tu veux bien remplir celui-ci d'eau ? Il fait trop froid pour les laisser dehors, mais ils devraient être bien ici.

Kay posa son sac à main sur le comptoir et fit couler l'eau froide jusqu'à ce que le bol soit rempli aux trois quarts, se demandant ce qu'il avait ramené.

En tant que l'un des vétérinaires les plus en vue de la ville, Adam avait l'habitude de ramener son travail à la maison – littéralement. Elle avait eu quelques mois de répit depuis la dernière fois qu'ils avaient hébergé l'un de ses patients – un dogue allemand qui avait mis bas une portée de chiots en bonne santé au même endroit où se trouvait désormais la cage. Le pire invité avait été un serpent qui s'était échappé et qui avait acquis un statut légendaire parmi les collègues d'Adam.

On ne lui avait pas proposé une nouvelle visite.

Elle s'accroupit à côté d'Adam alors qu'il soulevait une trappe intégrée dans la partie grillagée de la cage et prit le bol qu'elle lui tendait avant de le placer dans le coin le plus éloigné d'eux.

Il ajouta le deuxième bol, dans lequel il avait versé un mélange de graines et de céréales.

Kay resta sur ses talons et attendit.

— Je pense qu'ils sont encore en train de s'habituer à leur nouvel environnement, dit Adam. Ils sont assez amicaux, une fois qu'ils s'habituent à toi.

Kay ouvrit la bouche pour lui demander qui étaient « ils », mais elle se tut lorsqu'un museau apparut de la partie fermée de la cage et renifla l'air.

Un cochon d'Inde de couleur sable sortit alors de l'obscurité et traversa le journal en direction du bol d'eau, rapidement suivi par un cochon d'Inde noir et blanc plus petit qui tournait autour de son compagnon avant de renifler la nourriture.

— Comment s'appellent-ils ?

— Bonnie et Clyde, dit Adam en se dirigeant vers

le réfrigérateur avant d'en sortir une bouteille à moitié pleine de sauvignon blanc.

Kay ricana, puis se leva tandis qu'Adam revenait vers elle et lui tendait un verre de vin.

— Comment se fait-il qu'ils soient ici ?

Adam utilisa son verre de vin pour désigner le plus gros des deux cobayes, celui de couleur sable.

— Clyde a une infection de la peau, et ça peut être contagieux, donc la famille ne voulait pas que leurs autres cochons d'Inde l'attrapent. Ils en ont huit au total. Bonnie a toujours partagé une cage avec lui, donc on la garde en observation pendant quelques jours, au cas où. Clyde a une pommade qu'il faudra appliquer deux fois par jour, mais je me suis dit que comme ils répondaient aux critères de « mignon et tout doux », ça ne te dérangerait pas de t'occuper d'eux pendant mon absence ? La clinique est pleine, pas de place pour eux, j'en ai peur.

— Pas de problème, ce sera agréable d'avoir de la compagnie pendant ton absence. Au moins, ils ne voleront pas la télécommande quand j'aurai le dos tourné.

Il leva les yeux au ciel.

— Je n'ai aucun doute que, dès que j'aurai franchi cette porte d'entrée, tu les auras tous les deux sur le canapé avec toi chaque soir. Ne les gâte pas trop, d'accord ? Ils suivent un régime spécial.

Elle lui tira la langue puis esquiva sa tentative de lui attraper le bras, en riant.

— Je vais me changer. Je reviens dans une minute.

— J'avais pensé faire quelque chose de simple comme des pâtes ce soir, ça te va ?

— Fantastique, merci.

Elle posa son verre de vin avant de prendre son sac à main et de se diriger hors de la cuisine pour monter les escaliers jusqu'à la chambre principale à l'arrière de la maison.

En bas, elle pouvait entendre la voix grave d'Adam qui essayait de persuader les cochons d'Inde de manger, et elle sourit en enfilant un jean et un sweat-shirt et en triant du linge à laver.

Il avait raison – elle apprécierait de s'occuper des créatures poilues pendant son absence.

Il attendait avec impatience la conférence à Aberdeen depuis qu'il avait réservé son billet près de cinq mois auparavant ; l'événement lui donnerait l'occasion de se mêler à ses pairs, ce qu'il avait rarement l'occasion de faire en dehors de son cercle habituel de contacts, et elle savait qu'il était impatient d'absorber les connaissances dont il serait entouré. Le fait que l'événement inclue également un week-end signifiait qu'il y aurait de nombreuses opportunités de réseauter lors de rencontres informelles plutôt que dans la cohue des séminaires programmés.

Rassemblant la pile de vêtements sombres qu'elle avait triée, elle redescendit à la cuisine et chargea la machine à laver avant de reprendre son verre de vin, l'arôme de l'ail et de l'oignon chauffant dans une poêle emplissant l'air.

Pendant qu'Adam s'affairait à préparer leur dîner, elle s'accroupit de nouveau près de la cage et passa son doigt à travers le grillage.

Le plus petit des deux cochons d'Inde, Bonnie, traversa le journal en trottinant et toucha le doigt de Kay avec son nez, avant de retourner à la nourriture.

— Ils sont mignons.

— Je savais que tu les apprécierais.

Adam goûta la sauce pour pâtes avec une cuillère en bois, puis ajouta du sel et recommença à remuer.

— Si tu leur donnes une poignée de cette nourriture spéciale avant d'aller travailler le matin, ils seront bien toute la journée tant qu'ils ont assez d'eau. Ils peuvent aussi avoir des restes de légumes. J'ai pris une pile de journaux à la clinique, donc tu ne devrais pas en manquer.

Il désigna la pile de journaux qu'il avait laissée sur le plan de travail le plus proche de la porte de derrière, puis lui fit un clin d'œil.

— Souviens-toi juste qu'on doit les rendre.

Kay rit.

— Je sais. Ne t'inquiète pas, j'ai déjà beaucoup à faire au travail en ce moment. Je n'ai pas le temps pour un animal de compagnie à plein temps.

Adam haussa un sourcil, et elle entreprit de lui raconter ce qu'elle pouvait à propos de son excursion nocturne sur la M20 et de son départ matinal ce matin-là.

— Et personne ne sait qui elle est ?

Kay secoua la tête en le regardant servir leur dîner.

— Non. Mais je vais le découvrir. Je vais découvrir pourquoi il lui a fait ça.

— C'est généralement ce que tu fais.

CHAPITRE 6

En raison des véhicules des résidents qui occupaient déjà la rue étroite de maisons mitoyennes, Kay avait dû garer la voiture de service à quatre cents mètres de l'endroit où le van d'intervention avait été installé le lendemain matin.

Elle et Carys avaient choisi de prendre un chemin détourné pour revenir là où des équipes d'agents en uniforme faisaient du porte-à-porte, essayant de localiser l'adresse exacte du conducteur blessé. Elles entendaient déjà des retours par radio indiquant que les voisins semblaient ne pas bien se connaître et, jusqu'à présent, aucune information exploitable n'avait été recueillie.

Une brise glaciale ébouriffait les cheveux de Kay alors qu'elles tournaient au coin de la rue où le véhicule avait été vu pour la dernière fois sur les caméras de surveillance, et elle baissa la tête face à l'assaut du vent.

— Cette fichue rue est conçue comme un moulin à vent, dit Carys en boutonnant sa veste.

Kay marmonna son accord, mais son attention était fixée sur les maisons de chaque côté de leur chemin.

Devant la plupart d'entre elles, une petite surface pavée séparait la propriété du trottoir sur lequel elles marchaient. Certaines avaient été entourées d'un muret bas ou d'une haie pour donner aux résidents un semblant d'intimité par rapport à la rue et avaient été décorées de petites collections de plantes en pot. D'autres étaient à nu, exposant du béton fissuré et des mauvaises herbes qui semblaient dominer le chemin menant aux portes d'entrée des maisons.

Elle tendit le cou pour voir jusqu'au bout de la rue.

La caméra qui avait enregistré le passage de la voiture était placée sur le côté d'une épicerie de quartier, sous un panneau publicitaire indiquant que le premier étage était à louer.

Deux agents en uniforme sortirent d'une des propriétés un peu devant Kay et Carys et attendirent près d'une mince haie de troènes pour les laisser passer. Kay reconnut l'un d'eux comme un jeune agent stagiaire avec qui elle avait travaillé six mois auparavant.

Il avait déjà vieilli avec le métier et ne ressemblait

plus à l'adolescent maigrichon qu'elle avait rencontré auparavant.

— Agent Parker, n'est-ce pas ?

Il hocha la tête.

— Du nouveau ?

— Non. Nous n'avons fait que la moitié de la rue, cependant.

— Vous avez parlé au gérant de l'épicerie ?

— Il est le dernier sur la liste pour cette rue, donc non, pas encore.

— D'accord. Nous allons lui parler. Nous allons dans cette direction de toute façon.

— Merci, chef.

— J'aurais pensé qu'ils auraient commencé par le gérant de l'épicerie, dit Carys alors qu'elles continuaient à passer devant les maisons.

— Il n'est pas propriétaire de la caméra de surveillance, elle a été installée par la municipalité, dit Kay. Je suppose que leur superviseur considère qu'il faut d'abord trouver la maison du propriétaire du véhicule. Ça a du sens.

Elles croisèrent une agente en uniforme qui arpentait la rue, récoltant les formulaires d'enquête de porte-à-porte auprès de ses collègues au fur et à mesure de leur progression, prête à saisir les détails dans HOLMES2 à leur retour au commissariat.

Kay avait senti la frustration de l'équipe de terrain en discutant avec Parker – qui que soit le conducteur, il avait pris soin de cacher son visage des caméras de surveillance sous lesquelles son véhicule était passé la veille au soir. Le personnel médical âge l'hôpital avait été catégorique : la police ne pouvait pas prendre de photos de l'homme tant qu'il était encore en observation dans l'unité de soins intensifs – trop de risque d'infection, avait-on dit à Sharp.

C'était sans importance – le visage de l'homme était tellement enflé et meurtri à cause de l'accident et de l'opération qui avait suivi, qu'il était peu probable que quelqu'un le reconnaisse s'ils avaient réussi à obtenir des photos.

Kay guida Carys à travers le carrefour au bout de la rue et traversa le trottoir maculé de chewing-gums devant l'épicerie.

Un groupe de trois adolescents, tous à vélo, la fusilla du regard alors qu'elle approchait. Celui du milieu, ses cheveux de la couleur d'un blond délavé, cria après une femme plus âgée qui s'éloignait rapidement de l'épicerie en tirant un caddie derrière elle.

Ils se turent quand Kay s'approcha.

— Vous habitez dans le coin ?

— Nan, dit le plus petit des trois. Les clopes sont moins chères ici, pas vrai ?

— Vous ne devriez pas être à l'école ?

Les trois garçons ricanèrent.

— Jour de congé, dit le plus âgé. L'école est fermée à cause d'une grève des profs.

— Vous avez vos cigarettes ?

— Ouais.

— Très bien. Maintenant, dégagez. Pas de glandage ni d'intimidation des autres clients.

Ils la fusillèrent du regard, mais tournèrent leurs vélos et pédalèrent au loin, lançant des quolibets par-dessus leurs épaules.

Kay secoua la tête.

— Tu les connais ? demanda Carys.

— J'ai arrêté le plus âgé pour vol dans un magasin à Shepway il y a dix-huit mois, dit Kay.

Elle soupira.

— Sans doute que je le reverrai bientôt.

Elle poussa la porte de l'épicerie, un *ding* électronique retentissant derrière le comptoir à sa gauche.

Un homme âgé s'affairait derrière, réarrangeant les journaux et redressant un petit présentoir de bonbons à droite de la caisse.

— Que des fauteurs de troubles, grommela-t-il. Vous devriez venir plus souvent par ici.

Kay sortit sa carte de police.

— Inspectrice Hunter, et voici ma collègue, l'enquêteuse Miles. Nous voulions vous poser quelques questions concernant un véhicule repéré sur la caméra de surveillance au-dessus de l'épicerie.

— Ce n'est pas ma caméra.

— Nous en sommes conscientes, merci. Elle appartient à la municipalité, c'est ça ?

— C'est ça. Le propriétaire a insisté pour la

mettre là.

Il fit un clin d'œil.

— Je pense qu'ils lui ont payé un loyer pour l'emplacement. Je n'ose pas imaginer combien il leur a facturé. C'est pour ça que les bureaux au-dessus sont vides. Ça coûte trop cher, vous voyez ?

Kay tourna une nouvelle page de son carnet.

— Quel est votre nom, s'il vous plaît ?

— Higgins. Malcolm Higgins.

— Et vous avez cette épicerie depuis combien de temps ?

— Environ vingt ans. J'aurais dû vendre il y a longtemps. C'est trop tard maintenant, ça ne rapporte plus assez de nos jours, donc personne n'est intéressé pour l'acheter.

Carys sortit une photographie en couleur du véhicule. L'image avait été capturée par l'une des caméras de vidéosurveillance de la ville et offrait la meilleure vue de la voiture. Celle prise par la caméra au-dessus du magasin était trop floue.

— Avez-vous vu ce véhicule dans les parages ?

L'homme prit la photographie et l'examina à travers ses lunettes tachées. Son front se plissa.

— Je ne suis pas sûr, dit-il. Est-ce qu'il est du coin ?

— C'est ce que nous essayons de découvrir, répondit Kay.

— Qu'est-ce qu'il a fait, alors ?

Elle sourit.

— Nous souhaitons lui parler dans le cadre d'une enquête en cours.

Le commerçant renifla et lui rendit la photographie.

— Vous avez répété cette phrase, hein ?

— Connaissez-vous le propriétaire de ce véhicule, oui ou non ?

Il secoua la tête.

— Je ne peux pas vous aider, je le crains. Je n'ai pas vraiment le temps de regarder passer les voitures.

Kay jeta un coup d'œil par-dessus son épaule au magasin désert et à la poussière recouvrant les étagères les plus proches d'elle.

— Bien. Eh bien, merci pour votre temps, M. Higgins.

Elle se retourna vers la porte.

— Assurez-vous que ces flics dehors reviennent tous les jours, lui lança l'homme. Une vraie plaie, ces adolescents.

La porte d'entrée s'ouvrit brusquement et elle recula d'un pas, surprise.

Parker entra dans le magasin, légèrement essoufflé.

— Chef, on a localisé la maison du conducteur.

Kay et Carys se dépêchèrent de le suivre tandis qu'il traversait la rue, se dirigeant vers l'une des maisons mitoyennes de l'autre côté de la chaussée.

— Qui l'a confirmé ? demanda Kay.

— Un couple de personnes âgées au numéro

vingt-deux. Le mari est confiné à son fauteuil la plupart du temps, alors ils passent leur journée à observer la rue, dit-il. Ils ont vu la voiture garée devant le numéro vingt-cinq plusieurs fois au cours des deux derniers mois.

— Locataire ou propriétaire ?

— Ils disent locataire, il y avait une pancarte il y a quelque temps, et puis le type a emménagé. Ils ont vu une femme venir plusieurs fois, mais ils ne pensent pas qu'elle vit là. Ils ont cru qu'elle avait peut-être une liaison avec lui, à cause de la façon dont elle vérifiait la rue avant de frapper à la porte d'entrée. Elle faisait attention aussi en partant ; la femme dit l'avoir vue jeter un coup d'œil par la porte d'entrée une ou deux fois avant de partir, comme si elle avait peur d'être vue.

— Intéressant. Il y a quelqu'un maintenant ?

Parker secoua la tête.

— L'endroit semble vide. Personne n'a répondu quand nous avons frappé. On a pensé vous faire venir avant de faire quoi que ce soit d'autre.

Ils s'arrêtèrent sur le trottoir devant la maison, la façade séparée de la rue par une clôture en bois qui soutenait une barrière sur des gonds rouillés.

— Très bien. Allons-y.

Kay sortit son téléphone de son sac et composa le numéro de Sharp.

— Chef ? Nous allons avoir besoin de ce mandat de perquisition.

CHAPITRE 7

Barnes arriva plus d'une heure plus tard, le mandat de perquisition signé à la main.

— Désolé, le magistrat que Sharp avait briefé était coincé au tribunal, alors on a dû en trouver un autre.

— Ça arrive. Ne t'inquiète pas, j'ai placé des agents dans la rue derrière celle-ci au cas où quelqu'un essaierait de s'enfuir par-dessus la clôture arrière.

Ignorant le petit groupe d'agents en uniforme qui s'étaient rassemblés sur le trottoir à côté d'elle, Kay vérifia le libellé du document, puis tendit le mandat à l'agent à côté d'elle.

— Allons jeter un coup d'œil, d'accord, Norris ?

— Comment voulez-vous procéder ? On la défonce ou on crochète la serrure ?

Kay pivota et jeta un coup d'œil dans la rue, avant de se retourner vers Barnes et Norris.

— On n'a pas le temps, et tous les voisins savent qu'on est là de toute façon, donc si quelqu'un devait le prévenir, il l'aurait déjà fait. Défoncez-la.

Kay attendit que Norris se tourne vers Parker et fasse un geste vers la porte.

Il s'avança, le bélier à la main, puis visa la porte juste sous la poignée et le balança.

Kay détourna les yeux lorsque la porte s'ouvrit avec fracas, projetant des éclats de bois sur le pas de la porte et sur ses pieds.

— Bien, deux d'entre vous avec Barnes, Carys et moi. Les autres, restez dehors, dit Kay en enfilant des gants. Allons découvrir qui est ce salaud.

Elle écarta du pied les plus gros éclats tandis que Norris poussait la porte pour l'ouvrir en grand et franchissait le seuil.

— Police ! cria-t-il en pénétrant dans la maison, Parker sur ses talons.

Kay resta à l'entrée pendant que les deux agents en uniforme vérifiaient le rez-de-chaussée, et elle croisa le regard de Norris lorsqu'il revint de la cuisine en secouant la tête.

— On va vérifier l'étage, mais vous pouvez commencer en bas.

— Merci. Où est Parker ?

— Il est sorti par la porte de derrière pour vérifier le jardin. Vous pouvez respirer, on dirait que la maison n'a pas été beaucoup utilisée et il n'y a aucun signe que quelqu'un soit sorti par la porte arrière avant notre arrivée.

— Ok.

Kay se tourna vers Barnes et Carys.

— Bien, séparons-nous. Carys, tu prends la cuisine. Barnes et moi, on se partage le salon.

— Oui, chef, dit Carys en passant près d'elle, une expression déterminée sur le visage.

Kay jeta un coup d'œil vers l'escalier en guidant Barnes vers le salon.

Norris se tenait en haut et secoua la tête.

— Il n'y a personne, dit-il. Vous voulez que je commence la fouille en haut ?

— Allez-y.

En entrant dans le salon, Kay remarqua d'abord que les meubles semblaient être un assortiment de pièces d'occasion. Rien ne s'accordait.

Tout dans cet endroit semblait temporaire, comme si le locataire ne s'attendait pas à revenir. Un canapé deux places avait été placé contre le mur derrière la porte. Devant, une petite table soutenait un cendrier et un exemplaire d'un vieux journal. Un petit téléviseur était posé sur une commode basse dans un coin près de la fenêtre, et ce qui semblait être une étagère faite maison s'appuyait précairement contre le mur opposé à la fenêtre.

Kay se pencha et commença à feuilleter les pages des livres de poche. Elle jeta un coup d'œil à Barnes par-dessus son épaule alors qu'il ouvrait les portes de la commode et commençait à fouiller dedans.

— S'il y avait un couple qui vivait ici, comment se fait-il qu'on ait l'impression de n'en voir qu'une moitié ?

Elle brandit l'un des livres.

— La plupart sont des biographies sportives, pas le genre de chose qu'on s'attendrait à ce qu'une femme lise.

Barnes se redressa et posa ses mains sur ses hanches en se retournant.

— Je vois ce que tu veux dire. Même la décoration n'est pas cohérente. Je sais que c'est une location, mais on s'attendrait à voir une touche personnelle. Il n'y a rien, n'est-ce pas ? Pas de photos, pas de paperasse qui traîne...

— Ce n'est pas une maison, n'est-ce pas ? C'est temporaire.

— Tu penses qu'il l'a volontairement gardée comme ça ? Au cas où il devrait déguerpir rapidement ?

— C'est ce que je pense. On va faire vérifier les empreintes digitales, mais étant donné qu'on sait que celles du chauffeur ne sont pas dans le système, ni celles de sa victime, je n'ai pas beaucoup d'espoir qu'on en trouve d'autres. Il a été trop prudent.

Carys apparut sur le pas de la porte.

— Il n'y a rien d'intéressant dans la cuisine non plus. Ils ne semblent certainement pas avoir beaucoup cuisiné à la maison. La poubelle de la cuisine a été vidée récemment, je vais demander aux agents en uniforme de jeter un coup d'œil dans la poubelle à l'extérieur, mais le réfrigérateur ne contient que le strict minimum.

Elle se tut en entendant un appel venant de l'étage.

— Chef ? Vous devez voir ça.

Carys s'écarta alors que Kay la dépassait en hâte et montait les marches deux par deux.

— Qu'est-ce qu'il y a ?

Norris apparut d'une chambre à l'arrière de la maison, ses mains gantées tenant une petite collection de photographies.

— J'ai trouvé ça sur le dessus de l'armoire.

Kay prit les photographies et commença à les parcourir alors que Barnes et Carys atteignaient le haut des escaliers.

Deux des photographies avaient été prises dans un bois, la femme détendue et souriante face à l'appareil photo alors qu'elle posait à côté d'un gros tronc d'arbre tombé. Sur d'autres, l'appareil avait été tenu en l'air et avait capturé le conducteur et la femme en train de sourire à l'objectif.

— Pourquoi les cacher sur le dessus de l'armoire ? demanda Barnes en prenant les photographies des mains de Kay et en les tenant pour que Carys puisse les voir en même temps.

— Plus important encore, ces photos ont été prises

avec un appareil instantané, dit Kay. Pourquoi ne pas utiliser son téléphone ?

— Peut-être qu'elle n'est pas sa femme, dit Norris. Ils pourraient avoir une liaison.

— Bien vu, dit Kay. Ça aurait certainement du sens. Surtout avec les voisins qui nous disent à quel point la femme était furtive quand elle arrivait ou quittait la maison.

— S'ils avaient une liaison, ça explique aussi pourquoi il n'y a rien qui suggère qu'une femme vivait ici, dit Carys. Peut-être qu'il l'a tuée parce qu'elle menaçait de révéler leur liaison à quelqu'un.

Kay fronça les sourcils.

— Attends. Redonne-moi ça une minute.

Elle feuilleta les images jusqu'à ce qu'elle en trouve une qui incluait l'homme et la leur montra.

— Je le reconnais. J'ai déjà vu ce visage.

— Où ? dit Barnes.

— Quand l'affaire contre Jozef Demiri s'est effondrée et qu'on a dû le laisser partir. Il avait fait venir une voiture pour le récupérer. Ce type était son chauffeur.

CHAPITRE 8

Kay arpentait la pièce en se frottant l'œil droit.

Malgré la découverte faite dans la maison de Tonbridge, elle ne pouvait pas abandonner le processus de recherche et devait attendre l'arrivée de Harriet et de son équipe pour pouvoir les briefer.

À la place, elle avait renvoyé Barnes et Carys à la salle des opérations pour faire part de leurs découvertes au reste de l'équipe et commencer à vérifier les registres de location de la propriété et à trouver d'autres photos en ligne correspondant à l'image de l'homme qu'ils avaient découverte dans la maison.

À son retour à Maidstone, elle avait été déçue d'apprendre qu'ils n'avaient rien trouvé, et que Sharp avait été appelé à une réunion au quartier général de l'autre côté de la ville et ne reviendrait pas avant le briefing de l'après-midi.

Elle voulait discuter de sa théorie avec lui, déterminée à prouver qu'il y avait un lien entre le conducteur et Jozef Demiri, un Albanais connu pour diriger l'un des syndicats du crime organisé les plus lucratifs du sud-est, mais qui avait réussi à éviter toute accusation criminelle – malgré leurs meilleurs efforts.

Sans se laisser décourager par l'absence de Sharp, elle avait chargé l'équipe de passer le reste de la journée à passer des coups de fil et à vérifier les informations dont ils disposaient jusqu'à présent pour essayer d'obtenir une percée.

Trois heures plus tard, alors qu'elle se demandait si Demiri leur échapperait une fois de plus, un bruyant cri de joie parvint à ses oreilles.

Gavin jeta son téléphone portable sur son bureau et fit pivoter sa chaise pour lui faire face.

— C'était Charlie, il aide Harriet avec l'analyse médico-légale du véhicule de l'accident.

— Oui, je me souviens de lui l'autre soir, dit Kay. Qu'est-ce qu'il a trouvé ?

Gavin sourit et brandit son carnet.

— Un numéro partiel d'identification du véhicule sur le châssis. Il dit que la plupart avait été limé, mais une fois qu'ils ont enlevé toute la boue et la crasse, ils ont réussi à obtenir quelque chose pour nous. Et, attends un peu, c'est un numéro différent de celui sur la carte grise liée à la plaque d'immatriculation.

— Entre-le dans le système, dit Kay, et elle fit glisser sa chaise jusqu'au bureau de Gavin.

Il se retourna et ouvrit une nouvelle fenêtre sur son ordinateur, tapa les détails et appuya sur « Entrée ».

Kay but une gorgée de thé tiède pendant qu'ils attendaient.

Une fois, peu après avoir réussi ses examens, Gavin lui avait mentionné qu'il avait été surpris par la lenteur des enquêtes pour meurtre.

Kay avait souri et expliqué que c'étaient souvent les plus petits détails qui menaient aux plus grandes percées, et elle avait remarqué depuis que le détective fraîchement qualifié était l'un des rares à se contenter de passer des heures à éplucher des informations minuscules dans l'espoir d'une percée. Cela fonctionnait souvent, et au minimum, il fournissait à l'équipe des données solides qu'ils pouvaient exploiter avec beaucoup d'efficacité.

— Voilà, dit-il en pointant l'écran.

Son front se plissa.

— Attends. C'est enregistré au nom d'une entreprise.

— Laquelle ?

Kay se pencha et parcourut les lignes de texte affichées à l'écran.

— Delight Investments.

— Quoi ?

Kay se redressa et se retourna pour appeler

Barnes, mais il s'était déjà levé de sa chaise et se dirigeait vers eux.

— Delight Investments, répéta Gavin.

Ses yeux allaient de Kay à Barnes.

— Pourquoi ? Il y a un problème ? Qui possède cette entreprise ?

Kay déglutit, luttant pour contenir son excitation.

— Jozef Demiri, dit-elle. Ce foutu Jozef Demiri. Je le *savais*.

Elle se redressa alors que Sharp passait la porte et traversait la pièce à grands pas vers l'endroit où elle se tenait, et leurs regards se croisèrent.

— Pourquoi j'entends le nom de Demiri ?

Kay le mit rapidement au courant de la perquisition de la propriété, puis pointa l'ordinateur de Gavin.

— Il est impliqué, chef. J'ai reconnu le conducteur, et la voiture est enregistrée au nom de l'entreprise de Demiri. On tient quelque chose.

En réponse, il leva la main.

— D'accord, vous m'avez convaincu. Je vais passer quelques coups de fil ; il faudra mettre le commandant Larch au courant, donc je vais avoir besoin que vous me prépariez un rapport récapitulatif de cette enquête à ce jour avant de partir aujourd'hui afin que nous puissions obtenir des ressources supplémentaires. Vous savez quoi faire.

— Oui, chef.

— Carys, pendant ce temps, vous et Gavin,

rassemblez tout ce qui se trouve dans notre système sur les actifs commerciaux de Demiri, y compris Delight Investments. Découvrez ce qu'il a d'autre répertorié sous ce nom et d'autres, ainsi que toutes les informations que nous avons sur les personnes qui travaillent pour lui. Soyez prudents. Nous savons de quoi il est capable, dit-il en lançant un regard d'excuse à Kay, et aucun d'entre nous ne veut une répétition des événements de l'année dernière.

— Entendu, dit Carys.

— Enfin, la sécurité avant tout, dit Sharp, et il attendit d'avoir l'attention de tout le monde. Compte tenu de ce qui s'est passé la dernière fois, et pour que personne n'ait à subir ce que Kay a vécu avec l'enquête des normes professionnelles, cette salle des opérations sera désormais verrouillée. Personne ne ramènera de travail à la maison. La salle sera ouverte par moi à sept heures du matin, et je la fermerai à sept heures tous les soirs. Toutes les preuves seront enregistrées par Debbie, qui me rendra directement des comptes. Si vous voulez sortir quelque chose des preuves pour l'examiner, vous me voyez d'abord, c'est compris ?

Un murmure d'approbation parcourut la pièce.

— Nous *allons* attraper ce salaud, dit Sharp. Mais il est rusé et dangereux. Si quelqu'un a des raisons de croire qu'il est en danger, ou si vous êtes menacé par qui que ce soit de quelque manière que ce soit, vous venez me voir immédiatement. C'est compris ?

— Oui, chef.

Sharp se retourna vers Kay.

— Nous avançons avec prudence. Nous n'avons qu'une seule chance.

Elle hocha la tête, réprimant l'adrénaline qui avait commencé à couler dans ses veines.

— Ne vous inquiétez pas, chef. Nous allons faire ça correctement. Je veux que Demiri soit mis sous les verrous, pour longtemps.

CHAPITRE 9

Kay sortit sa voiture du parking du commissariat, mit son clignotant à droite et s'inséra dans ce qui restait de la circulation de fin d'après-midi.

Alors qu'elle tournait à gauche et passait devant le grand parking à étages et le supermarché attenant, ses pensées revinrent à Jozef Demiri.

Il avait été presque entre ses griffes une fois, près de deux ans plus tôt.

Elle et ses collègues avaient rassemblé suffisamment de preuves pour justifier une enquête sur les activités commerciales de Demiri, et tout indiquait qu'il dirigeait une vaste opération de drogue entre le continent et sa base dans le sud-est de l'Angleterre.

Cependant, alors qu'une équipe de surveillance attendait le retour de Demiri du continent, une arme saisie lors d'un contrôle routier ordinaire et sur laquelle ils pensaient tous avoir trouvé les empreintes de Demiri avait disparu du casier à preuves du commissariat.

Les conséquences avaient été choquantes, à commencer par une enquête des normes professionnelles qui accusait Kay d'avoir pris l'arme.

Cela avait eu des conséquences dévastatrices sur sa santé. Elle avait fait une fausse couche de la petite fille dont elle venait d'apprendre l'existence quelques semaines auparavant, et malgré tous ses efforts, sa carrière ne s'en était jamais vraiment remise.

Elle s'était jurée de se venger de Demiri depuis.

Elle réprima son excitation en s'engageant dans la ruelle qui menait à sa maison, et tourna sa main sur le volant pour vérifier sa montre.

Adam avait quitté la maison tôt ce matin-là, désireux d'arriver à la clinique pour rattraper son retard administratif avant que les rendez-vous de la matinée ne commencent à affluer, et elle espérait qu'il rentrerait à une heure raisonnable.

Ils avaient encore une journée ensemble avant qu'il ne s'envole pour Aberdeen pour sa conférence, et elle voulait profiter au maximum de son temps avec lui.

Alors que la voiture passait devant leur pub local, un sourire se dessina sur ses lèvres.

En se garant dans l'allée de la maison, elle verrouilla sa voiture et se précipita vers la porte d'entrée.

— Je suis rentrée !

— Je suis en haut.

Kay monta les marches quatre à quatre et entra dans leur chambre à l'avant de la maison.

— Le pub a l'air calme, ça te dit d'aller boire un verre ?

Adam apparut de la salle de bains attenante, en train de se sécher les cheveux avec une serviette. Il sourit.

— Ça me semble une excellente idée.

— Parfait, je vais me changer et on y va tout de suite.

Vingt minutes plus tard, ils s'étaient installés à une petite table dans le coin public du bar à l'avant du pub, chacun avec une pinte de vraie ale devant eux.

— Santé, dit Adam en faisant tinter son verre contre le sien avant de prendre une longue gorgée. Oh, j'en avais besoin.

Kay savoura la bière, lécha une trace de mousse sur ses lèvres et s'enfonça dans le cuir moelleux de sa chaise. Elle tendit le cou pour regarder à travers le bar vers le salon, mais seules deux personnes étaient assises sur des tabourets de bar à discuter avec la patronne.

Le reste du pub était désert ; la foule habituelle du soir arriverait plus tard.

Kay se détendit. Le seul problème quand on était flic dans une petite ville plutôt que dans une grande, c'était que parfois on voyait quelqu'un qu'on avait arrêté dans le passé franchir la porte d'un pub ou nous croiser au supermarché.

Elle avait renoncé depuis des années à se cacher derrière des présentoirs de boîtes de soupe ou les dernières nouveautés littéraires et elle fixait plutôt du regard les contrevenants, mais c'était toujours un soulagement de constater qu'aucune de ses anciennes rencontres issues d'arrestations réussies ne fréquentait encore son pub local.

Elle repoussa ses cheveux derrière son oreille et prit une autre gorgée de sa bière.

— Je vais peut-être devoir rester plus longtemps à Aberdeen, dit Adam, sa voix interrompant ses pensées.

— Un problème ?

— Non, l'un des autres gars qui va à la conférence a un cabinet spécialisé dans l'industrie des courses hippiques. J'aimerais bien passer du temps avec lui pendant que je suis là-bas, c'est tout. Ça te va ?

— Bien sûr.

Elle sourit.

— Ce serait une excellente opportunité pour toi.

La clinique très fréquentée d'Adam était populaire dans la communauté locale, et il était l'un des rares vétérinaires locaux expérimentés avec les chevaux de course et leurs particularités.

Il posa son verre à moitié vide sur un dessous de verre en carton et tendit la main vers la sienne.

— Je pense à développer l'entreprise. Engager

quelqu'un d'autre pour s'occuper des petites choses afin que je puisse me concentrer davantage sur le réseautage. Il y a des opportunités de conférences sur le continent que j'aimerais explorer.

— Ouah.

Kay se tourna sur son siège pour lui faire face.

Une expression pleine d'espoir traversa ses traits.

Elle savait à quel point il était bon dans son travail ; jusqu'à il y a quelques années, il contribuait régulièrement à des revues vétérinaires et participait à des conférences dans tout le pays. Puis, l'entreprise avait décollé et il avait mis toute son énergie à l'établir et à la développer.

— Tu es doué pour partager tes connaissances, dit-elle en lui serrant la main. Je pense que c'est une excellente idée, tant que tu ne t'épuises pas trop. Tu ne veux pas te fatiguer avec tout ça.

— Ne t'inquiète pas, je n'en ferai que quelques-unes par an pour garder la main. On pourrait voyager ensemble, si ton travail le permet. Il est temps qu'on prenne des vacances de toute façon. On pourrait en faire des vacances de travail : je pourrais faire ma conférence, et ensuite on aurait quelques jours pour explorer avant de rentrer à la maison.

— C'est tentant. Je pourrais m'y habituer.

— Fantastique.

Il sourit et but une longue gorgée de sa bière, l'air content.

— Alors, tu vas me dire ce qui se passe avec cet accident de voiture de l'autre soir ? Du nouveau ?

Kay vérifia que le patron était toujours occupé avec des clients dans l'autre partie du bar, et elle baissa la voix pour raconter à Adam ce qu'elle pouvait de l'enquête en cours.

— Le truc, c'est que…, dit-elle en prenant une profonde inspiration. Gavin a retracé le numéro d'identification du véhicule jusqu'à une entreprise qui appartient à Jozef Demiri.

Les yeux d'Adam se durcirent et il posa son verre.

— Demiri ?

Kay mit son doigt sur ses lèvres.

— Oui.

— Kay, écoute-moi. Tu restes loin de lui, d'accord ? Je sais que c'est ton travail, mais laisse quelqu'un d'autre s'en occuper. C'est trop dangereux.

— J'ai besoin de faire ça, Adam. Je veux qu'il soit mis derrière les barreaux, et je veux être là quand on le fera.

— Tu sais à quel point il est dangereux. Je sais que c'est ce que tu veux, mais pour l'amour du ciel, ne t'approche pas de lui toute seule.

— Je ne serai pas seule. Sharp sera avec moi.

Sa bouche se tordit.

— Je ne pense pas qu'il me fasse confiance quant à ce que je ferais à Demiri s'il me laissait y aller seule.

— Ce n'est pas drôle, Kay. Pas avec sa réputation.

Elle leva la main.

— Je sais. Je suis désolée. Je serai prudente.

— J'aimerais ne pas devoir partir maintenant.

— Ça va aller. Honnêtement.

Il passa une main sur son visage.

— Tu t'assures de bien fermer toutes les portes et les fenêtres pendant mon absence. Et garde aussi les lumières de sécurité allumées autour de la maison.

— D'accord.

— Promets-le-moi, Kay.

— Je te le promets.

— Très bien.

Ses yeux s'adoucirent et il pointa son verre vide.

— Un autre verre ?

— J'ai cru que tu ne me le demanderais jamais.

CHAPITRE 10

Kay et Sharp quittèrent le commissariat immédiatement après le briefing du lendemain matin, déterminés à interroger Jozef Demiri dès que possible.

Kay conduisait, leur progression ralentie par la densité du trafic sur l'A20 entre Maidstone et Ashford – conséquence d'une collision multiple à Folkestone, et de la décision des autorités d'utiliser l'autoroute M20 pour l'Opération Stack, une stratégie consistant à garer sur l'autoroute tous les camions qui ne pouvaient pas utiliser le tunnel sous la Manche ou les ferries pour la France, empêchant ainsi quiconque d'autre de l'utiliser.

— Heureusement qu'on n'a pas de rendez-vous, marmonna Sharp entre ses dents.

Kay ne dit rien, l'embouteillage ne faisant rien

pour tempérer son excitation à l'idée de rencontrer Demiri en face à face.

Prouver qui était responsable d'avoir retiré l'arme du casier à preuves et traduire Demiri en justice était tout ce qui l'avait maintenue concentrée durant ses moments les plus sombres.

Elle ralentit en entrant dans la périphérie d'Ashford et négocia une série de ronds-points avant de faire entrer la voiture dans une petite zone d'activités.

Des panneaux empilés les uns sur les autres comme un totem à l'entrée de la zone d'activités confirmaient la présence des bureaux de Demiri. Il ne leur fallut pas longtemps pour trouver l'unité de plain-pied entourée de verre qu'occupait son entreprise de logiciels. Elle verrouilla la voiture et ils se dirigèrent vers le bâtiment, Sharp à ses côtés.

— Je vais prendre la tête, dit-il. Nous savons tous les deux que nous allons être sous le microscope pour cette affaire. Je ne veux pas donner à Larch ou à quiconque une excuse pour remettre en question cette enquête.

— Compris, chef.

Kay réprima son excitation et suivit Sharp alors qu'il s'approchait des doubles portes du bâtiment. Ses yeux tombèrent sur une plaque en laiton sur le côté du porche d'entrée.

Delight Investments.

Elle avait été surprise que Larch n'intervienne pas

dans leurs plans pour parler à Demiri. En l'état, après avoir remis le rapport que Kay avait préparé pour lui, Sharp avait dû obtenir l'autorisation du commandant divisionnaire pour la rencontre, et il avait reçu l'ordre de faire son rapport au quartier général dès leur retour de l'entretien.

Un interphone était installé sous la plaque, et elle attendit pendant que Sharp appuyait sur le bouton et annonçait leur arrivée.

Un léger bourdonnement se fit entendre, suivi d'un *clic*, et la porte s'ouvrit sous la pression de Sharp.

La porte se referma automatiquement derrière Kay, et l'épaisse moquette sous ses pieds étouffa ses pas alors qu'ils s'approchaient d'un somptueux bureau de réception en acajou. Un lustre pendait du haut plafond, et Kay réalisa avec stupeur qu'il était en vrai cristal. Il semblait déplacé dans un immeuble de bureaux moderne, et elle ne put s'empêcher de se demander qui Demiri essayait d'impressionner.

Une jeune femme était assise derrière le bureau de réception, ses cheveux blonds relevés en un chignon efficace, et Kay réalisa que le tailleur noir de la femme coûtait probablement trois fois plus que celui qu'elle portait elle-même. La femme leva les yeux de son écran d'ordinateur à leur approche et sourit.

— Bonjour. Comment puis-je vous aider ?

Kay crut entendre une trace d'accent étranger, mais l'anglais de la femme était parfaitement articulé.

— Inspecteur principal Sharp, et ma collègue l'inspectrice Hunter, dit Sharp en guise d'introduction.

Il montra sa carte de police.

— Nous aimerions parler à M. Demiri, s'il vous plaît.

— Est-ce que vous avez rendez-vous ?

— Non. Ce n'est pas une visite de courtoisie.

— Oh.

Le visage de la femme se décomposa, son sourire disparaissant, et elle jeta un coup d'œil à l'écran de l'ordinateur.

— Eh bien, j'ai peur qu'il ait un rendez-vous dans une demi-heure, et son agenda est chargé pour le reste de la journée.

— Nous allons le voir maintenant, si vous pouviez l'informer de notre présence.

La femme se mordit la lèvre.

— C'est... c'est plutôt gênant.

Sharp sourit.

— Je comprends. Nous pouvons attendre ici jusqu'à ce qu'il ait terminé ses autres rendez-vous, si vous voulez ?

Une expression d'horreur se répandit sur le visage de la femme, et Kay ne put s'empêcher d'avoir de la peine pour elle.

Manifestement, l'idée de deux détectives en civil assis dans la luxueuse réception de son patron la remplissait d'effroi.

Même si elle savait que Sharp bluffait, Kay se

délectait à l'idée de s'asseoir dans les locaux de Demiri toute la journée pour pouvoir découvrir avec qui étaient ses autres rendez-vous. Cela ferait sûrement des mises à jour intéressantes pour la base de données HOLMES2.

— Attendez ici, dit la réceptionniste en se levant de sa chaise. Je reviens tout de suite.

— Merci.

Sharp se détourna du bureau et fit un clin d'œil à Kay.

— N'ayez pas l'air trop satisfaite, murmura-t-il. Il y a une caméra dans le coin à six heures.

Kay porta son poing à sa bouche et s'éclaircit la gorge.

— Il semble assez friand de ces choses-là.

— Ne nous affolons pas.

Elle n'avait jamais parlé à personne des caméras qu'elle avait trouvées cachées dans sa maison quelques mois auparavant, à personne sauf Sharp qui, grâce à son passé militaire, avait réussi d'une manière ou d'une autre à faire retirer les appareils sans alerter les coupables du fait qu'ils avaient été découverts. L'équipement avait simplement cessé de fonctionner un jour. Kay soupçonnait Demiri d'être responsable, mais elle n'avait aucune preuve et, étant donné sa charge de travail au cours des mois qui avaient suivi, elle n'avait pas eu l'occasion d'enquêter davantage.

Non pas qu'elle l'aurait dit à Sharp si elle l'avait fait.

Ils se retournèrent tous deux au son d'une porte en train de s'ouvrir sur leur gauche, et la réceptionniste réapparut, suivie de près par un homme d'une cinquantaine d'années.

Kay fit un pas en arrière, son cœur s'accélérant d'un cran.

Jozef Demiri exsudait le mal, si on lui demandait son avis.

Sa carrure lui assurait de dominer l'espace, ses yeux bruns profonds et enfoncés plongeant dans les siens alors qu'il s'avançait vers eux. Impeccablement vêtu d'un costume noir qui accentuait ses cheveux blancs tombant sur le col, il laissa sa peau bronzée se plisser alors qu'il fronçait les sourcils.

— Inspectrice Hunter. Je suis surpris de vous voir ici.

— M. Demiri, nous avons quelques questions préliminaires que nous aimerions vous poser concernant une enquête en cours, dit Sharp, ne prenant pas la peine de refaire les présentations. Y a-t-il un endroit où nous pourrions parler en privé ?

Demiri ricana, puis vérifia la montre en or massif à son poignet et soupira.

— Très bien, inspecteur Sharp. Je vais jouer à votre jeu. Beatrice, je vais utiliser la salle de conférence ici. Frappez à la porte cinq minutes avant mon prochain rendez-vous.

— Oui, monsieur Demiri.

— On y va ?

Il traversa l'épaisse moquette jusqu'à une porte lambrissée, l'ouvrit et invita Sharp et Kay à entrer d'un geste.

Kay frissonna en le frôlant, sentant la chaleur de son souffle lui chatouiller le visage alors qu'elle pénétrait dans la pièce.

— Je vous attendais, Kay, murmura-t-il.

CHAPITRE 11

Kay attendit que Demiri s'installe au bout de la table de conférence ovale, reconnaissante que Sharp prenne le temps de lui tirer une chaise bien éloignée de l'endroit où l'Albanais s'était assis.

Un mélange d'excitation et d'appréhension la traversa.

Professionnellement, elle voulait que justice soit faite pour tout ce que cet homme lui avait fait subir, à elle et à d'autres, mais son commentaire à leur entrée dans la pièce l'avait déstabilisée.

Tandis qu'il éloignait de son coude un verre à eau retourné, elle se demandait ce qu'il avait voulu dire par ses mots.

Parlait-il de l'accident de voiture et de la découverte subséquente du corps de la femme, ou d'autre chose ?

Essayait-il simplement de prendre l'avantage sur l'entretien ?

— Monsieur Demiri, nous allons garder cet entretien formel, dit Sharp.

Demiri hocha la tête et s'appuya sur la table, les mains mollement jointes.

— Comme vous voudrez.

Ses yeux ne quittèrent pas Kay tandis que Sharp lisait la mise en garde formelle, puis ouvrait une pochette en plastique qu'il avait apportée et faisait glisser une photographie sur la table.

La main de Demiri l'arrêta net, puis la fit pivoter. Il leva les yeux vers Sharp.

— Expliquez-moi.

— Ce véhicule a été impliqué dans un accident de la route il y a deux nuits sur la M20. En retraçant les déplacements de la voiture grâce aux caméras de surveillance, nous avons localisé la propriété louée par le conducteur.

Il poussa une copie de l'une des photos découvertes dans la propriété de l'autre côté de la table.

Le visage de Demiri resta impassible.

— Cette personne vous est-elle familière ?

— Non. Devrait-elle l'être ?

— Le fait est que cet homme est un de vos associés connus, monsieur Demiri, dit Kay. Il conduit pour vous.

Les yeux de Demiri brillèrent tandis qu'il se penchait en avant, puis il haussa les épaules.

— Non. Je ne le connais pas. Vous devez vous rappeler, détective Hunter, que je suis un homme occupé. J'ai beaucoup de gens qui ont pu travailler pour moi à un moment ou à un autre. Je ne peux pas me souvenir de tous.

— Monsieur Demiri, reconnaissez-vous la femme sur la photographie ?

— Non.

— Pourriez-vous jeter un autre coup d'œil à la photographie, s'il vous plaît ?

Demiri soupira et prit la photographie que Kay lui poussa. Il y jeta un coup d'œil, puis la rendit avec les autres.

— Je ne la connais pas. Quel rapport a-t-elle avec lui et un accident de voiture ?

— Son corps a été retrouvé dans le coffre de la voiture, dit Sharp.

— Peut-être une dispute domestique qui a mal tourné, vous pensez ?

— C'est l'une des pistes que nous explorons, en effet.

Kay fit glisser les photographies vers Sharp et le regarda extraire une autre image du dossier.

— Voici une photographie prise sur les lieux de l'accident, dit Sharp. Après vérification auprès des autorités compétentes, il semble que la voiture vous appartienne. Si cet homme ne conduisait plus pour vous, pouvez-vous expliquer pourquoi il était dans votre voiture il y a deux nuits ?

— Je n'en ai aucune idée, vraiment. Peut-être faisait-il une course pour l'un de mes employés.

— Et vous ne leur avez pas dit qu'il ne travaillait plus pour vous ?

— Ça a dû leur sortir de l'esprit.

— Monsieur Demiri, où étiez-vous il y a deux jours entre vingt heures et minuit ?

Demiri rayonna.

— J'étais au lancement d'une de mes nouvelles entreprises ; un club exclusif à Romford. Beaucoup d'invités. Beaucoup de *témoins*, ajouta-t-il, en fusillant du regard l'inspecteur principal.

Il tourna son attention vers Kay, un sourire jouant sur ses lèvres.

— Peut-être pourriez-vous nous rejoindre pour la soirée d'ouverture le mois prochain, détective Hunter ? Ce serait un plaisir de vous revoir.

Kay baissa les yeux et maudit le frisson qui secoua ses épaules.

Il sait, pensa-t-elle. *Il sait que j'ai trouvé les caméras et les micros.*

Un rire grave émana du bout de la table, et elle releva brusquement la tête pour voir Demiri qui l'observait, un sourire prédateur aux lèvres.

Sharp s'éclaircit la gorge.

— Je ne pense pas que l'inspectrice Hunter souhaiterait socialiser avec vous, en toute honnêteté. Nous aimerions prendre des dispositions pour interroger le reste de votre personnel ici—

— Impossible.

— Je ne pense pas que vous appréciiez pleinement votre position précaire, monsieur Demiri. Comme je l'ai dit, nous allons prendre des dispositions pour interroger votre personnel ici, ainsi que toute autre personne associée à vous, au cours de notre enquête.

Demiri leva la main pour arrêter Sharp et regarda au-delà de la position de Kay à un coup frappé à la porte, un instant avant qu'elle ne s'ouvre.

— Monsieur Demiri, vous avez demandé un avertissement de cinq minutes.

— Merci, Béatrice.

Demiri se leva de sa chaise, boutonna sa veste et fit un geste vers la porte.

— Maintenant, détectives, s'il vous plaît, j'ai une réunion importante à laquelle je dois assister, et vous avez déjà pris suffisamment de mon temps ce matin.

Sharp tendit à l'homme une de ses cartes de visite.

— Nous resterons en contact.

— J'en suis sûr, dit Demiri en les accompagnant jusqu'à la porte.

Kay s'arrêta sur le seuil et se tourna vers lui.

— Qui conduit pour vous maintenant ?

Demiri leva les mains.

— J'aime conduire moi-même ces derniers temps.

— Les bons chauffeurs sont difficiles à trouver ?

— Les chauffeurs *dignes de confiance* sont difficiles à trouver, détective Hunter.

CHAPITRE 12

Jozef Demiri appuya sur un bouton de la télécommande, puis la lança sur la surface polie de la table de conférence où elle glissa jusqu'à s'arrêter près d'une carafe en cristal vide.

L'écran mural s'anima, affichant un ensemble de neuf images de l'intérieur et de l'extérieur du bâtiment.

Il s'approcha et croisa les bras en observant la détective et son supérieur s'arrêter sur le parking à quelques mètres de l'endroit où ils avaient quitté ses bureaux. La détective Hunter leva les yeux vers la caméra de surveillance fixée au pignon avant de se retourner vers Sharp.

Demiri expira.

Après tout ce temps, après tous les efforts déployés pour s'assurer qu'elle abandonne l'affaire contre lui, il semblait qu'ils auraient finalement leur moment.

Un sourire joua sur ses lèvres avant qu'il ne desserre sa cravate et déboutonne le col de sa chemise.

Sa réceptionniste avait menti, bien sûr.

Il n'avait aucun rendez-vous pour le reste de la journée. Toutes ses affaires se déroulaient la nuit, après les heures de bureau, à la faveur de l'obscurité.

Cependant, le bureau dans la zone d'activités servait à maintenir les apparences et donnait du poids au personnage qu'il s'était soigneusement construit.

Celui d'un homme d'affaires respectable et travailleur.

Au moins la partie « travailleur » était vraie, songea-t-il.

Depuis son arrivée dans le comté vingt ans plus tôt, il s'était concentré uniquement sur la création et le maintien d'un empire commercial qui s'étendait désormais au-delà de la côte sud-est de l'Angleterre.

Son réseau de contacts et de connexions s'étendait comme des tentacules à travers les comtés du sud et jusqu'au nord de la France, et sa réputation de brutalité garantissait que peu osaient se mettre en travers de son chemin.

Il ajusta les boutons de manchette en or à ses poignets, avant de tourner le dos aux écrans et d'appuyer sur un bouton de la console en bout de table.

— Beatrice, faites entrer Oliver Tavender.

— Tout de suite, monsieur Demiri.

Demiri sourit. La jeune femme assise à l'extérieur dans la zone de réception avait été choisie par lui, la sauvant d'un avenir qui avait été le lot de nombreuses de ses compatriotes roumaines.

Il savait qu'il pouvait lui faire confiance – et elle savait qu'il connaissait parfaitement l'endroit où se trouvait sa famille à Brasov si jamais elle osait le trahir.

Sa loyauté était assurée.

On frappa à la porte deux minutes plus tard, et un homme costaud dans la fin de la trentaine entra dans la salle de réunion, ses cheveux fins plaqués en arrière lui donnant un air plus âgé. Un peu plus grand que Demiri, il était aussi imposant avec une peau grêlée sur un nez qui semblait avoir été cassé plus d'une fois.

Il ferma la porte et resta debout au bout de la longue table, les mains croisées devant lui, ses yeux bleu pâle ne cillant pas.

— J'ai reçu la visite de la détective Hunter et de son chef, dit Demiri d'une voix posée.

— J'ai vu, sur les caméras. Est-ce qu'ils soupçonnent quelque chose ?

Un mince sourire traversa les lèvres de Demiri.

— Oh, ils soupçonnent toujours quelque chose, dit-il. C'est simplement une question de savoir ce qu'ils soupçonnent.

— Stokes ?

— Il a eu un accident de voiture sur l'autoroute en partant d'ici.

— Il a survécu ?

— Mes contacts me disent que oui.

— Dommage.

— En effet. Même s'il est encore trop tôt pour connaître son pronostic. Apparemment, l'opération a été critique, et il est toujours en soins intensifs.

— Je ne peux pas l'atteindre là-bas.

— Je n'allais pas te suggérer de le faire. Il y a d'autres moyens.

— Et la fille morte ?

Demiri haussa les épaules.

— Pas notre problème.

Il pointa l'écran.

— Elle, en revanche, *c'est* un problème.

Tavender s'approcha et examina l'image.

Hunter et son supérieur semblaient plongés dans une conversation intense, leurs têtes baissées alors qu'ils marchaient vers leur véhicule.

Demiri tambourina des doigts sur la table.

— Il est regrettable que nous n'ayons pas pu la surveiller de plus près.

— Les dispositifs d'écoute étaient de la plus haute qualité, dit Tavender. Tout comme les caméras que nous avions installées dans sa maison.

— Il n'aurait pas dû y avoir de bug.

— Je suis désolé, monsieur Demiri, ça arrive—

Demiri balaya l'excuse d'un geste et fixa du regard

les silhouettes qui s'éloignaient sur l'écran, avant de se pencher en avant et d'appuyer sur un bouton différent. L'écran vacilla, puis passa sur une autre chaîne.

— Oublie ça. C'est trop tard maintenant.

— Qu'est-ce que vous voulez qu'on fasse, monsieur Demiri ?

— Garde un œil sur elle. Reste discret pour le moment. Quand le moment sera venu, je te le dirai. L'inspectrice Kay Hunter va regretter de m'avoir rencontré.

Il fit pivoter sa chaise jusqu'à ce qu'il puisse regarder l'émission diffusée sur l'écran à côté de lui.

— Votre obsession pour elle sera votre perte, Jozef, dit doucement Tavender.

Demiri ricana.

— Ou la sienne.

CHAPITRE 13

Sharp s'écarta et tint la porte de la salle des opérations ouverte pour Kay.

— Rassemble l'équipe. On va faire le débriefing plus tôt aujourd'hui. Je suis sûr qu'ils sont impatients de savoir comment ça s'est passé avant que je ne me rende au quartier général.

— Oui, chef.

— Comment ça s'est passé ? demanda Barnes en jetant son sac sur sa chaise et en lui faisant signe d'approcher du tableau blanc au fond de la pièce.

— Il temporise, murmura-t-elle. Il dit qu'il ne sait pas qui est l'homme, ou du moins, qu'il ne peut pas se souvenir de son nom. Il dit aussi qu'il ne connaît pas la femme.

— Tu penses qu'il dit la vérité ?

— Non. Je crois qu'il ment comme un arracheur

de dents. Il était trop lisse, Ian. Comme s'il nous attendait.

Ils interrompirent leur conversation lorsque Gavin fit rouler sa chaise vers le tableau blanc et s'assit, son excitation palpable.

Kay s'approcha de l'avant de la pièce, ses pensées s'entrechoquant les unes avec les autres.

Elle ne pouvait s'empêcher de penser qu'ils avaient raté quelque chose, qu'elle aurait dû quitter les bureaux de Demiri victorieuse. Au lieu de cela, il semblait qu'elle avait mal calculé sa réaction à leur visite surprise, et cela l'inquiétait.

— Ça va, chef ?

Elle se tourna vers Gavin, forçant un sourire.

— Oui, merci. Juste beaucoup à penser, c'est tout.

— On l'aura, ne t'inquiète pas.

— Tu peux compter là-dessus.

Kay observa Carys s'approcher de Sharp, et il se pencha légèrement pour écouter ce que la jeune enquêteuse avait à dire, puis il fit signe au groupe qui attendait.

Elle rejoignit Kay et Barnes et tira une chaise à côté d'eux.

— Des nouvelles ? demanda Kay.

— Oui. Sharp m'a demandé d'attendre, on va en parler avec tout le monde.

Kay acquiesça et se prépara pour le débriefing.

Cela avait du sens d'attendre les nouvelles de Carys si ce qu'elle avait à dire impliquait toute l'équipe, plutôt que de lui faire répéter – la discussion de groupe faisait souvent émerger de nouvelles idées et théories, qui seraient autrement perdues.

Sharp commença le briefing, notant la date et l'heure pour le rapport officiel, et il fournit à l'équipe un compte rendu détaillé de l'entretien avec Jozef Demiri.

Bien qu'ayant été présente à ce moment-là, Kay prit des notes aux côtés de ses collègues, sachant par expérience que souvent le point de vue de quelqu'un d'autre pouvait être différent du sien et fournir des perspectives qu'elle n'aurait pas envisagées autrement.

— Où en sommes-nous avec l'autopsie de la victime féminine ? demanda Sharp, balayant la salle du regard pour une réponse.

Gavin leva son stylo en l'air.

— Lucas dit que ce sera pour demain matin maintenant, chef. Un peu de retard, selon lui. Quelque chose à voir avec un manque de personnel.

Sharp soupira.

— Rien ne change, n'est-ce pas ?

Personne ne répondit ; la question était rhétorique et tout le monde savait à quel point la petite morgue de l'hôpital de Dartford était occupée, particulièrement avec l'arrivée des mois plus froids.

— D'autres nouvelles de l'hôpital de Maidstone, chef ? demanda Gavin.

— Le conducteur a subi une nouvelle opération ce matin pour réparer sa jambe cassée, dit Sharp. Il faudra attendre quelques jours avant qu'on puisse l'interroger. Ce serait un bon moment pour que vous informiez tout le monde de ce qu'on a reçu de l'équipe de Harriet, s'il vous plaît, Carys.

Miles s'éclaircit la gorge et se leva de son siège, avant de se tenir à côté de Sharp. Elle ouvrit son carnet, lut quelques lignes, puis leva les yeux vers l'équipe qui attendait.

— Bien, tout d'abord, il n'y a aucune trace des empreintes digitales du conducteur dans aucune des bases de données. Gavin et moi avons passé la journée à chercher sur HOLMES2, et nous avons élargi notre recherche à l'échelle nationale aussi ; il n'existe pas.

— C'est inhabituel pour quelqu'un dans sa position de n'avoir aucune condamnation ou arrestation antérieure, dit Kay.

— Peut-être que c'est ce qui l'a rendu attrayant comme employé potentiel pour Demiri ? suggéra Barnes.

Un murmure d'approbation parcourut la salle.

— En parlant du conducteur, je vais immédiatement faire renforcer la sécurité de sa chambre d'hôpital, dit Sharp. Je suis sûr que notre visite à Demiri l'aura secoué, malgré ses tentatives de rester calme. La dernière chose que nous voulons, c'est qu'il organise un malheureux accident pour son ex-chauffeur avant qu'on ait eu la chance de lui parler.

Il fit signe à Carys de continuer.

— Nous n'avons pas non plus de dossier pour la victime féminine. Encore une fois, aucune des empreintes digitales relevées sur elle par Lucas, le pathologiste, ou l'équipe de Harriet n'a été trouvée dans nos bases de données, mais nous allons continuer à chercher.

Kay pouvait sentir la frustration parmi le petit groupe. L'idée qu'ils avaient Demiri dans leur ligne de mire, mais aucune preuve pour le mettre en examen commençait déjà à les irriter.

— Harriet a tout de même trouvé quelque chose pour nous, dit Carys.

— Alléluia, murmura Barnes, puis il leva la main en signe d'excuse lorsqu'elle baissa son carnet et le fusilla du regard.

— Deux séries d'empreintes ont été prélevées sur le volant, le frein à main et les poignées de porte qui correspondent à deux types qui ont des condamnations antérieures pour cambriolage. Gary Hudson et John Millard.

— On a une idée d'où ils sont maintenant ? demanda Gavin.

Barnes regarda sa montre.

— Il est seize heures. Connaissant ces deux-là, on les trouvera au pub de Union Street.

CHAPITRE 14

Malgré la frustration de Carys et Gavin, Sharp avait décidé de laisser Kay et Barnes interroger les deux hommes une fois qu'ils auraient été amenés pour être questionnés.

— Vous deux n'êtes pas connus de Demiri, avait-il expliqué dans l'intimité de son bureau. J'aimerais que cela reste ainsi. Vous avez vu ce dont il est capable et l'étendue de son influence. Vous avez vu ce qui est arrivé à Kay. Je préfère vous tenir à l'écart de cette affaire jusqu'à ce que ce soit absolument nécessaire.

Les deux agents de police avaient murmuré leur accord avant que Sharp ne les congédie, mais Kay pouvait sentir leur déception lorsqu'ils avaient quitté la pièce. Elle s'était alors tournée vers l'inspecteur principal une fois la porte fermée.

— Ne les laissez pas trop à l'écart, chef, avait-elle

dit. Je ne voudrais pas qu'ils se frustrent et décident d'essayer de résoudre cette affaire par eux-mêmes.

— C'est noté, avait répondu Sharp.

Ils avaient ensuite passé vingt minutes supplémentaires à discuter des tactiques d'interrogatoire avant que Kay et Barnes ne se dirigent vers les salles d'interrogatoire.

— Pierre, feuille, ciseaux, murmura Barnes.

Kay leva son poing.

— Le crétin numéro un, alors, sourit-il avant de pousser la porte de la salle d'interrogatoire.

Des avocats commis d'office avaient été assignés à chacun des hommes, et maintenant que Kay entrait dans la pièce, celui qui avait été assigné à Gary Hudson se leva de sa chaise et ajusta sa cravate.

— Mon client nie toutes les accusations.

— Pas si vite, dit Kay en lui faisant signe de se rasseoir. Calmez-vous, nous n'en sommes pas encore là.

Elle évita le regard de Barnes, sachant qu'il brûlait d'envie de lancer une réplique spirituelle au jeune avocat criminaliste trop zélé, et elle tendit plutôt le bras pour démarrer l'enregistrement.

Elle mit en garde formellement l'homme assis en face d'elle, attendit que Barnes s'installe sur sa chaise, puis ouvrit un dossier et fit glisser une photographie du véhicule accidenté sur la table.

— Bien, monsieur Hudson. Cette voiture a été impliquée dans un accident il y a deux nuits sur la

M20 près de Harrietsham. Le conducteur est actuellement à l'hôpital, et le corps de cette femme, dit-elle en faisant une pause pour faire glisser une autre photographie sur la table, a été retrouvé dans le coffre de la voiture. Morte. Maintenant, est-ce que vous pourriez peut-être m'expliquer pourquoi nous avons trouvé vos empreintes digitales sur le véhicule.

Le jeune avocat pâlit à la vue du corps de la femme.

Patrick, le photographe de la police scientifique, avait pris plusieurs clichés sur les lieux de l'accident, et Barnes avait choisi le plus choquant qu'il avait pu trouver, dans l'espoir de susciter une réaction du criminel notoire.

Hudson se pencha en avant, les mains dans les poches, examina les deux photographies, puis secoua la tête.

— Je ne sais rien de tout ça.

— Quand avez-vous eu un contact avec le véhicule pour la dernière fois ?

Se rasseyant confortablement, Hudson fixa Kay d'un regard voilé.

— Je ne m'en souviens pas.

— Quand avez-vous vu le véhicule pour la dernière fois ?

Il haussa les épaules.

— Sais pas. Peut-être il y a trois ou quatre mois.

— À qui appartenait le véhicule ?

— Pas à moi.

— D'accord. À qui appartenait-il alors ?

Nouveau haussement d'épaules.

— Pas sûr. Je ne le conduisais pas. J'ai juste été passager dedans une ou deux fois.

— Une ou deux fois ? Bien, et où êtes-vous allé en tant que passager dans ce véhicule ces fois-là ?

— Je ne m'en souviens pas.

— Qui conduisait ?

— Je ne m'en souviens pas.

Kay plissa les yeux.

— Vous feriez peut-être bien de travailler un peu votre mémoire, Gary. Pour l'instant, nous enquêtons sur un meurtre.

Elle tapota la photographie de la femme morte.

— Avec vos empreintes sur le véhicule, vous êtes actuellement suspect dans ce meurtre.

Hudson haussa les épaules, l'air ennuyé.

— Très bien, dit Kay en se levant. Interrogatoire terminé à dix-sept heures quinze. Monsieur... ?

— Dundas, dit le jeune avocat.

— Nous allons garder votre client en cellule pour la nuit en attendant la suite de l'enquête, monsieur Dundas. Nous vous contacterons quand nous serons prêts à lui parler à nouveau. Vous voudrez peut-être avoir une petite conversation avec lui pour qu'il soit un peu plus coopératif dans ses réponses, afin d'éviter qu'une autre condamnation ne s'ajoute à son palmarès existant.

La bouche de l'avocat s'ouvrit et se ferma sans

bruit tandis que Kay et Barnes quittaient la pièce.

Arrivée dans le couloir, Kay fit signe au sergent de garde d'emmener Hudson en cellule, puis elle se tourna vers son collègue.

— Espérons que son ami sera un peu plus bavard.

— Et espérons que son avocat commis d'office aura l'air d'avoir plus de douze ans.

— On ne pouvait pas lui reprocher son enthousiasme, cela dit, n'est-ce pas ? J'ai cru qu'il avait le feu aux fesses quand on est entrés.

Barnes sourit, puis reprit son sérieux et poussa la porte de la deuxième salle d'interrogatoire.

Kay reconnut l'avocat plus âgé, lui fit un signe de tête, puis laissa Barnes commencer l'enregistrement et énoncer la mise en garde appropriée.

John Millard était un autre criminel de carrière qu'ils avaient arrêté à maintes reprises au fil des années pour vol de véhicules, délits liés à la drogue et autres, et il semblait aussi peu impressionné que Hudson d'être interrogé.

Tandis que le détective plus âgé passait en revue une série de questions similaires et montrait les photographies de la scène de l'accident à l'homme, Kay vérifia ses notes par rapport à ce qu'ils avaient appris jusqu'à présent.

— Vos empreintes ont été trouvées sur la colonne de direction du véhicule, Millard, dit Barnes. Comment cela se fait-il ?

Millard était plus jeune que son homologue et

moins expérimenté en matière d'interrogatoires policiers. Ses yeux allaient de gauche à droite, et sa pomme d'Adam montait et descendait dans sa gorge tandis que son regard se posait à nouveau sur l'image de la femme morte.

Ses épaules se voûtèrent alors qu'il croisait les bras sur sa poitrine, et Kay remarqua un léger tremblement de ses mains.

— John, je sais que vous avez peur, mais nous avons vraiment besoin de savoir ce qui est arrivé à cette femme.

Millard leva les yeux vers elle et déglutit.

— Il va me tuer.

— Nous pouvons faire de notre mieux pour vous protéger.

— J'ai une famille, des enfants en bas âge.

— Dites-nous ce que vous savez, Millard, dit Barnes. Plus vite nous terminerons cette conversation, plus vite nous pourrons commencer le processus pour assurer leur sécurité.

— Ma fille n'a que six ans. Pouvez-vous *imaginer* ce qu'il lui ferait ?

Il leva une main tremblante vers une croûte sur sa mâchoire et passa ses doigts dessus, ses yeux revenant à la photographie de la femme morte.

Kay se pencha vers lui avant qu'il ne fasse saigner son ancienne blessure.

— Dites-nous, John.

— Je... je crois que je l'ai conduite, dit-il en

laissant retomber sa main sur ses genoux. Une fois ou deux.

— À qui appartenait cette voiture ?

— Je ne suis pas sûr. Je devais la récupérer dans une aire de repos à l'extérieur d'Ashford, sur la route de Tenterden. C'est tout ce que je sais. Honnêtement. Les clés étaient cachées dans le passage de roue.

— Que faisiez-vous avec le véhicule ?

— Pas grand-chose.

— Élaborez, s'il vous plaît John, dit Kay.

— Cela signifie donnez-nous plus de détails, dit Barnes alors que la confusion se répandait sur le visage de l'homme.

— Ceci et cela. Une fois, j'ai dû aller chercher de l'alcool bon marché dans un supermarché à Calais. Ce genre de choses. Rien d'illégal, ajouta-t-il, les yeux écarquillés.

Quinze minutes plus tard, Kay et Barnes n'avaient obtenu aucune information supplémentaire de Millard. Comme son collègue, il choisissait de rester silencieux plutôt que de s'impliquer lui-même ou son patron dans une enquête.

Frustrés, ils mirent fin aux entretiens, renvoyèrent les hommes en cellule et retournèrent péniblement dans la salle des opérations.

Debbie leur tendit à chacun une tasse de thé alors qu'ils s'asseyaient et elle informa le reste de l'équipe de leurs découvertes.

Cela ne prit pas longtemps.

— Bon, eh bien, Carys a eu un peu plus de chance avec le véhicule, donc nous n'avons pas encore terminé, dit Sharp.

Il tapota du doigt la plaque d'immatriculation sur l'une des photographies du lieu de l'accident épinglée au tableau blanc.

— L'agence d'immatriculation des conducteurs et des véhicules a un enregistrement de cette voiture vendue il y a trois mois par un garage dans un petit village près de Hythe, mais les détails de l'acheteur ont été mal saisis sur le formulaire du carnet d'entretien du véhicule.

— Classique, dit Gavin en secouant la tête.

Un murmure d'approbation remplit la pièce.

Si une voiture était cédée dans des circonstances suspectes, ou si l'acheteur voulait rester inconnu, il était assez simple de falsifier la documentation ou de remplir les formulaires de transfert requis d'une écriture illisible.

L'autorité qui délivrait les cartes grises traitait tellement de documents au quotidien qu'il pouvait s'écouler six mois avant qu'un de leurs employés administratifs ne trouve le temps de questionner le vendeur du véhicule sur la divergence.

— Kay, j'aimerais que vous et Barnes y alliez demain matin à la première heure. Ne téléphonez pas à l'avance, je ne veux pas donner au propriétaire l'occasion de trouver une excuse.

— Ou un alibi, dit Carys.

CHAPITRE 15

Kay tourna sa clé dans la serrure, entra dans la chaleur du couloir et trébucha presque sur la valise ouverte laissée près de la porte d'entrée.

— Désolé, lança Adam depuis la cuisine. Je fais mes bagages à la dernière minute. J'ai failli oublier les rasoirs de rechange.

Kay accrocha son sac à main au pilier de la rampe d'escalier et posa sa veste par-dessus avant de retirer ses chaussures et de s'avancer dans le couloir.

Adam se tenait au niveau de l'évier, en train de laver une tasse de café. Il jeta un coup d'œil par-dessus son épaule lorsqu'elle apparut.

— Je me demande si je devrais partir, dit-il en s'essuyant les mains avec un torchon.

Elle fronça les sourcils.

— Pourquoi ? Que s'est-il passé ? Il y a un problème au travail ?

— Non, dit-il en traversant le carrelage pour la rejoindre près de l'îlot central.

Il tendit la main et replaça une mèche de ses cheveux derrière son oreille.

— Je m'inquiète pour toi. Pour cette enquête sur Demiri.

— Ça va aller.

Elle enroula ses doigts autour des siens.

— Tu ne peux pas annuler. Tu attends cette conférence depuis des mois. Pense à toutes les opportunités de réseautage à côté desquelles tu passerais si tu n'y allais pas.

— Je sais, Kay, mais il y aura une autre conférence l'année prochaine.

Elle lui serra la main avant de s'installer sur l'un des tabourets de bar autour de l'îlot.

— Adam, tu sais aussi bien que moi que si tu n'y vas pas maintenant, tu ne rencontreras pas les mêmes personnes qui seront là cette année. Tu n'as pas à t'inquiéter pour moi, Sharp était avec moi plus tôt aujourd'hui quand nous avons parlé à Demiri.

Ses lèvres se pincèrent.

— Demiri est un salaud de menteur, mais tout s'est bien passé. Pas de menaces. Pas de paroles en l'air. Rien du tout. De plus, je pense qu'il faudra des semaines avant que nous ayons quelque chose à lui reprocher ; il est trop malin. Il y a trop de couches dans son organisation que nous devons d'abord décortiquer. Tu seras de retour dans quoi, trois jours ?

— Oui.

— À quelle heure ton taxi vient te chercher ?

Adam regarda sa montre.

— Il sera là dans une vingtaine de minutes.

— Va chercher ces rasoirs, ou tu vas les oublier.

— C'est vrai.

Elle attendit qu'il ait quitté la cuisine avant de laisser échapper un soupir.

Elle pouvait entendre la note de peur dans sa voix, et elle savait qu'il n'était toujours pas certain qu'il était bon de la laisser seule dans la maison maintenant qu'elle et l'équipe s'en prenaient à nouveau à Demiri, mais elle ne pouvait pas laisser l'Albanais régir leurs vies.

Il avait déjà causé trop de dégâts, trop de chagrin, mais elle était déterminée à lui faire payer ce qu'il lui avait fait.

Elle glissa du tabouret et ouvrit l'une des portes du placard, sortit un verre à vin puis sélectionna une des bouteilles de Shiraz sur le casier intégré à l'îlot central, et elle se servit une dose.

Les pas d'Adam résonnèrent dans l'escalier et il sourit en entrant dans la cuisine.

— Je pense que j'ai le temps pour un petit verre aussi, dit-il en prenant un verre et en le remplissant.

— Santé, dit Kay. À la réussite de ton voyage et à plein d'idées pour l'entreprise.

Il fit tinter son verre contre le sien.

— Oh, j'en ai plein de celles-là, dit-il. C'est la mise en œuvre qui me donne le tournis.

— Tu as quelqu'un en tête que tu vas embaucher pour te libérer du temps ?

— Il y a un jeune diplômé dans un cabinet près de Paddock Wood que j'ai à l'œil. Je l'ai rencontré à cette soirée où nous sommes allés il y a quelques mois. Je sais qu'il est impatient d'intégrer un cabinet plus grand et de prendre plus de responsabilités.

— C'est prometteur.

— Oui. Je l'appellerai la semaine prochaine quand je serai rentré.

Le bruit d'une voiture entrant dans l'allée leur parvint, et Kay tendit le cou alors que les faisceaux des phares rebondissaient sur le mur du couloir.

— Le taxi est là.

— Il est en avance.

Adam vida les dernières gouttes de son verre de vin et le posa sur le plan de travail avant de la prendre dans ses bras.

— Tu vas me manquer.

— Tu vas me manquer aussi.

Le chauffeur de taxi klaxonna.

— Quelqu'un est pressé.

— Ouais, j'imagine que l'échangeur avec le M25 est un cauchemar à cette heure-ci. Mieux vaut ne pas le faire attendre.

Il s'écarta, et Kay le suivit dans le couloir avant

d'ouvrir la porte pour lui alors qu'il faisait rouler sa valise sur le seuil.

Le chauffeur ouvrit le coffre, et pendant un instant fugace, Kay pensa à la femme qui avait été brutalement assassinée.

Elle essaya de chasser cette pensée tandis qu'Adam soulevait sa valise dans le coffre et le fermait dans un claquement.

Il se pencha, parla au chauffeur, puis revint de la voiture, le regard sérieux.

— Pour l'amour du ciel, sois prudente, d'accord ?

— Ne t'inquiète pas, sourit-elle avant de l'embrasser. Je serai toujours là quand tu reviendras.

— Tu as intérêt à l'être.

Il lui serra le bras, puis courut vers la portière passager du taxi et monta.

Kay fit un signe de la main alors que la voiture reculait dans l'allée et s'engageait dans la rue, puis elle ferma la porte quand elle s'éloigna.

Elle glissa les deux grands verrous en haut et en bas du panneau, puis traversa la cuisine et fit de même pour la porte de derrière.

Elle réalisa avec un sursaut que c'était la première fois qu'elle se retrouvait seule dans la maison pour une longue période depuis l'enquête des normes professionnelles l'année précédente.

Et la première fois depuis qu'elle avait découvert que quelqu'un l'espionnait.

Soudain, la maison semblait incroyablement vide sans la présence d'Adam.

Alors qu'elle baissait les stores de la fenêtre, elle scruta l'obscurité.

Demiri l'observait-il en ce moment ?

Elle donna un dernier coup aux stores et réalisa que ses mains tremblaient.

Ce n'était que trois jours.

— Ça va aller.

CHAPITRE 16

Kay attacha sa ceinture de sécurité et s'installa dans le siège passager de la voiture pour le trajet vers la côte le lendemain matin.

Pendant qu'elle vérifiait ses e-mails sur son téléphone, Barnes manœuvrait le véhicule à travers le centre-ville, dépassait un camion lent, puis baissait le volume de la radio une fois qu'ils filaient à travers la campagne du Kent en direction du sud.

— Des informations sur le propriétaire du garage ?

Kay laissa tomber son téléphone dans son sac et en sortit une liasse de papiers que Debbie lui avait remise en partant. Elle alla à la troisième page et parcourut rapidement le contenu des yeux.

— Reg Powers. Soixante-deux ans. Il est propriétaire de l'endroit depuis 1991. Avant cela, il appartenait à son beau-père, décédé en 1993. Divorcé, pas d'enfants. Les registres fiscaux montrent qu'il emploie deux personnes à temps partiel.

— L'entreprise marche bien ?

Kay haussa les épaules.

— Elle se maintient. Il ne va pas battre des records avec ses revenus, mais ce n'est pas surprenant vu l'emplacement, il n'est pas dans une zone très peuplée, et Debbie a dit qu'il y avait un grand concessionnaire automobile à Hythe qui a une activité d'entretien ultramoderne en parallèle, donc beaucoup de gens y vont probablement.

— Tu penses que la plupart de ses clients sont des habitués, alors ?

— Oui, je suppose. Probablement des gens qui connaissaient son beau-père ou qui font entretenir leur voiture chez lui depuis des années.

— Il vend beaucoup de voitures d'occasion ?

Kay tourna la page.

— Non, environ huit par an.

Elle laissa tomber la liasse sur ses genoux et fixa le pare-brise.

— Il le fait probablement en annexe pour avoir un peu de revenu supplémentaire si l'un de ses clients veut vendre une voiture, ou quelque chose comme ça.

— On va bientôt le savoir.

Barnes rétrograda et ralentit en approchant du premier d'une série de villages qu'ils devaient traverser pour atteindre leur destination.

— Je ne suis pas venue par ici depuis des années,

dit Kay en observant le petit bureau de poste sur sa gauche et une épicerie qui semblait avoir du mal à faire des affaires.

— On amenait Emma par ici quand elle était petite, dit Barnes. La plage n'est pas géniale, mais elle aimait patauger dans l'eau quand elle était toute petite. En plus, il y avait toujours un bon pub sur le chemin du retour où on pouvait s'arrêter pour un déjeuner tardif et elle pouvait jouer dans le jardin.

Ils tombèrent dans un silence complice pendant quelques kilomètres, jusqu'à ce que Barnes s'éclaircisse la gorge.

— Tu as vu Larch récemment ?

Kay fronça les sourcils.

— En fait, non. Peut-être il y a trois semaines ?

— Ça ne te semble pas inhabituel ? Normalement, il rôde quotidiennement dans la salle des opérations en attendant de pouvoir s'en prendre à quelqu'un.

— Je suppose qu'il pourrait y avoir des réunions et des choses dont nous ne sommes pas au courant ?

Barnes grogna.

— J'ai entendu dire que l'unité mixte des services de renseignements avait une opération d'infiltration en cours. Peut-être que ça a quelque chose à voir avec ça. Tu penses qu'il serait impliqué là-dedans ?

— Honnêtement, Ian, je m'en fiche tant qu'il me laisse tranquille. J'ai plutôt apprécié ces dernières semaines sans l'avoir sur le dos, franchement.

Barnes sourit, puis fit un signe du menton par-dessus le volant en faisant tourner la voiture à droite.

— C'est ici.

Kay sortit lentement de la voiture quand Barnes se gara, s'étirant le dos pendant qu'elle attendait qu'il verrouille les portières.

Le petit garage avait été construit sur un terrain d'angle sur une route qui partait de la rue principale du village. Quatre voitures étaient garées sur le béton taché d'huile, toutes dans divers états d'ancienneté et de délabrement.

Les yeux de Kay aperçurent un arc-en-ciel révélateur d'huile scintillant dans une flaque, avant qu'elle ne se tourne vers Barnes qui renifla bruyamment.

Il plissa le nez devant les véhicules.

— Bon sang, celle de gauche ressemble exactement au tas de rouille qu'Emma a essayé de me faire acheter la semaine dernière.

— Les leçons de conduite se passent bien ?

— Ouais, elle passe son permis la semaine prochaine. Mais je ne vais certainement pas lui acheter un tas de ferraille, ça c'est sûr.

— Celles-ci ont l'air d'être dépecées pour leurs pièces.

— J'espère bien. Regarde la rouille dans les passages de roue de celle-là, pour l'amour du ciel.

Deux portes en tôle ondulée bleu délavé avaient été calées ouvertes, l'espace du garage au-delà perdu dans une pénombre chargée de particules de poussière.

Kay et Barnes s'approchèrent du seuil, un mélange piquant d'arômes agressant leurs sens – huile, graisse, fumée de cigarette – tous rivalisant d'attention parmi une odeur corporelle omniprésente.

Kay ouvrit la bouche pour appeler, puis sursauta en entendant une toux grasse derrière eux.

Elle fit volte-face.

— Je peux vous aider ?

L'homme devant elle poussa une casquette de baseball noire et sale sur son front et plissa les yeux, sa lèvre supérieure se retroussant.

— La police. J'aurais dû deviner, vu comment vous êtes habillés. On vous remarque à des kilomètres.

Kay sortit sa carte de police.

— Inspectrice Hunter. Voici l'enquêteur Barnes. Et vous êtes ?

— Reginald Powers. Je suis le propriétaire.

Il pointa du doigt un logo rouillé cloué au mur du bâtiment à côté d'un panneau rouillé d'accréditation pour le contrôle technique.

Il passa devant elle d'un pas raide, frôlant sa manche au passage, et ignora ostensiblement Barnes.

— Nous aimerions vous poser quelques questions.

— J'en suis sûr, marmonna-t-il par-dessus son épaule.

— Ça suffit.

Barnes le suivit dans le garage d'un pas décidé.

— Monsieur Powers, nous apprécierions un peu de coopération. Je suis sûr que vous comprenez que nous sommes des gens occupés, comme vous, alors à moins que vous ne vouliez que j'appelle les responsables de l'immatriculation des véhicules et les impôts pour demander un audit immédiat de votre entreprise, peut-être pourriez-vous accorder à ma collègue ici présente l'attention et le respect qu'elle mérite ?

L'homme leva les mains.

— Ce n'est pas nécessaire.

Ses yeux se tournèrent vers Kay.

— Je suis très occupé, c'est tout.

Elle jeta un coup d'œil autour du garage, dont le double emplacement était occupé par un seul véhicule et les établis le long d'un mur couverts d'une variété d'outils, tous jetés pêle-mêle.

— Occupé. Bien sûr.

Elle se retourna vers Powers et lui tendit une copie d'un certificat d'immatriculation de véhicule.

— Parlez-moi de cette voiture. À qui l'avez-vous vendue ?

Powers lui arracha le document des mains, sortit une paire de lunettes de lecture de la poche de sa salopette et les percha sur l'arête de son nez.

— Je ne m'en souviens pas, dit-il.

— Faites un effort, dit Barnes en croisant les bras sur sa poitrine.

Powers déglutit, jeta un coup d'œil à la page qu'il tenait en main, puis regarda de nouveau Kay.

— Ah oui, c'est vrai. Un type du côté de Maidstone. Il y a quelques mois.

Il tendit le document d'immatriculation.

— Il y a un problème ?

— Où est votre copie du reçu ?

Il haussa les épaules.

— Le bureau a été cambriolé il y a six semaines. Beaucoup de paperasse a été volée.

— Vous l'avez signalé ?

Nouveau haussement d'épaules.

— Non. Ils n'ont rien pris de valeur. L'argent est gardé dans le coffre-fort. Probablement juste des gamins. Quelques outils ont aussi été pris. Seulement les moins chers, notez bien.

— La voiture vous appartenait ?

— Oui.

— À qui l'aviez-vous achetée ?

— Aux enchères à Sittingbourne.

— Vous avez les documents ?

— Non, ils ont été pris—

— Lors du cambriolage il y a six semaines. Évidemment.

Powers se balança d'un pied sur l'autre avant d'essuyer le dos de sa main sous son nez. Il pointa son pouce par-dessus son épaule.

— Si c'est tout, je dois m'occuper du contrôle technique de ce véhicule aujourd'hui.

Kay réprima sa frustration, sortit une de ses cartes de visite de son sac et la tendit au propriétaire du garage.

— Si la mémoire vous revient, appelez-moi, dit-elle avant de tourner les talons.

— Et voici ma carte, dit Barnes. Je m'attends à recevoir un appel de mes collègues de Hythe d'ici la fin de la semaine pour me dire que vous leur avez présenté un ensemble complet de vos documents vous autorisant à délivrer des cartes grises.

Kay sourit en retournant à la voiture, les pas de Barnes tout près derrière elle.

En déverrouillant la voiture, il enfonça la clé dans le contact et fixa d'un regard noir la devanture du garage.

— Salaud de menteur, cracha-t-il.

— En effet, dit Kay. Maintenant, tout ce qu'il nous reste à faire, c'est de découvrir pourquoi.

CHAPITRE 17

Jozef Demiri plia son énorme corps dans un grand fauteuil en cuir et fit tournoyer le cognac dans son verre tandis que ses yeux parcouraient l'écran devant lui.

Le club exclusif avait une politique d'admission sur invitation uniquement, et en ce moment, il regardait la rediffusion de trois de ses clients les plus lucratifs en train de profiter d'un visionnage privé. La femme qui défilait devant eux était jeune, triée sur le volet, et avait été l'une de ses favorites.

Il soupira, se pencha en avant et éteignit le moniteur alors que le téléphone à son coude commençait à vibrer.

— Qu'est-ce qu'il y a ?

Il écouta l'interlocuteur et prit une gorgée du liquide brun clair, savourant les saveurs qui caressaient sa langue avant d'avaler.

— Faites-le entrer.

Il mit fin à l'appel, posa le verre en cristal à côté du téléphone et se leva péniblement du fauteuil.

Ignorant les cartons qui avaient été placés contre un mur, il se dirigea vers un bureau au centre de la pièce alors que la porte de son bureau privé s'ouvrait et que Tavender apparaissait, le visage furieux.

— Alors ? dit Demiri.

— Les empreintes de Millard et Hudson ont été trouvées sur la voiture. Ils ont été arrêtés.

— Ils vont parler ?

Une lueur apparut dans les yeux de Tavender.

— Millard a une fille de six ans à l'école à Gravesend. La petite amie de Hudson est enceinte. Non, ils ne vont pas parler, je peux vous l'assurer.

— Ils ont intérêt.

Demiri plissa les yeux, ses instincts en alerte.

— C'est tout ?

Le regard de Tavender se posa sur la moquette, puis se releva.

— Eh bien ?

— Powers a appelé. Hunter s'est présentée chez lui avec un autre détective, Ian Barnes.

— Quand ?

— Ce matin.

— Comment diable ont-ils pu le découvrir ?

— Ils ont dû remonter jusqu'à lui grâce au véhicule.

Demiri s'efforça de garder une voix calme.

— Il a des instructions claires sur ce qu'il doit faire avec les véhicules qu'il fournit, n'est-ce pas ?

— Oui, monsieur Demiri.

— Il devient négligent. Est-ce que c'est la première fois ?

Tavender détourna le regard.

Demiri franchit l'espace entre eux en trois pas et gifla l'homme.

— Réponds-moi ! Ne détourne pas le regard quand je te parle.

L'homme se frotta la joue, mais soutint le regard de Demiri.

— Je suis désolé, monsieur Demiri.

Millard et Hudson étaient sacrifiables. Il ne doutait pas qu'ils garderaient le silence par peur de ce que Tavender ferait à leurs familles, mais Powers était un cas malheureux.

L'homme n'avait pas de famille, pas d'attaches, et il serait donc insensible à toutes les menaces que Tavender pourrait proférer.

D'ailleurs, ils avaient déjà organisé un cambriolage six semaines plus tôt pour s'occuper de certaines affaires extraprofessionnelles que Powers avait pris sur lui de gérer depuis le petit garage.

Demiri n'avait laissé aucun doute à l'homme quant à ses responsabilités envers l'organisation, et Powers avait rapidement acquiescé après que Tavender avait menacé de lui passer un chalumeau sur les couilles.

Si cela avait été quelqu'un d'autre, il n'y aurait rien

eu à sauver, mais le propriétaire du garage avait son utilité – les véhicules jetables étaient rares avec tous les contrôles rigoureux exercés par les autorités britanniques, et trouver un autre fournisseur aurait été problématique à court terme.

Demiri vida son verre.

Malheureusement, il semblait que Powers n'avait pas retenu la leçon.

Il était temps qu'on lui en donne une définitive.

— Mets fin à son engagement avec nous. Utilise-le comme exemple pour montrer à nos autres fournisseurs que lorsque je leur donne des instructions, ils font ce qu'on leur dit.

— Oui, monsieur Demiri.

— Et pour Stokes ?

— Pas de nouvelles. Je surveille la situation. S'il y a une opportunité de s'occuper de lui, nous le ferons.

Demiri tapota son doigt contre le verre en cristal vide, le doux tintement de la bague en or à sa main droite remplissant l'air.

— Nous n'avons pas besoin de ce genre de distractions. Tu aurais dû t'occuper de lui en même temps que la fille.

L'autre homme baissa les yeux.

— Je suis désolé, monsieur Demiri.

— Ne deviens pas négligent dans ton travail, Tavender. Je compte sur toi.

L'autre homme hocha la tête et se redressa.

— J'ai des nouvelles concernant la détective Hunter.

— Ah bon ?

— Il semble que le vétérinaire ait quitté la maison pour un moment, on l'a vu monter dans un taxi avec une grosse valise.

— Intéressant.

Demiri se frotta le menton, puis congédia l'autre homme d'un geste.

— Vas-y maintenant.

Demiri attendit que Tavender ait fermé la porte derrière lui, puis se laissa tomber dans son fauteuil et passa sa main sur ses yeux.

Une nouvelle cargaison devait arriver dans quelques jours, les clients étaient dans l'expectative, et les dispositions nécessaires étaient en place pour assurer une transition en douceur. Et pourtant, l'organisation semblait s'effilocher sur les bords.

Il grinça des dents.

La complaisance de Stokes pourrait tout ruiner, et Demiri ne pouvait s'en prendre qu'à lui-même.

Tavender était venu le voir deux mois plus tôt pour lui dire qu'il s'inquiétait au sujet du chauffeur ; qu'il passait trop de temps avec l'une des filles au lieu de s'occuper de ses affaires.

Demiri l'avait rejeté comme une lubie passagère – Stokes était son chauffeur depuis plus d'un an, et il n'avait eu aucune autre raison de douter de l'homme.

Jusqu'à maintenant.

Quant à la cargaison, ils devraient utiliser les véhicules qu'ils avaient déjà gardés sous surveillance étroite, prêts à rencontrer ses fournisseurs et à transporter les colis à travers le comté.

Son esprit se tourna vers la détective et son supérieur.

Il ne doutait pas qu'il la reverrait, et il passa sa langue sur ses lèvres avec anticipation. Le fait qu'elle soit seule à la maison l'excitait.

Il ferma les yeux et expira.

Encore sept jours, et il pourrait se détendre.

CHAPITRE 18

Kay feuilleta le document qu'elle tenait entre ses mains, puis le jeta sur son bureau avec dégoût et soupira.

Un sentiment de frustration s'était infiltré dans ses veines alors qu'elle passait au crible les rapports actualisés sur les intérêts commerciaux de Jozef Demiri. Elle connaissait la plupart d'entre eux par cœur ; elle avait mémorisé les faits et les chiffres lors de la dernière enquête sur cet homme, et elle n'avait qu'à jeter un coup d'œil sur les faits supplémentaires des douze derniers mois.

Pourtant, rien n'avait changé.

L'homme maintenait toujours une façade impeccable tout en étant responsable de la plupart des problèmes de drogue dans le sud-est de l'Angleterre.

Carys leva les yeux de son ordinateur.

— Rien ?

113

— Non.

Kay passa sa main dans ses cheveux et s'effondra dans son fauteuil.

— Pas dans les comptes officiels, en tout cas. Et toi ?

La jeune détective haussa les épaules, ses yeux parcourant l'écran devant elle. Elle plissa le nez.

— Rien qui puisse nous obtenir un mandat de perquisition pour ses bureaux, c'est certain. Quelques avis du conseil municipal concernant des panneaux installés à l'extérieur du bâtiment qui ont dû être retirés ; apparemment, ils étaient contraires aux lois d'urbanisme. C'est tout.

— Dommage, dit Gavin depuis sa position près du bureau de Barnes.

Kay murmura son accord, puis leva les yeux lorsque Sharp entra dans la salle des opérations.

— Bien, vous tous. Rassemblez-vous. Commençons ce briefing.

Kay s'étira le dos en se dirigeant vers l'endroit où le tableau blanc avait été installé, puis se percha sur le coin du bureau de Debbie.

L'agente de police sourit et passa un paquet de biscuits à Kay, qui sourit et en prit un.

— Merci, Debs.

Sharp tourna son attention vers Kay et Barnes une fois que tout le monde fut installé.

— Comment ça s'est passé avec le propriétaire du garage ?

— Il était difficile, dit Kay. Nous soupçonnons qu'il cache quelque chose, mais je ne voulais pas trop insister aujourd'hui et l'effrayer. Il dit qu'il ne se souvient pas à qui il a vendu la voiture, et qu'il l'a achetée aux enchères de Sittingbourne. Cependant, il y a eu un cambriolage il y a quelques mois et tous les documents ont été volés.

— Tellement pratique, ajouta Barnes.

— Il couvre quelqu'un ? dit Carys.

— Il n'avait pas l'air effrayé, dit Barnes. Il était arrogant ; présomptueux.

— Protégé par quelqu'un, peut-être ? suggéra Kay. Peut-être par quelqu'un qui serait prêt à mettre en scène un cambriolage pour faire disparaître les preuves documentées d'une vente de véhicule ?

— Tu penses qu'il fait du trafic de véhicules volés ? demanda Gavin.

— Il n'y a rien dans le système, mais c'est probablement parce qu'il n'a pas encore été pris.

— Très bien, continuez à creuser, dit Sharp. Il doit bien y avoir quelque chose.

Il jeta un coup d'œil à son carnet sur le bureau à côté de lui, puis se retourna vers l'équipe.

— Nous avons eu un développement majeur, dit-il. Lucas a envoyé les résultats de l'autopsie de notre victime féminine il y a une heure. Étant donné le contenu de ce rapport, je lui ai parlé au téléphone, mais il maintient sa position. Elle était vivante quand elle a été placée à l'arrière de la voiture.

Une onde de choc émana de l'équipe assise devant lui, et la mâchoire de Kay tomba.

— Vivante ?

Sharp hocha la tête.

— C'est ce que dit Lucas. Elle a été tuée lorsque le côté de sa tête a heurté la carrosserie de la voiture lors du retournement. Instantanément, selon lui. La base de son crâne a été enfoncée par la force de l'impact.

— Donc, elle était consciente tout le temps qu'elle était dans le coffre de la voiture, enveloppée de plastique ? dit Gavin. Je suis surpris qu'elle n'ait pas suffoqué.

— J'ai vérifié cela avec Harriet, dit Sharp. Quand nous sommes arrivés sur les lieux, le plastique avait déjà été déchiré par l'impact, c'est comme ça que nous avons pu voir ses membres, mais Harriet dit que de petites perforations avaient été faites dans l'emballage, près de la bouche de la femme. Les résultats de l'autopsie confirment cela. Qui qu'elle soit, elle n'est pas morte d'asphyxie parce qu'elle a réussi à faire entrer suffisamment d'air dans ses poumons pour rester en vie.

— On aurait pensé qu'il aurait vérifié ça, dit Carys.

— C'est vrai. Pourquoi ne l'aurait-il pas fait ? dit Kay.

— Il aurait pu avoir un autre lieu de meurtre en tête pour en finir avec elle, dit Barnes, le visage sombre. C'était seulement notre hypothèse qu'il l'avait déjà tuée et se préparait à se débarrasser du corps.

— Un sacré risque, dit Gavin. S'il avait été arrêté pour conduite erratique au lieu d'avoir un accident...

Sharp se leva du bureau et épingla deux autres photographies au tableau, puis fit un pas en arrière pour que l'équipe puisse voir. Il pointa la première, montrant le corps d'une femme brune maigre, les yeux fermés, sa peau gonflée par la mort.

— Cette femme a été retrouvée sur les berges des lacs artificiels d'Aylesford il y a un an, dit-il.

— Je m'en souviens, dit Barnes. Aucune identification, et personne ne l'avait signalée disparue.

Sharp hocha la tête.

— Des signes de consommation de drogue, aussi. Personne n'a jamais été inculpé pour son meurtre.

Il tapota la deuxième photographie, montrant une autre jeune femme, cette fois avec des cheveux blonds courts, un bleu couvrant sa joue gauche.

— Cette femme a été retrouvée à l'autre bout du lac cinq mois plus tard. Elle n'apparaissait dans aucune base de données, mais les résultats de l'autopsie ont montré qu'elle était gravement sous-alimentée et vivait probablement dans la rue depuis plusieurs mois avant sa mort. Les deux femmes ont été retrouvées enveloppées dans du plastique. Ces détails n'ont jamais été communiqués au public, et les enquêteurs n'ont eu aucune nouvelle piste à suivre.

Kay déglutit, les restes du biscuit sec collant dans sa gorge.

— Étaient-elles vivantes quand elles ont été immergées ?

— Les résultats de l'autopsie confirment que oui.

— Il a eu de la chance, si c'est le même homme responsable des trois morts, dit Kay. C'est une zone très fréquentée pour abandonner des corps.

Sharp se frotta le menton.

— Ou bien il a entendu dire que ces deux corps avaient été retrouvés, et il a changé d'endroit, dit-il. Mais pour aller où ?

— Vous pensez qu'il y en a d'autres ? demanda Carys.

Sharp croisa les bras sur sa poitrine et hocha la tête.

— Oui, je le pense. Tout indique quelqu'un qui a beaucoup d'expérience dans ce domaine.

— Salaud, dit Barnes. Il a intérêt à survivre à l'opération.

CHAPITRE 19

Sharp leva les yeux en entendant frapper à la porte de la salle des opérations, et Kay jeta un coup d'œil par-dessus son épaule.

Un jeune agent de police à l'air nerveux se tenait sur le seuil, ses yeux balayant la pièce jusqu'à ce qu'il repère Sharp.

— Qu'y a-t-il, agent ?

— La commissaire, monsieur. Elle veut vous parler, à vous et à l'inspectrice Hunter, au quartier général. Elle a dit « immédiatement ».

Tous les regards se tournèrent vers Kay, le brouhaha du briefing s'éteignant dans l'air alors qu'un silence choqué balayait la pièce.

Sharp plissa les yeux en jetant un coup d'œil vers son bureau.

— Je n'ai pas entendu mon téléphone sonner.

— Le message est passé par le standard, dit

l'agent. J'ai expliqué que vous étiez probablement en plein briefing.

— Très bien. Nous y allons tout de suite.

L'agent hocha la tête et quitta rapidement la pièce.

— Kay ? Dans mon bureau. Les autres, nous avons toujours une enquête pour meurtre à gérer, alors ne laissez pas cette interruption vous détourner de votre travail.

Quand personne ne bougea, il les fusilla du regard.

— Ça veut dire maintenant.

Le personnel administratif et les détectives se précipitèrent à leurs bureaux tandis que Kay attrapait sa veste de tailleur du dossier de sa chaise et suivait Sharp dans son bureau, fermant la porte derrière elle.

— Une idée de ce dont il s'agit ?

— Non, et vous ?

Elle secoua la tête.

— Eh bien, à moins que M. Demiri n'ait déposé une plainte, ce dont je doute fort, je suis aussi perdu que vous, alors allons voir ce que la commissaire a à dire.

Il passa sa veste sur ses épaules et ils retraversèrent la salle des opérations avant de descendre un escalier.

Après avoir signé pour une voiture de service, Sharp conduisit la courte distance jusqu'au quartier général de la police du Kent en un temps record, et mena le chemin jusqu'au bureau de la commissaire.

Kay se frotta l'œil pendant que Sharp se tenait devant la porte du bureau, la main prête à frapper.

Il jeta un coup d'œil par-dessus son épaule.

— Prête ?

— Pas vraiment.

Kay déglutit. Elle n'avait jamais été convoquée au bureau de la commissaire auparavant.

Des souvenirs d'attente devant le bureau du directeur après les rares occasions de retenue infligées par un professeur impatient lui revinrent à l'esprit.

Elle prit une profonde inspiration, expira, puis hocha la tête vers Sharp.

Il y eut une brève pause après son coup sur la porte, puis la voix de la commissaire retentit.

— Entrez.

Kay chassa un cheveu rebelle de l'épaule de sa veste et suivit Sharp dans la pièce.

Susan Greensmith, commissaire de la division ouest du Kent, se leva de son siège à leur entrée, sourit et serra la main de Sharp, puis tendit la sienne à Kay.

— Merci d'être venus. Inspectrice Hunter. Je vous en prie, asseyez-vous.

Elle désigna les chaises devant le large bureau et reprit sa place derrière, poussant une pile de dossiers cartonnés et joignant ses mains devant elle.

— Je comprends que vous avez du nouveau dans l'affaire de la femme tuée dans l'accident de la route il y a trois nuits, et que vous soupçonnez Jozef Demiri d'être impliqué. Quel est l'état actuel de vos enquêtes, Devon ?

Kay écouta Sharp fournir un résumé de leur enquête tandis que la commissaire intervenait de temps en temps avec des questions et des clarifications, et elle se demanda pourquoi une réunion en face à face avait été demandée alors que Sharp soumettait déjà des rapports quotidiens.

Sharp termina de parler et s'adossa dans sa chaise.

Greensmith pinça les lèvres.

— Il semble certainement que vous et votre équipe faites tout votre possible avec les informations dont vous disposez, Devon.

— Merci.

— Cependant, je suppose que vous vous demandez tous les deux pourquoi je vous ai fait venir ici.

Kay se mordit la lèvre tandis que Sharp émettait un bruit non engagé au fond de sa gorge.

Greensmith déplia ses mains et désigna le dossier du dessus de sa pile.

— Je n'ai pas besoin de vous dire à tous les deux que l'arrestation et la poursuite subséquente de Jozef Demiri ont été une priorité pour nous, surtout après ce qui vous est arrivé, Hunter.

La chaleur monta aux joues de Kay, mais elle garda le silence.

Le ton de Greensmith était factuel plutôt

qu'accusateur, et elle continua comme si elle était inconsciente du malaise de Kay.

— Le fait est, poursuivit la commissaire, que notre unité des crimes majeurs n'a jamais abandonné l'affaire Demiri, et dans une tentative d'utiliser toutes les ressources dont je dispose, les récents événements de votre enquête me mènent à une conclusion. L'unité des crimes majeurs devrait diriger toutes les enquêtes sur les activités de Jozef Demiri.

— Mais—

— Je suis désolée, détective Hunter, mais cette unité est mieux équipée pour faire face à tout ce que Demiri pourrait nous opposer.

— Qu'en pense le commandant divisionnaire Larch ? demanda Kay, puis elle se mordit la lèvre, réalisant qu'elle poussait sa chance.

Greensmith haussa un sourcil avant de répondre.

— Bien que cela ne vous regarde pas, détective, le commandant divisionnaire Larch dirige actuellement un autre aspect de l'enquête.

— Mais—

— C'est tout ce que je suis prête à vous dire, Hunter.

— Madame, si je peux faire une suggestion ? dit Sharp.

— Allez-y.

— Hunter et moi sommes tous deux bien conscients de la dangerosité de Demiri. Plutôt que d'écarter complètement notre équipe, peut-être pourrions-nous être détachés auprès de l'enquête de l'unité des crimes majeurs ?

— On m'avait dit que vous ne céderiez pas cette affaire sans vous battre, Devon.

Elle leva la main pour l'empêcher d'interrompre.

— Je comprends le temps et les efforts que vous avez consacrés à la poursuite de cet homme au fil des années.

Elle se pencha en avant et appuya sur le bouton de son téléphone.

— Louise ? Faites entrer le commandant divisionnaire Harrison, s'il vous plaît.

Kay entendit Sharp jurer à voix basse et haussa un sourcil.

Il secoua la tête, et ils se levèrent tous les deux lorsque la porte s'ouvrit et qu'un homme entra dans la pièce, sa taille ne laissant que peu d'espace alors qu'il se baissait instinctivement sous le cadre de la porte.

— Inspectrice Hunter, voici le commandant divisionnaire Simon Harrison. Sharp, je crois que vous et Harrison vous connaissez ?

— Nous nous sommes déjà rencontrés.

Greensmith attendit que les présentations soient terminées, puis verrouilla l'écran de son ordinateur et prit son téléphone portable sur son bureau.

— Je vous laisse tous les trois vous organiser. Restez courtois. Je veux retrouver mon bureau en un seul morceau quand je reviendrai dans trente minutes.

Kay recula vers sa chaise mais ne s'assit pas

lorsque la porte se referma derrière Greensmith. Au lieu de cela, elle observa avec intérêt Sharp se mettre de côté pour laisser Harrison traverser jusqu'à la fenêtre.

La tension entre les deux hommes était palpable, et elle se demanda quelle était leur histoire. Il était évident que le résultat avait laissé des problèmes non résolus entre eux.

Harrison se tourna pour leur faire face, les mains jointes derrière le dos et un sourire crispé sur le visage.

— Eh bien, Sharp, je ne pensais pas que nos chemins se croiseraient à nouveau. Pas comme ça.

— Vous avez l'air en forme, Simon. Comment vous convient Gravesend ?

Harrison grimaça, mais se reprit rapidement.

— Ça me donne l'occasion de surveiller les problèmes plus importants dans le Kent. Cependant, je préfère de loin être impliqué en première ligne.

— Nous comprenons que votre équipe des crimes majeurs pourrait avoir besoin d'aide pour monter un dossier contre Jozef Demiri, dit Kay.

Harrison tourna son attention vers elle, les yeux brillants.

— J'ai déjà détaché un inspecteur du poste de police de Maidstone pour travailler sur cette affaire avec moi.

— Oh. Qui ?

— Jake O'Reilly.

Kay réussit à retenir l'éclat de surprise qui menaçait de s'échapper de ses lèvres.

O'Reilly avait au mieux un bilan fragile en ce qui concernait sa charge de travail, et elle se rappela que l'inspecteur n'avait toujours pas découvert qui avait attaqué Gavin Piper au printemps, laissant le jeune détective à l'hôpital avec des côtes cassées.

Elle n'avait pas abordé le sujet auparavant, réticente parce qu'elle se blâmait pour l'attaque contre Gavin. Elle avait longtemps soupçonné qu'il s'agissait d'un avertissement pour qu'elle abandonne ses propres enquêtes sur les affaires de Demiri, et elle ne souhaitait pas mettre davantage ses collègues en danger.

Elle enfonça ses ongles dans ses paumes.

— Kay a raison, dit Sharp. Mon équipe a une meilleure connaissance des environs immédiats et des endroits connus de Demiri. Nous l'avons déjà interrogé au sujet du corps de la femme trouvé dans un véhicule impliqué dans un accident il y a trois nuits, et nous attendons d'interroger le conducteur. Nous avons les effectifs dont vous allez avoir besoin et nous sommes déjà mobilisés.

— Je peux travailler aux côtés d'O'Reilly pour le mettre au courant de notre enquête à ce jour, ajouta Kay.

Harrison eut un sourire narquois.

— Je ne pense pas que ce soit nécessaire, Hunter.

— Pourquoi pas ? J'ai travaillé avec l'unité des

crimes majeurs pendant cinq ans. J'ai déjà été détachée à cette unité, et j'ai suivi une formation adéquate. Je suis plus que capable. D'ailleurs, on pourrait dire que j'ai un intérêt personnel dans la façon dont tout cela va se terminer, n'est-ce pas, chef ?

— Je ne suis pas sûr de ce que la commissaire aura à dire à ce sujet.

Kay sourit et croisa les bras.

— Eh bien, nous pourrions attendre qu'elle revienne et le lui demander ?

— Ou vous pourriez l'appeler, dit Sharp. Elle semblait savoir où vous trouver à la minute, alors je présume que vous avez son numéro de portable ?

Les yeux de Harrison se plissèrent, et il se dirigea vers la porte.

— Attendez ici.

Sharp se pencha en avant et baissa la voix alors que la porte se refermait doucement derrière le commandant divisionnaire.

— Vous n'êtes pas obligée de faire ça, Kay. Vous savez à quel point Demiri est dangereux.

Il leva une main pour la faire taire.

— Je ne remets pas en question vos compétences. Je m'interroge sur le bon sens de vous garder si proche d'une personne qui a déjà prouvé qu'elle était capable de s'introduire chez vous et peut-être d'attaquer votre collègue pour vous empêcher de le poursuivre.

— Je veux le faire, dit Kay. Pour ma fille, et tout le reste. Je veux que justice soit faite.

Elle tourna son attention vers Harrison qui toussota poliment, debout dans l'encadrement de la porte.

Il haussa un sourcil vers elle et Sharp, puis ses lèvres s'amincirent en un bref semblant de sourire.

— Je ne peux pas dire que je sois entièrement surpris par vos exigences, Hunter. J'ai toujours eu l'impression que vous étiez obsessionnelle dans votre poursuite de Demiri.

Kay déglutit, mais resta silencieuse alors qu'il tournait son attention vers Sharp.

— Votre équipe peut rester sur l'enquête concernant la mort de la femme, dit-il. Et vous serez détaché auprès de moi jusqu'à ce que nous voyions Demiri inculpé.

— Merci, souffla Kay.

La lèvre supérieure de Harrison se retroussa.

— Il n'y aura pas d'autre chance si vous changez d'avis, Hunter. Nous allons le coincer. Maintenant.

CHAPITRE 20

— Est-ce que vous allez nous dire qui est l'homme à l'hôpital ?

Simon Harrison croisa les bras sur sa poitrine.

— Daniel Stokes est le nom sous lequel Demiri le connaît.

— Qu'est-ce que vous voulez dire ?

L'homme soupira et contempla ses ongles.

— Je suppose que ça n'a plus d'importance maintenant si vous connaissez son nom. Il ne travaillera plus sous couverture, et nous allons probablement devoir lui construire une nouvelle identité après cette dernière débâcle. Son vrai nom est Gareth Jenkins. C'est un inspecteur qui travaillait sous couverture dans l'organisation de Demiri depuis deux ans. Un atout très précieux, il faut le dire.

— Qui est la fille morte ? Vous le savez ? demanda Sharp.

— Gareth devra confirmer, mais je soupçonne fortement, en regardant les photos, qu'il s'agit d'une immigrée illégale de Roumanie appelée Katya.

— Comment connaissez-vous son nom ?

— Nous surveillons Demiri, comme je l'ai dit, depuis deux ans maintenant. Lorsque nous avons commencé l'opération, nous pensions qu'il était responsable d'une grande quantité de drogue introduite clandestinement dans le pays via la côte sud du Kent. La mission de Gareth était de se positionner au sein de l'entreprise de Demiri et d'accéder aux informations sur la façon dont la drogue était importée, et par qui.

Kay fronça les sourcils.

— Le camion dans lequel nous avons trouvé l'arme ?

Harrison hocha la tête.

— C'était l'une des manières, les camions étaient amenés par ferry plutôt que par le tunnel sous la Manche. Le trafic des ferries est plus difficile à contrôler, les manques de personnel et autres signifient que nous ne pouvons effectuer que des contrôles ponctuels la plupart du temps, à moins d'avoir reçu un tuyau. Le tunnel est plus sexy pour les terroristes, donc c'est là que la plupart de nos ressources sont placées. Le camion dont vous parlez a été saisi après la conclusion de votre enquête—

Kay le foudroya du regard.

— Elle n'était pas conclue. J'ai été piégée.

Il leva une main.

— Je suis désolé. Si je peux continuer ? Une fois que nous avons eu le camion, nous avons envoyé nos propres enquêteurs de la brigade criminelle pour le réexaminer. Les vôtres avaient fait un travail fantastique, mais leur objectif était de lier Demiri à l'arme et à tout résidu de drogue. Nous cherchions autre chose.

— Quoi ?

— Des preuves montrant que Jozef Demiri dirige une entreprise prospère de trafic d'êtres humains. Plus précisément, d'esclavage et de prostitution.

— Ont-ils trouvé quelque chose ? demanda Sharp.

— Oh, oui. Des cheveux, des traces de sang, des excréments, tout y était, mais en quantités infimes.

Il secoua la tête.

— Ça a pris une éternité. Je vais être honnête, nous avons cru à un moment qu'il allait s'en tirer. Gareth nous avait prévenus que Demiri insistait toujours pour que chaque véhicule soit minutieusement nettoyé après chaque expédition.

Kay expira et se leva de sa chaise pour se diriger vers la fenêtre.

Entendre Harrison parler des victimes de Demiri de manière si détachée lui donna des frissons dans le dos, et elle croisa les bras avant de tourner le dos au soleil qui filtrait à travers les stores.

— Qu'est-il arrivé à Katya ?

Une expression de détresse traversa les traits de Harrison, et il s'éclaircit la gorge avant de parler.

— Nous les prévenons toujours, dit-il. Nos officiers, je veux dire. De ne pas s'impliquer. Ils ne peuvent pas risquer d'avoir des liens avec qui que ce soit en faisant ce genre de travail. C'est pourquoi nous avons approché Gareth. Il n'a pas de parents, pas de frères et sœurs, pas de femme ni de petite amie dont il faudrait s'inquiéter ou que Demiri pourrait utiliser si sa couverture était grillée. Nous leur disons toujours de ne pas se marier ou d'avoir de relation sérieuse.

Il soupira et passa une main dans ses cheveux, l'air soudain fatigué.

— Ça ne finit jamais bien. Malheureusement, Gareth semble être tombé amoureux de Katya, et nous a dit lors de notre dernier débriefing qu'il avait l'intention de la sortir des griffes de Demiri. Il nous a dit qu'elle savait des choses qui nous aideraient à mettre Demiri en prison à vie.

— Quel genre de choses ? dit Kay.

— Nous ne savons pas. Elle a refusé de lui dire tant que nous ne garantissions pas sa sécurité. Elle était terrifiée par Demiri et ne voulait pas parler tant que nous ne nous engagions pas à la sortir de là.

— Qu'est-ce qui a mal tourné ? demanda Sharp.

Harrison haussa les épaules.

— Nous pensons que Demiri a découvert leur relation.

— Vous pensez ? dit Kay.

Elle traversa la pièce à grands pas, saisit le dossier en carton que Greensmith avait placé dans son bac de correspondance, et en sortit la photographie du corps de Katya à l'arrière de la voiture avant de l'agiter sous le nez de Harrison.

— Il me semble qu'il l'a *bel et bien* découverte.

Le visage de Harrison rougit.

— Elle a dû dire quelque chose à quelqu'un.

— Ou bien ils étaient tous les deux sous surveillance, dit Sharp. Demiri savait ce que Gareth manigançait et l'a utilisée pour vous envoyer un message.

— Quand avez-vous appris l'accident de Gareth ? demanda Kay.

— Il ne m'a pas contacté à l'heure prévue il y a quatre nuits.

— Et pourtant, il vous a fallu jusqu'à maintenant pour nous en informer, dit Sharp entre ses dents serrées, les yeux flamboyants.

Kay regarda Sharp, puis Harrison.

— Nous devons lui parler dès qu'il sera réveillé.

— Il semble que je sois capable de devancer vos demandes avec une précision étonnante, dit Harrison. Gareth s'est réveillé il y a trois heures. Vous avez rendez-vous avec lui dès que nous aurons terminé ici.

— Eh bien, qu'est-ce qu'on attend ?

CHAPITRE 21

Kay n'était pas surprise que Harrison insiste pour conduire, mais elle fut déconcertée lorsque leur véhicule dépassa l'embranchement pour Barming et continua sa route.

Sharp avait réquisitionné le siège passager avant, elle dut donc se pencher en avant depuis sa position derrière Harrison.

— Où allons-nous ? Je croyais que Jenkins était à l'hôpital de Maidstone ?

Ses yeux se portèrent sur le rétroviseur, puis revinrent sur la route.

— Nous l'avons fait transférer sous sédation la nuit dernière. J'ai insisté pour qu'on ne divulgue pas l'information avant qu'on ait eu l'occasion de lui parler.

— Pourquoi ?

— Maidstone est trop grand. Trop facile pour Dêmiri de provoquer une distraction et d'atteindre Gareth. Nous l'avons fait transférer dans un petit hôpital privé à l'extérieur de Tunbridge Wells.

— Sont-ils équipés pour s'occuper de lui ? demanda Sharp.

— Oui. Des installations d'urgence et une unité de soins intensifs à la pointe de la technologie. Il est entre les meilleures mains que le contribuable puisse se permettre, dans ces circonstances.

— Est-ce qu'il est au courant pour Katya ?

— On l'a informé quand il a repris connaissance, oui.

Kay se rassit au fond de son siège et regarda par la fenêtre le paysage qui défilait en soupirant.

Sharp jeta un coup d'œil par-dessus son épaule.

— Ça va ?

— Ouais.

Le reste du trajet se fit en silence, seulement interrompu par Harrison annonçant leur arrivée près de l'hôpital privé alors qu'il mettait son clignotant pour quitter un rond-point et rejoindre une voie de contournement à la périphérie de la ville thermale.

Cinq minutes plus tard, ils traversaient à grands pas un parking, passant devant des aménagements paysagers ornementaux, puis longeaient le côté du bâtiment moderne de trois étages.

Deux agents de sécurité se tenaient près d'une

issue de secours à l'arrière et se redressèrent à l'approche de Harrison.

Il sortit sa carte de police et se retourna vers Kay et Sharp alors que l'un des gardes portait sa radio à ses lèvres.

— Je pensais ce que j'ai dit. On ne prend aucun risque. Personne ne sait qu'il est ici à part nous. Ces gens ne savent pas qui ils gardent.

— Où les avez-vous trouvés ? demanda Kay.

— Ce sont des agents en service dans notre unité d'intervention tactique, dit Harrison. Il y en a quatre autres à l'intérieur du bâtiment, dont deux dans la chambre de Gareth.

Alors que le garde finissait de parler et s'éclaircissait la gorge, Kay croisa le regard de Sharp.

Soudain, tout ce que Harrison lui avait dit sur les affaires de Demiri et sa détermination à rester au-dessus des lois semblait très, très réel.

— Par ici, aboya Harrison.

Sharp lui tint la porte ouverte, puis la suivit alors qu'ils s'engageaient dans un couloir étroit et montaient un escalier.

Malgré les larges baies vitrées fumées le long de la façade de l'établissement médical, l'arrière du bâtiment était sans caractère et fonctionnel, et Kay remarqua des panneaux indiquant les bureaux administratifs et les réserves alors qu'elle suivait Harrison.

Ils tournèrent un coin, et Kay se pencha pour voir

derrière Harrison deux autres gardes armés à mi-chemin du couloir suivant.

L'un d'eux pivota pour leur faire face alors qu'ils approchaient, et Kay trépigna d'un pied sur l'autre pendant qu'on vérifiait à nouveau leurs identités.

Finalement, le garde les laissa passer et indiqua une porte sur la gauche.

— Merci, dit Harrison.

Il ouvrit la porte et leur fit signe de le suivre.

En le dépassant pour entrer dans la pièce, Kay retint brusquement sa respiration.

Un homme était allongé sur un lit simple du côté gauche de la porte, une série de tubes et de fils sortant de sous les couvertures tandis que des machines à côté du lit bipaient et bourdonnaient.

Deux gardes armés se tenaient à droite de la pièce, et Harrison leur fit signe de sortir.

— Restez près de la porte, cependant.

Le plus grand des deux hocha la tête et ferma la porte derrière eux.

Sharp contourna le pied du lit, le visage impassible tandis que Harrison s'approchait de l'homme dans le lit.

— Gareth ? C'est Simon Harrison. On voulait vous dire un mot.

Les yeux de l'homme s'ouvrirent lentement, et son regard balaya les trois visages qui le fixaient jusqu'à ce qu'il trouve Kay.

— Alors, c'est vous Kay Hunter, hein ?

Il parvint à esquisser un petit sourire.

— Je dirais que c'est agréable de vous rencontrer enfin en personne, mais—

— Oui, je sais. Les circonstances.

Kay haussa les épaules. Elle n'avait pas le temps pour les politesses. Elle croisa les bras sur sa poitrine.

— Qu'est-ce que Katya vous a dit sur les affaires de Demiri qui l'a fait tuer ?

Jenkins déglutit, baissa les yeux et secoua la tête.

Kay leva les yeux vers Sharp, qui hocha la tête.

— Le truc, Gareth, c'est que notre légiste nous dit qu'elle n'était pas morte quand elle était dans le coffre de votre voiture. Elle était juste inconsciente. C'est la force de l'accident de voiture qui l'a tuée. Alors, où est-ce que vous alliez avec elle ? Vous avez décidé qu'elle n'était plus utile ?

Une larme unique roula sur la joue de l'homme.

Kay déglutit. Elle détestait cette ligne de questionnement, mais elle et Sharp avaient besoin de réponses, tout comme Harrison.

— Le salaud, murmura-t-il d'une voix rauque.

Il essuya ses yeux et la fusilla du regard.

— Il y a un autre homme qui travaille étroitement avec lui : Oliver Tavender. Il m'a téléphoné il y a quatre jours et m'a dit d'avoir la voiture prête à l'arrière de sa boîte de nuit dans le centre-ville de Maidstone. Quand je suis arrivé, il m'a dit de rester dans la voiture. Je l'ai observé dans les rétroviseurs. Il a traîné quelque chose vers l'arrière de la voiture, a ouvert le coffre, puis il est revenu vers l'endroit où j'étais assis et m'a dit de la larguer dans les bois de l'autre côté de Ryarsh.

— Qu'est-ce qui a provoqué l'accident ? demanda Sharp. Les premières indications des enquêteurs sont qu'il n'y avait rien sur la route qui aurait pu vous faire faire une embardée. Même le chauffeur du camion qui était garé sur la bande d'arrêt d'urgence a dit que la voiture avait perdu le contrôle sans raison apparente.

Jenkins renifla.

— J'avais déjà décidé plus tôt dans la soirée d'éloigner Katya de Demiri. Elle savait des choses, beaucoup trop de choses, sur son entreprise. Je savais qu'elle était en danger.

Il jeta un coup d'œil à Harrison, les yeux pleins de remords.

— Je sais que je n'aurais pas dû m'en mêler, mais je n'ai pas pu m'en empêcher. Je savais que je devais d'abord me débarrasser de ce qui était dans le coffre de la voiture, sinon Tavender aurait eu des soupçons. Je roulais sur l'autoroute et j'ai utilisé mon propre portable pour appeler Katya. Je voulais la prévenir, lui dire que je serais chez elle dans l'heure et que je l'emmènerais.

— Où ça ? demanda Harrison.

— Je ne sais pas ! cracha Jenkins. Je savais juste que je devais l'éloigner.

— Que s'est-il passé ? dit Kay.

— Je n'arrivais pas à capter de signal au début, et puis quand l'appel est passé, j'ai entendu un téléphone sonner à l'arrière de la voiture.

Il étouffa un sanglot.

— J'ai su alors qu'il l'avait tuée, et que c'était son corps que Tavender avait mis dans le coffre. Ils avaient découvert qu'elle m'avait parlé. J'étais sous le choc. Je... je me souviens juste avoir fixé le téléphone, essayant de comprendre ce que j'entendais, et puis j'ai levé les yeux et j'ai vu le camion sur la bande d'arrêt d'urgence. J'étais trop près. Je...

La machine à côté du lit se mit à biper à un rythme alarmant, et Kay tendit la main pour toucher l'épaule de Jenkins.

— Je suis tellement désolée, Gareth. Nous devions savoir.

Il hocha la tête et essuya à nouveau ses yeux.

— Et les deux femmes dont les corps ont été retrouvés près d'Aylesford l'année dernière ? demanda Sharp. C'est vous qui les aviez abandonnés ?

Jenkins secoua la tête.

— Je n'ai aucune idée de qui en était responsable, dit-il. Je ne suis pas le seul que Demiri utilise.

— Qu'est-ce que Katya vous a dit exactement ? demanda Kay.

Elle fit un geste vers Harrison.

— Apparemment, vous n'avez jamais pu faire votre dernier rapport.

Jenkins jeta un coup d'œil à Harrison, qui acquiesça.

— C'est bon, Gareth. Ils font partie de l'équipe d'enquête maintenant. Nous devons mettre nos ressources en commun pour mettre Demiri derrière les barreaux une bonne fois pour toutes.

— Nous savons qu'il est impliqué dans le trafic d'êtres humains, dit Sharp.

Jenkins poussa un soupir qui secoua tout son corps.

— C'est pire que ça. J'ai découvert grâce à Katya ce qui se passe dans la boîte de nuit de Demiri. Je devais rencontrer Harrison ce soir-là, et c'est là que j'allais lui dire. Demiri gère un club de meurtre.

— Un quoi ?

— Il y a une pièce secrète là-bas. Sur invitation seulement. Il y a peut-être cinq ou six clients qui sont les seuls à être au courant. L'un d'entre eux vient spécialement d'Europe en avion.

Sharp s'approcha du lit.

— Quel genre de pièce secrète ?

Le visage de Jenkins devint plus pâle.

— Une salle de torture, murmura-t-il. Les clients de Demiri paient pour choisir une fille dans chaque nouveau chargement qui arrive illégalement. Il fait fortune en permettant à ses clients de vivre leurs fantasmes malades.

Kay hoqueta, la bile lui montant à la gorge.

Elle enfonça ses ongles dans ses paumes, mordant

la peau tendre tandis qu'elle fermait les yeux et essayait de garder son calme, alors que tout ce qu'elle voulait faire était de courir jusqu'à la voiture et de retourner à Ashford pour confronter Demiri.

Elle déglutit, puis ouvrit les yeux.

Sharp et Harrison avaient tous deux des expressions bouleversées, et elle savait qu'ils se sentaient aussi mal qu'elle.

— Nous devons obtenir un mandat de perquisition pour ce bâtiment immédiatement, dit Sharp à Harrison.

— Je m'en occupe. Vous pouvez fournir des agents supplémentaires ?

— Absolument. Je vais contacter nos enquêteurs de la brigade criminelle et leur demander de nous rejoindre là-bas.

— Ça va prendre un moment pour faire la paperasse.

Harrison regarda sa montre.

— Il est trop tard pour faire quoi que ce soit ce soir. Un briefing à sept heures demain matin, ça vous va ?

Sharp hocha la tête.

— Nous allons passer quelques coups de fil pour nous assurer que tout le monde soit à l'heure.

Il se tourna vers Jenkins.

— Merci.

Alors que Kay s'éloignait du lit, la main de Gareth

jaillit et ses doigts s'enroulèrent autour de son poignet.

— Écoutez-moi bien, dit-il d'une voix féroce. Vous l'attrapez, et vous le faites payer pour tout. Tout, vous comprenez ?

Kay soutint son regard.

— Oui, répondit-elle. Je comprends.

CHAPITRE 22

Kay fit glisser l'assiette vide sur le bureau, épousseta les miettes de ses genoux et but une gorgée de vin avant de rapprocher sa chaise de l'écran de son ordinateur.

Elle s'inquiéterait de préparer un vrai dîner plus tard ; du fromage et des biscuits lui suffisaient pour le moment, pendant qu'elle travaillait sur les notes qu'elle avait rassemblées au cours des dix-huit derniers mois à propos de Jozef Demiri.

À son retour chez elle, elle avait enfilé un sweat-shirt et un legging avant de partir pour une course rapide, passant devant le pub puis traversant un mini-rond-point qui coupait le lotissement moderne construit vingt ans auparavant de chaque côté de la ruelle. Accélérant le rythme, elle avait poussé ses jambes à fond, évacuant sa colère et sa frustration concernant la prise en charge de l'affaire par Harrison, jusqu'à ce qu'elle fasse demi-tour et atteigne sa porte d'entrée quarante minutes plus tard, le souffle haletant et les idées claires.

Elle devait mettre de côté tout ressentiment jusqu'à ce qu'ils aient attrapé Demiri. Elle avait une nouvelle chance de faire payer à l'Albanais ce qu'il lui avait fait, sans parler de ce qu'il avait fait aux pauvres femmes qu'il avait fait entrer clandestinement depuis le continent, et elle ne se reposerait pas tant qu'il ne serait pas condamné.

Maintenant, elle se penchait en avant et baissait le volume de la musique rock qui avait retenti dans les enceintes pour pouvoir se concentrer. Elle posa son menton dans une main, l'autre utilisant la souris pour cliquer et faire défiler les fichiers.

La maison semblait silencieuse sans Adam.

Quand elle était rentrée de son jogging et avant de prendre sa douche, elle avait verrouillé toutes les portes, vérifié que la porte du garage était bien fermée et que la porte entre le garage et la cuisine était solidement verrouillée, puis elle avait appuyé sur tous les boutons du panneau à côté de la porte d'entrée pour activer les lumières de sécurité.

Normalement, quand il était à la maison, elle pouvait entendre la télévision en bas où il regardait un documentaire ou un match de football. Elle pouvait respirer les arômes de sa cuisine, et attendre qu'il lui crie dans les escaliers que son dîner allait refroidir.

Elle sourit. Adam était le meilleur cuisinier des

deux et il était content d'être laissé seul dans la cuisine la plupart des soirs – si elle essayait d'aider, il grognait qu'elle coupait les légumes de la mauvaise façon, ou se cachait simplement les yeux pendant qu'elle maniait le couteau, incapable de regarder alors qu'elle tranchait avec beaucoup d'enthousiasme mais très peu de finesse – ou de considération pour sa propre sécurité.

Un bruit parvint à ses oreilles et elle se redressa sur son siège, la tête penchée sur le côté.

Ça recommençait.

On frappait à la porte.

Elle éteignit la musique, vérifia sa montre et fronça les sourcils.

Repoussant sa chaise du bureau, elle se dirigea vers le palier. Devant elle, les lumières de sécurité brillaient à travers les rideaux qui couvraient les fenêtres de devant.

Elle fit une pause, levant les yeux vers le plafond.

Il y a quelques mois, elle avait découvert un ensemble de mini-caméras et de microphones dans le grenier de sa maison qui avaient été installés pour l'espionner à travers les spots du plafond. Un mot discret à Sharp sur sa conviction que Demiri, ou quelqu'un associé à lui, était responsable de leur installation, avait conduit à l'enlèvement de l'équipement – soigneusement, et de telle manière que les coupables croiraient simplement que les caméras avaient cessé de fonctionner à cause d'une panne de courant.

Maintenant, elle se demandait si ses ennemis avaient surveillé sa maison de plus près, et en personne.

Elle déglutit, puis poussa un petit cri en entendant un autre coup fort sur la porte.

Restant près du mur, elle descendit les escaliers avec précaution, le cœur battant.

Elle n'avait rien à utiliser comme arme, mais ses doigts trouvèrent son téléphone portable enfoui dans la poche arrière de son jean et elle l'en sortit, son pouce planant au-dessus du bouton d'urgence alors qu'elle atteignait le bas des escaliers.

Kay maudit le verre dépoli en haut de la porte qui l'empêchait de voir qui se tenait sur le pas de la porte. Elle crut entendre des voix murmurées, puis elle saisit la poignée et ouvrit brusquement la porte tout en faisant un pas en arrière.

— À table !

Kay expira et lâcha la porte.

Sur le pas de la porte, Ian Barnes tenait quatre grandes boîtes de pizza dans ses bras. Derrière lui se trouvaient Gavin et Carys, souriant d'une oreille à l'autre.

Barnes baissa les boîtes.

— Tu as oublié que c'était ton tour, n'est-ce pas ?

— Mon tour ?

— Elle a oublié, dit Carys en riant. Je te l'avais dit qu'elle oublierait.

— Dépêche-toi de nous laisser entrer. Il fait froid dehors.

Kay recula tandis que ses trois collègues franchissaient le seuil en se bousculant, riant alors qu'ils déroulaient leurs écharpes et jetaient leurs vestes sur la rampe d'escalier avant de se frayer un chemin vers la cuisine.

Elle secoua la tête, sourit de sa propre paranoïa, et ferma la porte d'entrée.

Elle repoussa les verrous et les suivit à pas feutrés.

— D'accord, je l'admets, j'ai oublié, dit-elle en ouvrant la porte du réfrigérateur et en sortant du vin blanc et des canettes de bière.

Gavin prit des verres dans le placard sous le plan de travail, puis les aligna et attendit pendant que Kay versait les boissons.

— Oh, des cochons d'Inde ! s'exclama Carys en s'accroupissant à côté de la cage. Comment ils s'appellent ?

Barnes et Gavin éclatèrent de rire quand Kay le leur dit.

— Je peux les prendre dans mes bras ?

— Tu peux prendre Bonnie, dit Kay. C'est la petite noire et blanche. Clyde a une infection de la peau donc je joue les infirmières en ce moment jusqu'à ce qu'Adam revienne d'Aberdeen.

Ravie, Carys ouvrit la trappe et souleva doucement Bonnie qui la regardait fixement.

— Oh, elle est mignonne.

Kay sourit tandis que Carys berçait l'animal contre son ventre et lui grattait entre les oreilles. Sa gerbille déjà âgée était morte le mois précédent, et la jeune femme avait été inconsolable pendant des jours, surtout quand il s'était avéré qu'elle n'avait nulle part où enterrer son animal de compagnie parce qu'elle louait un appartement en périphérie de la ville.

Quand il avait entendu parler de son problème, Adam avait eu pitié d'elle et avait proposé de creuser une tombe pour la gerbille au fond de leur jardin. Carys avait été submergée par ce geste et leur avait acheté un nouveau rosier pour marquer l'endroit.

— Elle n'est pas mignonne à quatre heures et demie du matin quand elle a faim, dit Kay en tendant à Carys un sachet préparé de légumes crus sorti du réfrigérateur. Tiens, remets-la et donne-leur ça. Ta pizza va refroidir.

Carys se lava les mains, puis glissa le rouleau d'essuie-tout au centre du plan de travail et s'assit sur l'un des tabourets de bar avec un long soupir.

— Quelle longue journée.

Kay distribua les boissons.

— Santé, tout le monde.

Ils trinquèrent, puis Barnes ouvrit les boîtes à pizza.

— Mangeons.

Ils restèrent silencieux pendant quelques minutes alors qu'ils dévoraient la nourriture, à l'exception de Barnes et Carys qui se chamaillaient pour savoir si l'ananas avait sa place sur une pizza ou non.

Kay prit une gorgée de son vin, savourant la nourriture et la compagnie décontractée.

— Ça fait du bien, dit Gavin en s'essuyant les doigts avec un morceau d'essuie-tout avant de le jeter dans l'une des boîtes vides.

— Tu n'as pas mangé aujourd'hui ? demanda Carys.

— Je n'ai pas eu le temps.

— Sharp va te gronder, dit Kay. Prends une autre part, je suis gavée.

— Il peut parler, je pense qu'il est le pire de nous tous.

— Que s'est-il passé aujourd'hui ? demanda Barnes. Tu t'es encore fait botter les fesses ?

Kay lui donna une tape sur le bras.

— Non.

Elle resta silencieuse, perdue dans ses pensées jusqu'à ce que Barnes la pousse du coude.

— Allez. C'est nous.

Elle réussit à esquisser un petit sourire, puis prit une gorgée de vin et reposa son verre.

— Le commandant divisionnaire Harrison de l'unité des crimes majeurs reprend l'affaire Demiri.

Un silence s'abattit sur la cuisine, seulement

rompu par un morceau de champignon tombé de la part de pizza que Gavin tenait à mi-chemin de sa bouche.

Il le ramassa sur le plan de travail et le mit dans sa bouche.

— Eh bien, c'est vraiment typique, n'est-ce pas ?

— Pourquoi nous ferait-il ça ? demanda Barnes.

— Pour protéger quelqu'un. Le conducteur de cet accident de voiture.

Tout le monde se mit à parler en même temps, et après quelques secondes Kay leva la main.

— Écoutez, Sharp expliquera tout lors du briefing de demain matin, mais le nom du conducteur est Gareth Jenkins. Il travaillait pour Jozef Demiri sous un alias dans le cadre d'une opération que l'unité des crimes majeurs mène depuis deux ans. Il soupçonne que Demiri a découvert qu'il essayait de sauver une fille, introduite clandestinement, d'une sorte de club privé que Demiri gère.

Elle prit une profonde inspiration, et un frisson parcourut son corps.

— Jenkins affirme que Demiri et les clients de ce club assassinent des jeunes femmes. Nous avons persuadé Harrison de nous détacher à son enquête, étant donné que la fille est morte sur notre territoire. Sharp et Harrison sont en train d'organiser un mandat ce soir, donc j'imagine que nous serons impliqués dans la perquisition demain.

Un silence emplit la cuisine quand elle eut fini de parler, et trois visages choqués la regardaient fixement.

— Bon sang, Kay, dit finalement Barnes. Tu ne fais pas les choses à moitié, n'est-ce pas ?

CHAPITRE 23

Kay leva les yeux de son bureau lorsque Gavin poussa la porte de la salle des opérations, ses cheveux encore mouillés par la douche.

— De bonne heure, chef ? dit-il en passant, laissant derrière lui une bouffée de shampooing.

— Ouais. Je n'arrivais pas à dormir.

Un léger sourire traversa ses lèvres.

— Moi non plus. J'ai décidé qu'un jogging matinal me ferait du bien.

Il jeta son sac à dos sous son bureau et alluma son ordinateur.

— Je vais me faire une tasse de thé, tu en veux une ?

— Volontiers, merci.

Kay vérifia l'horloge sur le côté droit de son écran d'ordinateur. Il lui restait dix minutes avant que Sharp ne commence la réunion prévue.

Elle avait réalisé pendant la nuit, alors qu'elle se retournait sans cesse dans son lit, que quoi qu'ils découvrent dans la boîte de nuit, cela signifierait des jours, voire des semaines de paperasserie et d'enquête sur le terrain. Elle était donc arrivée tôt pour s'assurer de déléguer autant que possible sa charge de travail actuelle.

Un inspecteur au quartier général allait avoir une mauvaise surprise en arrivant au travail dans une trentaine de minutes, et elle termina son e-mail avec la promesse d'une faveur en retour.

Elle appuya sur « envoyer » et croisa les doigts en espérant que son souvenir de sa ponctualité quelque peu désinvolte était correct.

Avec un peu de chance, le briefing serait bien entamé au moment où il recevrait son message, et il serait alors trop tard – elle serait dehors à mener la perquisition avec le reste de ses collègues.

Un mouvement du coin de l'œil attira son attention et elle retint une exclamation de surprise lorsque l'inspecteur Jake O'Reilly se pavana dans la salle des opérations vers elle, un sourire narquois sur le visage.

— Hunter. Toujours coincée ici au fin fond de nulle part ?

Elle afficha un sourire forcé.

— O'Reilly. La formation des crimes majeurs a déjà déteint sur toi ?

Ses traits s'assombrirent et il s'arrêta à côté d'elle.

Plus âgé qu'elle d'au moins dix ans, ses cheveux gris souris avaient été coupés trop courts sur les côtés récemment, donnant à sa tête un aspect pointu et accentuant ses grandes oreilles. Ses yeux pâles se plissèrent tandis que sa lèvre supérieure se retroussait.

— Je savais que tu serais comme ça, Hunter. La jalousie ne te mènera nulle part. Toi et Sharp ? Vos jours sont comptés. Pas étonnant que la commissaire ait dû faire appel à *mon* commandant divisionnaire. Sans aucun doute, nous aurons résolu cette affaire en un rien de temps.

— Bien, dit Kay, gardant son sourire doux. Peut-être que tu pourras alors reprendre là où tu t'étais arrêté ici et trouver qui a agressé Piper il y a six mois.

Gavin leva les yeux à son nom, puis se remit au travail.

Kay ne pouvait pas lui reprocher d'ignorer O'Reilly – son nez avait été laissé légèrement de travers après avoir été agressé dans un parking près du commissariat.

O'Reilly avait été chargé de l'enquête qui s'en était suivie, mais n'avait fait aucun progrès dans ses recherches avant de disparaître de la circulation – et maintenant Kay était encore vexée par la nouvelle de son détachement à l'unité des crimes majeurs.

Elle serra la mâchoire. Sans doute que le camouflet avait été une autre pique du commandant divisionnaire Larch pour lui rappeler l'enquête des normes professionnelles contre elle il y a environ dix-huit mois, malgré son innocence confirmée.

La porte de la salle des opérations s'ouvrit et Carys entra, un plateau de cafés à emporter entre les mains.

Elle s'arrêta, la porte heurtant son coude lorsqu'elle aperçut O'Reilly.

— Eh bien, si ce n'est pas la charmante enquêteuse Miles, dit-il, se détournant de Kay pour regarder Carys de haut en bas.

— Inspecteur O'Reilly. Je... Je ne m'attendais pas à te voir ici.

Kay observa avec perplexité Carys rougir et tripoter la bandoulière de son sac à main qui glissait le long de son bras.

— Laisse-moi t'aider, dit O'Reilly, en se précipitant à ses côtés.

— Oh, je suis désolée. Je ne t'ai pas pris de café.

— Pas de problème, l'apaisa-t-il.

— Noir avec un sucre, c'est ça ? Comme moi ?

Carys émit un petit rire.

— Tu peux prendre le mien si tu veux ?

Il lui fit un clin d'œil.

— D'accord, mais seulement si tu es sûre. Je t'invite pour le prochain, par contre.

Kay détourna le regard, ses yeux croisant ceux de Gavin qui secouait la tête d'incrédulité et mimait l'acte de vomir.

Cela la fit sourire, et elle réprima la frustration qui menaçait le bon sens.

Barnes arriva peu après, fit un signe de tête à O'Reilly, prit le café que Carys lui tendait et s'affala sur son siège en face du bureau de Kay.

— Tu as l'air furieux. La matinée a bien commencé, on dirait ?

La réplique de Kay fut interrompue par l'arrivée de leur inspecteur principal pour commencer le briefing.

— Qui est l'autre type avec Sharp ? chuchota Barnes.

— C'est le type dont je vous ai parlé, Simon Harrison.

Barnes ne dit rien, leva un sourcil et fit pivoter sa chaise pour faire face au devant de la salle.

Après avoir présenté Harrison à l'équipe, Sharp passa les vingt minutes suivantes à les informer de leur rencontre avec Gareth Jenkins et de son allégation selon laquelle Demiri dirigeait un réseau de trafic d'êtres humains – et pire encore.

Il fit une pause pour laisser à tout le monde le temps de prendre des notes avant de continuer.

— Nous avons obtenu des mandats de perquisition pour la boîte de nuit de Demiri et nous allons effectuer cette fouille après ce briefing, dit-il.

— Qu'en est-il de sa maison et de ses bureaux ? demanda Kay.

— Le magistrat était réticent à nous accorder des

mandats sur la base de ouï-dire, dit Harrison, avec une note de dégoût dans la voix. Son opinion est que Jenkins pourrait avoir une vendetta personnelle contre Demiri à cause de la mort de Katya. À moins que nous ne trouvions des preuves à la boîte de nuit pour étayer ses affirmations, nous n'obtiendrons pas de mandat pour les autres locaux.

Barnes renifla et croisa les bras sur sa poitrine.

— Donc, en attendant, Demiri peut aller et venir à sa guise.

Le téléphone portable de Harrison se mit à sonner, et il jeta un coup d'œil au numéro, puis à Sharp.

— Je dois prendre cet appel.

Il fit signe à Sharp de poursuivre le briefing et se dirigea vers le bureau de l'inspecteur principal pour prendre l'appel.

— Bien, organisons les équipes pour la perquisition de la boîte de nuit en attendant Harrison, dit Sharp. Vous connaissez la procédure : gilets pare-balles et tout le reste. L'unité des crimes majeurs va diriger l'opération, mais ils manquent aussi d'effectifs, donc nous devons les soutenir autant que possible. O'Reilly, Harrison vous a associé à Barnes pour que vous puissiez servir d'agent de liaison pour nous deux. Vous serez posté vers l'arrière du cordon pour commencer, jusqu'à ce que l'opération soit en cours.

Il procéda ensuite à la répartition de l'équipe en groupes de deux, Kay étant associée à Carys.

La jeune détective poussa sa chaise vers l'endroit

où Kay était assise afin qu'elles puissent prendre des notes ensemble et identifier toute connaissance préalable de la zone, en plus des renseignements déjà recueillis par l'équipe de Harrison.

Kay admirait toujours le souci du détail de Sharp et sa capacité à concentrer son équipe. Avec son passé militaire, il était capable de donner des ordres clairs sans gaspiller de mots, et une atmosphère intense descendit sur la salle des opérations tandis qu'ils l'écoutaient.

Kay détourna son regard lorsque Harrison revint du bureau de Sharp, le visage pâle.

Sharp s'interrompit au milieu d'une phrase.

— Tout va bien ?

Harrison s'avança vers le devant de la salle, mit son portable dans sa poche et s'appuya contre le bureau le plus proche du tableau blanc.

— C'était l'hôpital, dit-il, les yeux baissés. Gareth Jenkins est décédé il y a vingt minutes. Malgré leurs meilleurs efforts pour le réanimer, il a succombé à ses blessures internes et ils n'ont rien pu faire pour le sauver.

Un silence tomba sur la salle alors que la nouvelle faisait son effet.

Les pensées de Kay revinrent à la conversation qu'elle avait eue avec Jenkins la veille.

Vous l'attrapez, et vous le faites payer pour tout.

Elle serra le poing, ses ongles s'enfonçant dans sa paume.

— Nous sommes tous désolés d'entendre ça, dit Sharp après quelques instants.

— Il connaissait les risques.

Harrison balaya la salle du regard.

— Est-ce que nous sommes prêts ?

— Nous sommes prêts, répondit Sharp.

Harrison se redressa et ajusta sa veste.

— Très bien. Allons-y.

Alors que l'équipe commençait à retourner à ses bureaux et se préparait à se diriger vers la salle de stockage pour obtenir les gilets pare-balles et autres équipements nécessaires avant de partir pour effectuer la perquisition, Sharp émit un léger sifflement.

Kay et les autres se retournèrent et firent face à l'avant de la salle où il se tenait immobile à côté du tableau blanc.

— Un officier a donné sa vie pour essayer de mettre Demiri derrière les barreaux, dit-il. Faisons en sorte que ça compte.

CHAPITRE 24

Kay tira sur le col de son gilet pare-balles et tenta d'ignorer la montée d'adrénaline qui saisissait son cœur alors qu'elle écoutait les dernières instructions de Harrison.

Elle jeta un coup d'œil aux tags qui parsemaient les murs des bâtiments, leurs couleurs vives défiant les briques sombres et usées, entrecoupées de grossièretés plus simples peintes à la bombe, et elle se demanda si l'un de ces artistes trouverait un jour un vrai travail dans son médium de prédilection. Bien qu'elle détestât l'admettre, au moins deux des coupables avaient un talent exceptionnel.

À sa gauche, Carys passait d'un pied sur l'autre, son impatience irradiant l'espace entre elles.

Kay nota mentalement de garder la jeune détective sous contrôle. Elles s'étaient déjà trouvées dans une situation où l'enthousiasme de sa collègue pour la justice avait failli lui coûter la vie.

Elle regarda par-dessus la tête de Carys vers l'endroit où se tenaient Barnes et O'Reilly, leurs expressions impassibles tandis qu'ils observaient Harrison envoyer Gavin et deux autres hommes en courant vers les portes avant et arrière verrouillées de la boîte de nuit.

Depuis leur position au bout de la ruelle qui longeait l'arrière du bâtiment, Kay pouvait distinguer une série de fenêtres sales qui auraient offert une vue sur le raid, si ce n'était la crasse qui recouvrait les vitres au-delà des barreaux d'acier qui remplissaient les cadres.

Un restaurant chinois à emporter avait autrefois occupé la partie du bâtiment la plus proche de l'endroit où elle se tenait, mais elle savait que la famille qui le possédait avait été chassée par les hommes de main de Demiri il y a plus d'un an. La propriété de l'autre côté de la boîte de nuit n'avait pas eu de locataire depuis près de cinq ans.

Son œil droit tressaillit, et elle résista à l'envie de le frotter. Elle se reconcentra sur sa respiration, attendant l'ordre d'avancer.

D'une minute à l'autre.

Un fracas résonna sur les murs de la ruelle alors que la porte arrière de la boîte de nuit était enfoncée, suivi de près par un bruit similaire venant de l'avant du bâtiment.

Kay avança sur la pointe des pieds et entendit la respiration saccadée de Carys.

— Allez, marmonna-t-elle.

Un craquement de statique jaillit de la radio dans la main de Sharp, et il marmonna une réponse à l'équipe dans le bâtiment avant de se tourner vers les policiers en attente.

— On peut y aller.

Il les guida devant trois bennes à ordures industrielles débordantes, la puanteur des déchets assaillant les narines de Kay alors qu'elle essayait de ne pas penser au pauvre enquêteur de la Crim' qui serait chargé de fouiller le contenu.

Une odeur distincte d'urine s'accrochait à la surface criblée sous ses pieds et elle grimaça lorsqu'un gros rat traversa son chemin en courant avant de disparaître par un trou sous une porte cadenassée.

En quelques instants, ils étaient à l'entrée arrière forcée de la boîte de nuit.

— Bien, vous avez eu l'occasion de regarder les plans de l'endroit, dit Sharp. Kay et Carys, je veux que vous fouilliez les bureaux du rez-de-chaussée. Prenez Dave Morrison et Aaron Stewart avec vous pour enregistrer ce que vous trouvez. Gardez l'œil ouvert pour tout ce qui pourrait nous donner une indication sur le moment où un autre groupe de personnes est censé arriver.

— Oui, chef.

Kay fit signe à deux agents en uniforme de les rejoindre et ouvrit la voie le long d'un couloir non éclairé vers ce qui aurait été le bureau du gérant de la boîte de nuit.

Elle n'avait rencontré Morrison et Stewart qu'après la conclusion du briefing du matin. Cependant, après de rapides présentations, elle était convaincue de leurs capacités et de leur formation – le commandant divisionnaire Harrison n'aurait insisté que pour avoir ses hommes les plus fiables pour mener le raid, et ils semblaient aussi concentrés et déterminés qu'elle à voir Demiri enfermé.

— Quelles sont nos chances de trouver quelque chose s'il est au courant pour Jenkins ? demanda Carys.

— Un peu moins que zéro, mais il faut le faire, répondit Kay.

Elle plissa les yeux alors que les lumières au-dessus d'eux vacillaient avant de s'allumer.

— Il semble qu'ils aient oublié de couper le courant avant de fermer.

— Dieu merci, dit Stewart. Je n'avais pas envie de faire ça à la lampe torche.

Il rangea sa lampe dans sa ceinture utilitaire et enfila des gants.

— Prêt quand vous l'êtes, chef.

Kay hocha la tête et poussa la porte du bureau.

Elle s'ouvrit librement, et elle tendit la main à l'intérieur pour actionner l'interrupteur.

Une bande de lumières fluorescentes clignotèrent deux fois au plafond avant de saturer le bureau d'une teinte blanc pâle.

Une fenêtre à la droite de Kay offrait une vue sur la piste de danse du club, et elle réalisa en observant ses collègues se déplacer vers le bar et les pièces au-delà que c'était un miroir de l'autre côté. Le gérant pouvait surveiller les événements sans être remarqué.

Un minibar avait été placé sous la fenêtre, tandis qu'un canapé en cuir deux places sur le côté portait encore l'empreinte de quelqu'un qui s'y était récemment assis.

À sa droite, trois classeurs étaient alignés contre le mur, les tiroirs ouverts et des papiers éparpillés sur le sol. Le bureau devant elle était dans un état similaire et au-dessus, un coffre-fort mural bâillait, son contenu manquant.

Kay soupira et porta la radio à ses lèvres.

— Chef ? On dirait que l'endroit a été abandonné en vitesse.

Des parasites crépitèrent dans le haut-parleur avant que Sharp ne réponde.

— Le bar et la zone avant du club ont aussi été vidés. On les a ratés. Vous savez quoi faire.

— Compris.

Elle se tourna vers les officiers à côté d'elle et accrocha la radio à sa ceinture.

— Ok, on se sépare. Dave, Aaron, occupez-vous

des classeurs. Carys, aide-moi à voir si on peut sauver quelque chose du bureau et des tiroirs.

Ils travaillèrent en silence, les sons de leurs collègues en train de fouiller le reste du club parvenant aux oreilles de Kay tandis qu'elle passait au crible les opérations quotidiennes d'un établissement de nuit animé.

Des reçus de fournisseurs, des copies de licences pour servir de l'alcool et des ouvertures tardives étaient tout ce qu'elle trouva sur le côté du bureau. Elle leva les yeux vers Carys qui faisait l'inventaire du reste, et poussa les piles ordonnées de factures vers elle.

— On va en avoir pour des jours, grommela Carys.

Kay ne répondit pas. Au lieu de cela, elle s'étira le dos et jeta un nouveau coup d'œil autour de la pièce.

La décoration semblait avoir été bien entretenue ; la peinture sur les murs lambrissés paraissait fraîche, et même Kay devait admettre que les œuvres d'art aux murs étaient de bon goût.

Comparée à l'arrière miteux du club par lequel ils étaient entrés, cette pièce était conçue pour impressionner.

Ses pensées revinrent à sa conversation avec Gareth Jenkins la veille.

Si Demiri fournissait un service exclusif à certains de ses clients, et que ce service était celui que Jenkins avait allégué, elle pariait qu'ils s'attendraient à un certain niveau de luxe dans leur environnement.

Elle se retourna et regarda à travers la fenêtre vers l'espace public du club, puis de nouveau vers la pièce, et elle fronça les sourcils.

Elle tira sa radio de sa ceinture.

— Chef ? Est-ce que quelqu'un a trouvé quelque chose pour étayer les affirmations de Gareth ?

— Négatif. Pas encore.

— D'accord, merci.

Elle remit la radio à sa place et expira.

— Chef ? J'ai peut-être quelque chose ici.

Elle pivota sur ses talons pour voir Stewart qui pointait du pouce par-dessus son épaule vers les murs lambrissés à côté du coffre-fort.

Kay fronça les sourcils et s'approcha.

— Qu'est-ce que c'est ?

Il se mit de côté pour qu'elle puisse voir et pointa du doigt une attache métallique placée entre deux panneaux.

— J'ai déjà vu quelque chose comme ça. Chez un type à Lenham. C'était un banquier de la City, et quand il s'est fait cambrioler une nuit, il a enfermé sa femme et ses deux enfants dans une pièce de panique sur mesure. Les charnières ressemblaient à ça.

Kay passa une main gantée sur l'attache de couleur argentée.

— Une idée de comment l'ouvrir ?

— Si elle a été scellée de l'intérieur, alors on n'a

aucune chance de le faire nous-mêmes, dit-il. Mais sinon, si on applique une pression sur les panneaux comme ceci, on pourrait trouver un moyen.

Il appuya sa paume contre le panneau en retrait à côté de l'attache, mais rien ne se passa.

— Très bien. Faisons ça de manière systématique, dit Kay. Vous commencez depuis ce coin-là. Je prends celui-ci. On se déplace selon un motif en grille, compris ?

Elle était consciente que Carys et Morrison bougeaient à côté d'eux, mais elle garda son attention sur les panneaux tandis qu'elle et Stewart parcouraient le mur.

Finalement, alors qu'elle était presque prête à admettre la défaite, un léger clic se fit entendre sous le toucher de Stewart, et ils reculèrent de surprise lorsqu'une section entière du mur s'enfonça.

— Bingo, murmura-t-elle, et elle saisit sa lampe torche.

Un palier étroit se trouvait de l'autre côté de l'ouverture, menant à un escalier en béton qui descendait depuis le niveau du bureau.

— Tous ces vieux bâtiments près de la rivière ont été construits avec des caves, dit Stewart en regardant par-dessus son épaule. Je me souviens l'avoir lu quelque part. C'est ce qui m'y a fait penser.

— Bon travail, dit Kay.

Elle balaya sa lampe torche dans la cage d'escalier.

Un air vicié montait jusqu'à l'endroit où ils se tenaient à l'ouverture de la porte, une odeur forte teintée d'odeur corporelle – et quelque chose d'autre.

Quelque chose de moins tangible.

— C'est quoi cette odeur ? demanda Carys, sa voix un peu plus aiguë.

— La peur, dit Kay. Je crois qu'on a trouvé ce qu'on cherchait.

CHAPITRE 25

Kay retourna dans le bureau et dégagea sa radio.

— Chef ? Nous avons trouvé quelque chose dans le bureau du gérant à l'arrière du bâtiment. On dirait la cave d'origine ou quelque chose comme ça. Elle était dissimulée derrière une porte secrète. Je vais demander à Stewart de rester à l'entrée au cas où elle se refermerait, mais je prends Carys et Morrison avec moi pour aller jeter un coup d'œil.

— Compris. J'arrive. Gardez le contact radio, Hunter.

— Entendu.

Elle coupa la communication, puis releva le menton pour pouvoir regarder Aaron Stewart dans les yeux.

— Je pense que je vais déjà avoir du mal avec le plafond bas là-bas si les autres caves que j'ai vues dans cette ville sont représentatives. Restez ici et guidez l'inspecteur Sharp quand il arrivera, et gardez cette porte ouverte, c'est compris ?

— Oui, chef.

Elle résista à l'envie de frissonner à l'idée d'être enterrée vivante sous la boîte de nuit si la porte se refermait.

— Carys, Dave, vous venez avec moi. Restez vigilants. En file indienne. Carys, je te veux au milieu, c'est clair ? Pas de déviations du chemin que je trace.

— Compris.

— Entendu.

Kay hocha la tête. Heureusement, ses collègues étaient bien expérimentés et elle n'avait pas besoin d'expliquer que s'ils trouvaient des preuves, l'enquête sur la scène de crime qui s'ensuivrait serait entravée si l'un d'entre eux ne respectait pas un chemin strict pour entrer et sortir de la cave.

— Très bien, allons-y.

Elle balaya le mur avec sa lampe torche jusqu'à ce qu'elle trouve un panneau d'interrupteurs, et elle appuya sur chacun d'eux. À son soulagement, des lumières au plafond clignotèrent avant de s'allumer, illuminant leur chemin. Elle remit sa lampe torche à sa ceinture, ignora la rampe fixée au mur, et descendit le court escalier.

Elle pouvait entendre la respiration de Carys alors qu'elles descendaient, la peur de la jeune détective étant palpable, mais elle réprima l'envie de faire demi-tour.

Elle avait un travail à faire.

Elle s'arrêta au bas des escaliers, son cœur battant la chamade dans ses oreilles.

Balayant la pièce du regard, elle vit que le sous-sol occupait la moitié de l'espace du rez-de-chaussée, et avait été recouvert du sol au plafond de grands carreaux de céramique.

Un frisson parcourut son corps quand elle remarqua le drain au milieu de la pièce, le souvenir d'une ancienne affaire lui revenant en mémoire avant qu'elle n'expire et ne chasse cette pensée.

Alors qu'elle relevait les yeux, elle lutta contre l'envie de fuir.

Des menottes avaient été fixées au mur, des taches sombres couvrant les carreaux en dessous, vieilles et résistantes à tout nettoyage.

Elle déglutit, puis sursauta en sentant une tape sur son épaule.

— Chef ?

Elle pouvait entendre le tremblement dans la voix de Carys, mais elle fit un pas en avant, s'enfonçant davantage dans la pièce pour que ses collègues puissent la suivre.

Elle se dirigea vers le fond de la pièce, ses yeux parcourant une table en acier sur laquelle une série de couteaux et d'autres ustensiles avaient été disposés comme par un artisan fier de son travail.

— Regardez.

Elle se retourna à la voix de Morrison, et regarda là où il pointait, l'effroi la consumant en entendant le ton de sa voix.

Du sang éclaboussait le coin éloigné d'un mur, et le faisceau de la lampe torche de Morrison vacilla alors qu'il la pointait sur les carreaux du sol.

Une dent solitaire gisait parmi une touffe de cheveux.

— Ça suffit.

Kay pivota sur ses talons et traversa la pièce en courant, puis monta l'étroit escalier en béton.

Sharp se tenait à l'entrée de la cave, son visage troublé quand elle apparut, mais elle secoua la tête, incapable de parler.

Au lieu de cela, elle le poussa pour passer, laissant le bureau derrière elle et titubant le long du couloir vers le rai de lumière qui filtrait par l'entrebâillement de la porte de derrière.

Elle la poussa et trébucha dans la ruelle, fermant les yeux face à l'éclatant soleil, les mains sur les hanches alors qu'elle forçait de l'air frais dans ses poumons.

Des pas résonnèrent derrière elle, et elle se retourna alors que Carys sortait en trébuchant par la porte, le visage pâle.

L'enquêteuse posa une main gantée sur le mur de briques rouges du restaurant chinois vide et se pencha. Elle leva son autre main alors que Kay s'approchait.

— Ça va, je ne vais pas vomir. C'est juste que—

— Ouais. Je sais.

Kay jeta un coup d'œil par-dessus son épaule alors que la porte de derrière claquait à nouveau sur ses gonds brisés, et Sharp apparut.

Il boutonna sa veste de costume sur sa poitrine en s'approchant, et Kay remarqua que ses mains tremblaient alors qu'il examinait la jeune détective du regard.

— Vous allez vous en remettre, Miles ?

— Oui, chef.

— Et vous, Hunter ?

Ses yeux gris la balayèrent du regard, l'inquiétude plissant son front.

Elle prit une profonde inspiration et expira lentement.

— Oui. Ça va aller.

— Monsieur, nous avons trouvé ça il y a un instant.

Ils se tournèrent tous deux au son de la voix de Morrison, un tremblement sur les bords de ses mots alors qu'il marchait vers eux, le visage gris.

Il tenait un fil, et Kay le prit de ses mains tremblantes.

Elle reconnut trop bien la couleur bleue.

— C'est un câble audio-visuel, le même que vous

utiliseriez pour votre système home cinéma pour le connecter aux enceintes, ou aux caméras, dit-il.

Je sais, pensa Kay. *Il en a mis dans ma maison aussi.*

Elle le tendit à Sharp, leurs yeux se croisant.

Lui aussi le reconnaissait – grâce à ses anciens contacts militaires, les microphones et les mini-caméras qu'elle avait découverts dans sa maison avaient été retirés discrètement, sans alerter Demiri du fait que sa surveillance avait été déjouée. Cet équipement d'enregistrement reposait désormais caché dans un coffre-fort de banque dont seuls elle et Sharp avaient les clés.

— On dirait que Demiri filmait ce que ses clients faisaient ici, dit Morrison.

— Il s'est assuré une protection, pour qu'ils ne parlent pas de cet endroit et ne le trahissent pas, dit Kay tout en faisant tourner le fil entre ses doigts. Bon sang, quel monstre.

— Ces pauvres femmes, dit Carys. Tout ce qu'elles voulaient, c'était une nouvelle vie.

— Et c'est comme ça qu'elles l'ont payée. Un sacré prix à payer, dit Sharp, et il frissonna visiblement. Dans toutes mes années de travail dans cette équipe, je n'ai jamais rien vu d'aussi terrible que ce qu'il y a là-dessous.

Kay regarda en direction de la boîte de nuit.

— Il va payer pour ça, gronda-t-elle.

CHAPITRE 26

Le téléphone portable de Kay commença à sonner alors qu'elle insérait sa clé dans la serrure de la porte d'entrée et trébuchait dans le couloir.

Jonglant avec les deux sacs de courses qu'elle tenait, elle laissa tomber son sac à main sur la première marche de l'escalier, posa les sacs à ses pieds et décrocha une fraction de seconde avant que l'appel ne bascule sur la messagerie vocale.

— Salut, comment ça va ?

— Tu sembles essoufflée, tout va bien ?

Elle pouvait entendre la note de panique dans la voix d'Adam à travers les kilomètres.

— Je vais bien, tu m'as juste attrapée au moment où je franchissais la porte d'entrée, c'est tout.

Elle passa son téléphone d'une main à l'autre tout en retirant sa veste et en la posant sur la rampe avant de reprendre les sacs de courses et de se diriger vers la cuisine.

— Alors, c'est comment ?

— Bien, bien. Je suis vraiment content d'être venu, pour être honnête.

— Tu vois. Si tu étais resté ici, tu aurais raté ça. Comment s'est passée ta présentation ?

— Fantastique. J'ai noué de nouveaux contacts, l'un des types avec qui j'ai parlé a un cabinet dans le Devon que j'irai voir le mois prochain...

Kay laissa sa voix la bercer, son enthousiasme et la normalité de ses paroles l'apaisant après le traumatisme de la fouille à la boîte de nuit. Tout en l'écoutant, elle déballa les courses, alluma la bouilloire et s'installa au plan de travail.

— Et toi ?

Ses mots la tirèrent de son état de relaxation.

— Kay ?

— Désolée. J'étais en train de réfléchir.

Elle se frotta l'œil droit et renifla.

— Ça va ?

— Oui. Juste une journée difficile, c'est tout.

— Eh bien, je suis juste assis ici dans un bar d'hôtel vide tout seul avec un verre de pinot noir moyen si tu veux m'en parler ?

— Non, non, ça va. Merci quand même. Tu as réussi à voir ce type que tu espérais rencontrer ?

— Oui, il vient me chercher à l'hôtel demain matin, donc on sera dehors presque toute la journée.

Je m'attends à ce que la réception mobile soit nulle aussi, alors si tu as besoin de moi...

— Vraiment, tout va bien.

Elle sourit, laissant de la chaleur envahir sa voix.

— Tu n'as pas à t'inquiéter pour moi, promis.

— Tu as bien allumé toutes les lumières de sécurité, hein ?

— Oui.

Elle lui raconta ensuite la visite de ses collègues la nuit précédente, et il rit.

— Tu n'en entendras jamais la fin maintenant.

— Tu as bien raison. Heureusement, il ne reste que quatre semaines avant que ce soit au tour de Gavin de nous recevoir, ils m'auront peut-être pardonnée d'ici là.

— Comment vont Bonnie et Clyde ?

— Eh bien, tu seras content d'apprendre que la peau de Clyde guérit bien.

— Oh, ça c'est une bonne nouvelle. Je vais faire de toi une assistante vétérinaire en fin de compte.

— Si tant est qu'ils soient encore là à ton retour. Je crois que Carys les a à l'œil.

Un éclat de rire résonna à travers le téléphone.

— J'aurais dû m'en douter. Et le travail ?

Ils bavardèrent encore pendant une vingtaine de minutes, puis Adam mentionna que son estomac gargouillait, alors Kay l'encouragea à raccrocher et promit de l'appeler le lendemain soir quand il reviendrait de sa visite prolongée aux écuries de course.

Alors qu'elle mettait fin à l'appel, une rafale de vent souffla contre la fenêtre de la cuisine et elle frissonna, heureuse que ce soit lui qui braverait les éléments au nom de la recherche, et pas elle.

CHAPITRE 27

— Je savais que je te trouverais ici.

Kay se redressa brusquement, tirée de ses pensées, et tourna la tête pour voir Barnes qui s'approchait le long du chemin de halage.

Elle déplaça son sac à main et se décala sur le banc pour qu'il puisse s'asseoir à côté d'elle, puis elle reporta son attention sur la rangée de péniches soigneusement amarrées sur la rive opposée, la brume s'élevant de l'eau dans la lumière matinale.

Il lui tendit un gobelet en polystyrène.

— Du café ?

— Une soupe épicée au potiron. Marie du café a dit que ça nous réchaufferait plus vite.

— Merci.

Elle retira le couvercle en plastique et souffla sur la surface chaude du liquide.

Le chemin de halage le long de la rivière Medway

était devenu l'un des endroits préférés de Kay pendant les mois d'été.

Niché derrière la grandeur du Palais épiscopal, il offrait un sanctuaire loin du chaos du commissariat et un répit du bruit du café que l'équipe fréquentait.

Barnes l'y avait trouvée par hasard un matin tardif, et depuis, ils y passaient du temps ensemble, pour réfléchir à diverses affaires tout en dévorant des sandwichs ou en bavardant autour d'un café tranquille.

— Comment vas-tu ce matin ? dit Barnes. J'ai entendu, bien sûr.

— Ça va, dit Kay. Je suis frustrée et contrariée qu'on n'ait pas découvert ça plus tôt. On aurait peut-être pu en sauver certaines.

— On ne peut pas jouer au jeu des « si », chef, tu le sais bien.

— Ouais.

— Tu vas me dire ce qui se passe ?

Kay baissa sa tasse et tourna les yeux vers lui.

— Qu'est-ce que tu veux dire ?

— Allez, Hunter. C'est à moi que tu parles. Depuis combien de temps on se connaît ?

— Trop longtemps.

— Très drôle. Écoute, je sais que tu ne voulais probablement rien dire devant Miles et Piper l'autre soir, mais dis-moi. Quelque chose te tracasse.

Elle soupira et s'adossa contre les planches dures

du banc, son regard revenant vers la rivière et une paire de cygnes qui glissaient sur l'eau.

— J'aimais ce travail avant, Ian. Quand je me suis engagée, je pensais que je ferais une différence.

Elle laissa échapper un rire amer.

— Je sais que ça paraît naïf, mais c'est vrai. C'est pour ça que j'ai travaillé si dur pour devenir inspectrice. Mais après ces dix-huit derniers mois, je commence à me demander si je n'ai pas fait une sorte d'erreur.

Elle soupira et plissa les yeux vers le ciel pâle et délavé alors qu'une paire de traînées d'avion s'étiraient au-dessus de la ville, ses pensées se tournant vers Adam.

La perspective de voyages sur le continent avec lui l'excitait – ils n'avaient pas eu de vraies vacances depuis des années, et s'il pouvait obtenir du travail dans le circuit des conférences comme il l'avait suggéré, elle serait plus que disposée à l'accompagner.

Barnes prit une gorgée de soupe, puis fronça les sourcils.

— Tu ne vas pas démissionner, hein ?

Elle haussa les épaules en réponse.

— Parce que si tu le faisais, ce serait vraiment dommage. Je sais que tu es secouée par ce qu'on a trouvé dans ce bâtiment ; on l'est tous. Mais ce n'est pas une raison pour se décourager face au nombre de criminels auxquels on est confrontés.

— Ce n'est pas ça, Ian. Je veux dire, oui, c'était affreux, mais c'est la *politique* de tout ça. Ce sont tous les secrets et les couches au-dessus de nous.

Il se redressa et se déplaça pour lui faire face.

— C'est à propos de Harrison ?

— Je suppose.

— Parce qu'il est comme Larch, tu sais. Ambitieux.

— En parlant d'ambition, tu savais pour le détachement d'O'Reilly à l'unité des crimes majeurs avant qu'il ne réapparaisse ici ?

— Non, c'était une nouvelle pour moi aussi. Remarque, on a toujours travaillé dans des équipes différentes ici, donc nos chemins ne se sont pas vraiment croisés, pour être honnête.

Kay but une gorgée de sa soupe.

— Ça semble un choix étrange, c'est tout. Je ne l'ai jamais pris pour un détective particulièrement doué.

— Ah bon ?

— Eh bien, c'est comme cette histoire avec l'agression de Gavin. Ça n'a mené nulle part.

— Pour être juste, Kay, tu sais à quel point il est difficile d'obtenir des résultats avec ce genre d'agressions. Pas de témoins, et ses agresseurs avaient le visage couvert.

Kay haussa les épaules, peu disposée à concéder le point.

— Je suis toujours en colère que Harrison n'ait

pas parlé jusqu'à maintenant pour nous informer de son implication.

— Tu penses qu'il l'a fait exprès ?

— Tu veux dire de se positionner pour reprendre l'affaire ? Peut-être.

Les yeux de Barnes se plissèrent.

— Je savais que je ne l'aimais pas pour une raison.

— Je suppose qu'il doit protéger les siens. Je peux voir les choses de son point de vue.

— Eh bien, je suis content que tu le puisses. On dirait que tu n'as pas perdu ce sens de l'ambition après tout.

Sa mâchoire s'ouvrit, et il lui fit un clin d'œil.

— Sois honnête. Tu ne vas pas démissionner. Tu te souviens de ce que tu m'as dit après qu'on a trouvé Emma ce jour-là ? Prends une pause. Réfléchis-y.

Il fit un geste vers les cygnes qui s'éloignaient d'eux et épousseta son pantalon en se levant.

— Mais je pense que tu as assez réfléchi pour aujourd'hui. Allez, viens.

Il prit sa tasse vide et la jeta avec la sienne dans une poubelle à côté du chemin de halage avant de se retourner vers elle.

— Et pour ce qui t'est arrivé avec l'enquête des normes professionnelles ? Ils vont faire quelque chose à ce sujet ?

Kay secoua la tête.

— Je veux Demiri, Ian. C'est pour ça que j'ai

insisté pour que Harrison me laisse participer à son enquête. Il ne pouvait pas vraiment dire non, ils sont déjà en sous-effectif.

Barnes émit un sifflement bas et secoua la tête.

— J'espère que tu sais dans quoi tu t'embarques, Kay.

CHAPITRE 28

Kay balaya du regard les personnes qui remplissaient la salle des opérations.

Tous arboraient une expression sombre ; la nouvelle de ce qui avait été découvert dans les entrailles de la boîte de nuit de Demiri s'était répandue, et Kay savait ce qui les troublait.

D'une manière ou d'une autre, il avait réussi à gérer son entreprise malsaine sans qu'aucun d'entre eux ne le sache, et ils n'avaient aucune idée du nombre de femmes qui avaient été massacrées avant que leurs corps ne soient jetés par les hommes de Demiri.

Même O'Reilly semblait abattu, sa bravade habituelle réduite au silence par les scènes du raid.

Elle observa Gavin s'approcher du bureau de Carys, déposer une tasse de café fumant devant elle et lui tapoter l'épaule.

Carys parvint à sourire, et tous deux parlèrent à voix basse, penchés sur leurs boissons.

Kay leva les yeux lorsque Sharp entra dans la salle des opérations, suivi d'un homme plus petit qui arborait une expression contrariée et des cheveux clairsemés.

— Votre attention, s'il vous plaît, dit Sharp en passant devant les bureaux et en se dirigeant vers le tableau blanc au fond de la salle.

Kay prit sa tasse de café et suivit ses collègues.

Sharp arpenta la pièce pendant que ses collègues se rassemblaient, puis fit un geste en direction de l'autre homme.

— Voici Colin Fox de l'agence des frontières du Royaume-Uni, dit-il. Nous avons eu une réunion avec le commandant divisionnaire Harrison et la commissaire au sujet des événements d'hier, et bien que Demiri semble se cacher pour le moment, nous pensons que ce qu'il faisait était trop lucratif pour qu'il abandonne simplement. Nous avons aussi l'affirmation de Gareth Jenkins selon laquelle Demiri attendait un autre « chargement ». À la lumière de ce qui a été découvert hier dans la boîte de nuit, je pense que nous pouvons dire sans risque que ce « chargement » fait référence à des personnes, et non à de la drogue comme on le pensait auparavant.

Sharp continua à mettre le reste de l'équipe d'enquête au courant de ce qui avait été trouvé.

— Il est particulièrement important de noter que

la cave n'a pas été débarrassée des preuves matérielles. L'équipe de Harriet dispose de nombreuses données médico-légales qu'elle est en train de compiler, y compris des empreintes digitales sur certains des instruments trouvés.

— Demiri ? demanda Kay, se penchant en avant sur son siège.

— Non. Aucune trace de Jozef Demiri là-bas.

— Il nous laisse des indices sur l'identité de ses clients, vous pensez, chef ? dit Barnes.

— C'est tout à fait possible. Harriet et son équipe sont toujours sur place, et y resteront probablement encore un certain temps, conclut-il. En attendant, Colin a une équipe séparée qui surveille la côte du Kent à la recherche du bateau de Demiri. Colin, voulez-vous informer l'équipe de vos efforts à ce jour ?

— Merci, Sharp. Nous soupçonnions depuis un certain temps que Jozef Demiri faisait entrer clandestinement des personnes dans le pays par bateau, mais il s'est avéré impossible jusqu'à présent de déterminer exactement où les débarquements ont lieu. Je crois que certains d'entre vous ont participé au suivi des déplacements de sa flotte de camions entre ici et le continent, et c'est certainement ainsi que nous pensions qu'il faisait entrer des gens au début.

Kay leva la main.

— Pourquoi n'avez-vous pas pu surveiller les

bateaux entrants ? Pourquoi sont-ils passés inaperçus jusqu'à présent ?

— Inspectrice, ce comté a presque six cents kilomètres de côtes. Nos équipes sont constamment réaffectées pour soutenir les efforts antiterroristes en cours à Heathrow et au niveau du tunnel sous la Manche. À votre avis, pourquoi les avons-nous ratés ?

Sharp s'éclaircit la gorge.

— Je pense que ce que Hunter voulait dire, c'est comment Demiri parvient-il à faire entrer ces personnes dans le pays via la Manche ? C'est une voie maritime très fréquentée, après tout.

Fox haussa les épaules.

— Il gère une affaire très lucrative. Il peut se permettre des bateaux rapides. Ils sont aussi petits, donc souvent nous ne les repérons pas. Beaucoup de nos succès à ce jour en matière de trafic de personnes reposent sur des tuyaux, ou lorsque les bateaux sont dans un si mauvais état dès le départ qu'ils chavirent avant d'atteindre la terre et que les garde-côtes doivent secourir les occupants. Nous avons des guetteurs postés le long du littoral, nous éduquons la population locale et ils nous aident en signalant toute activité inhabituelle la nuit. Ce sont souvent les pêcheurs locaux qui sont nos meilleurs atouts. Le problème, c'est que Demiri et tous les autres passeurs le long de la côte ont leurs propres guetteurs.

— Donc, vous êtes confrontés à des gens qui paient probablement une bonne somme aux mêmes informateurs que vous utilisez et qui ferment les yeux ? dit Barnes.

— Exactement.

Un silence s'installa dans la pièce tandis que l'équipe commençait à comprendre à quel point le rôle de Fox était difficile, et pourquoi l'agence des frontières était sous une telle pression.

Kay jeta un coup d'œil par-dessus son épaule lorsque Harrison entra dans la pièce et se tint à côté d'O'Reilly, les bras croisés, à l'écoute.

— On pourrait penser qu'en sachant qu'il y a un tel problème avec les migrants qui entrent dans le pays le long du littoral, le gouvernement recruterait plus de personnes dans l'agence des frontières, dit Carys.

— Peut-être. Comme je l'ai dit, la plupart de nos ressources ont été réaffectées pour faire face à l'augmentation des files d'attente à l'immigration à Heathrow, donc ce n'est pas toujours la solution.

— De quoi avez-vous besoin de notre part ? demanda Sharp.

— Eh bien, étant donné votre implication de temps en temps avec l'unité des crimes majeurs, nous pourrions certainement utiliser votre aide sur ce coup-là. Vous connaissez la localité, et tous les contacts que vous avez nous aideront à compléter les renseignements que nous avons recueillis jusqu'à présent.

Fox passa sa main sur ses cheveux.

— Pour l'instant, nous n'allons obtenir le soutien que d'un seul navire de l'agence des frontières.

— Un seul ? répéta Gavin. Ils devraient certainement pouvoir en fournir plus d'un ?

Fox secoua la tête.

— L'agence des frontières dispose de cinq patrouilleurs. L'un d'entre eux est en cale sèche pour maintenance, un autre est en Méditerranée pour les trois prochains mois, et j'ai bien peur que nous ne puissions pas détourner les deux autres sans laisser d'autres parties du littoral anglais exposées aux navires illégaux.

Barnes émit un bas sifflement.

— Combien de bateaux illégaux attrapez-vous ?

— Pas assez. Et nous n'avons aucun moyen de savoir combien nous en avons raté. Ça n'aide pas que nous sachions que beaucoup de pêcheurs français aggravent l'afflux en acceptant des pots-de-vin pour faire traverser la Manche à des gens.

— Je pensais que la Marine serait envoyée en Méditerranée, dit Gavin.

— Coupes budgétaires, dit Fox. Et le gouvernement s'attend à ce que l'agence des frontières comble le déficit.

Un gémissement collectif parcourut la salle des opérations.

— En attendant, dit Harrison en se dirigeant vers le tableau blanc, je viens d'avoir des nouvelles de la commissaire. Nous ne pouvons pas non plus obtenir plus de personnel pour notre enquête, donc nous allons devoir faire de notre mieux avec ce que nous avons.

Sharp remercia Colin Fox et le raccompagna hors de la pièce tandis que Harrison faisait le tour des détectives, cherchant à obtenir une mise à jour sur leur travail.

Exaspéré, il se détourna de Carys.

— Est-ce que quelqu'un a *quoi que ce soit* pour faire avancer cette enquête ?

Gavin brandit une liasse de documents.

— Demiri possède d'autres entreprises, liées à son activité légitime, en tant que filiales de l'organisation principale.

Harrison claqua des doigts et pointa Gavin du doigt.

— Bien vu. Il crée des couches, ce qui nous complique la tâche pour enquêter. Nous en avons fermé certaines au cours des deux dernières années, et il y a eu quelques condamnations, mais nous ne sommes jamais parvenus jusqu'à Demiri lui-même. Il a été trop malin pour s'impliquer directement.

Carys prit l'un des rapports de Gavin et parcourut la page du regard avant de froncer le nez.

— De l'ail ? Il dirigeait une entreprise d'importation d'ail ?

— C'est l'un des moyens les plus simples de faire entrer des clandestins dans le pays par la route, dit Kay. Avant tout ce qui s'est passé il y a dix-huit mois avec la disparition des preuves, nous avions réussi à arrêter quelques hommes qui travaillaient pour cette entreprise d'importation d'ail. Ils se rendaient sur le continent une fois par mois et revenaient avec leur camionnette chargée d'ail pour le marché fermier français de Lenham.

Elle sourit en voyant l'expression de confusion qui traversa les visages de Carys et Gavin.

— L'ail empêche les chiens renifleurs de détecter l'odeur des personnes cachées dans des compartiments secrets à l'arrière des camionnettes. Nous n'avons attrapé ce groupe que grâce à un tuyau.

— Comme Fox l'a dit tout à l'heure, une grande partie de notre travail dépend de la vigilance du public, dit Sharp en retournant à l'avant de la salle et en se plaçant à côté de Harrison. Quelqu'un dehors doit forcément savoir quelque chose pour nous aider.

Kay leva la main pour attirer son attention.

— Chef ? Si Demiri a réalisé des snuff movies des exploits de ses clients, il y a peut-être un autre moyen de découvrir où il pourrait se trouver. Ces films ont dû être distribués pour qu'il gagne le genre d'argent dont nous parlons.

Sharp fronça les sourcils.

— Comme quoi ?

— Pas quoi. Qui. Bob Rogers.

CHAPITRE 29

— Qui diable est Bob Rogers ?

Sharp ferma la porte derrière lui et désigna les chaises pour visiteurs en face de son bureau.

Kay s'enfonça dans la moins usée, et réprima un sourire en voyant Harrison s'installer dans l'autre, sa lèvre se retroussant face au manque de rembourrage tandis qu'il se tortillait pour essayer de trouver une position confortable.

— Rogers était responsable de la réalisation de snuff movies mettant en scène des jeunes filles, dit Sharp en soulevant une liasse de paperasse de sa chaise avant de s'asseoir, ignorant ostensiblement le post-it marqué « urgent » qui avait été placé sur le dessus des documents.

Il fourra les papiers dans un bac au coin de son bureau et desserra sa cravate.

— Kay était l'adjointe principale sur l'affaire et a

aidé à mettre Rogers et son complice, Eli Matthews, derrière les barreaux pour longtemps.

— Quel est le rapport avec Demiri ?

— Rogers ne nous a jamais dit qui distribuait les snuff movies pour lui, dit Sharp. Eli ne le savait pas, il était chargé d'enlever les filles et d'organiser leur mort. De façon très élaborée dans l'affaire dont nous nous sommes occupés. Rogers servait d'intermédiaire. Quelque part au-dessus de lui, il y avait l'acheteur et le distributeur.

Harrison fronça les sourcils.

— Je me souviens avoir entendu parler de cette affaire maintenant. C'était un père et son fils, n'est-ce pas ?

— C'est exact.

— Mon point est que, pour qu'ils aient pu s'en tirer pendant si longtemps sans se faire prendre, il fallait que Rogers traite avec un réseau de distribution très sophistiqué, dit Kay.

— Un réseau dont la clientèle serait prête à payer beaucoup d'argent pour garantir leur anonymat, dit Sharp. Et, comme Kay l'a dit, Rogers n'a pas parlé. Nous n'avons jamais pu trouver de point d'entrée dans ce groupe de distribution.

— Eli est mort en prison il y a six mois, ajouta Kay. Il a été attaqué par deux hommes et il est décédé des suites de blessures internes quatre jours plus tard.

— Qu'est-il arrivé à ses agresseurs ?

— Inculpés d'homicide involontaire et leurs peines ont été prolongées, dit Sharp.

— Ont-ils expliqué pourquoi ils l'avaient attaqué ?

Sharp haussa les épaules.

— La prison héberge beaucoup de délinquants sexuels. Malgré cela, les agressions sur les jeunes filles sont toujours considérées comme les pires, même entre ces murs et parmi ces gens. Au procès, lorsque des preuves ont été présentées sur l'historique des activités de Rogers dans le Suffolk, il s'est avéré que la plus jeune victime d'Eli avait huit ans.

— Où est Bob Rogers maintenant ?

— Toujours ici, à la prison de Maidstone, dit Sharp.

Harrison rayonna.

— Pratique.

— Nous devrions lui parler dès que possible, dit Kay, s'animant sur le sujet. Peut-être que si nous trouvons un lien historique entre Rogers et la boîte de nuit, nous pourrons l'utiliser à notre avantage. Il pourrait enfin nous donner des informations sur Demiri.

— C'est un pari risqué, mais je suis d'accord pour qu'on lui parle. Passez quelques coups de fil ce matin et voyez à quelle vitesse on peut organiser une rencontre. Dites-leur que c'est urgent. Nous devons parler à Rogers aujourd'hui, dit Harrison, grimaçant en se levant de sa chaise et en lissant son pantalon. Cela lui donnera moins de temps pour se préparer. Je vais informer le quartier général pendant que vous faites ça.

Les lèvres de Sharp se crispèrent, mais il hocha la tête.

Kay attendit que le commandant divisionnaire ait quitté la pièce, fermant la porte derrière lui avec un léger *clic*, et elle se tourna vers Sharp.

— Je peux passer l'appel si vous voulez.

— S'il vous plaît. Malgré ce que pense Harrison, j'ai mieux à faire que de jouer les secrétaires pour lui.

Il désigna la pile de paperasse qui l'attendait.

Kay sourit.

— Il va bientôt vous demander de lui faire du thé.

— Très drôle. Sortez d'ici.

CHAPITRE 30

Le sourire qu'elle arborait en quittant le bureau de Sharp disparut du visage de Kay lorsqu'elle retourna dans la salle des opérations et vit Gavin se précipiter vers elle, l'air bouleversé.

— Qu'est-ce qui ne va pas ?

— Les agents en uniforme ont localisé un autre site.

— Un autre site ?

— Trois femmes de plus, mortes. Asphyxiées.

Un frisson lui parcourut la nuque, une fraction de seconde avant qu'elle ne rebrousse chemin vers le bureau de Sharp.

— Chef ? Gavin dit que les agents en uniforme ont trouvé trois victimes de plus. Ça pourrait être lié à Demiri ?

Sharp repoussa sa chaise.

— Rassemblez tout le monde. Inutile que Gavin se répète.

Un rapide coup de fil fit sortir Barnes et Carys de la cantine, tous deux essoufflés lorsqu'ils apparurent dans la salle des opérations, le détective plus âgé s'essuyant la bouche avec une serviette en s'asseyant.

— Bien, Piper, mettez-nous tous au courant, et ensuite nous établirons les priorités, dit Sharp.

— Très bien, chef.

Gavin s'éclaircit la gorge puis se tourna vers ses collègues.

— Une patrouille a été assignée ce matin à un appel d'une femme âgée à Thurnham. Elle disait qu'une mauvaise odeur émanait d'une propriété voisine.

— Qu'est-ce qui l'a poussée à nous appeler, nous, plutôt que le service d'hygiène de la mairie ? demanda Barnes.

— Elle a dit qu'elle avait déjà essayé de les appeler pour des problèmes avec le locataire de la propriété qui laissait traîner des ordures et ce genre de choses, dit Gavin. Et elle a signalé que par le passé, elle avait entendu des bruits venant de la maison : des bagarres, des voix étouffées, ce genre de choses. Elle pense que c'est loué par un locataire de la mairie, mais apparemment, il y avait un problème de plomberie et la mairie n'a pas encore eu le temps de le réparer. Elle n'a pas vu le locataire depuis un moment et craignait que ce ne soient des squatteurs.

— Continuez, dit Sharp.

— Quand les agents sont arrivés, ils ont d'abord parlé à la femme et ont établi qu'elle avait entendu les bruits pour la dernière fois il y a environ trois semaines. L'agent Norris dit qu'il s'est rendu à la maison, a regardé à travers la fente de la boîte aux lettres et a immédiatement senti l'odeur.

Il n'avait pas besoin d'en dire plus.

Tous les membres de l'équipe avaient été confrontés à l'odeur de la mort à un moment ou un autre de leur carrière.

— Quand il a enfoncé la porte, il a trouvé les corps de trois femmes. Il a évidemment demandé qu'un inspecteur se rende sur place et a fait délimiter la scène en attendant que Harriet et son équipe arrivent.

— Très bien, merci Gavin, dit Sharp. Kay, vous venez avec moi. Allez préparer une voiture de service pour qu'on parte dans cinq minutes. Barnes, Carys, travaillez avec les agents en uniforme et faites-leur commencer le porte-à-porte pendant que vous parlez à Mme…

— Evans, dit Gavin.

— Merci. Debbie, contactez la mairie et demandez une liste des locataires et de toute autre personne ayant accès à une clé de cette maison. Y compris les employés municipaux, les entrepreneurs, tout le monde. Allons-y.

Il frappa dans ses mains, et l'équipe se mit en

action, Kay attrapant sa veste et ouvrant la marche vers le parking.

Sharp sortit son téléphone portable de la poche de sa veste alors qu'elle dirigeait la voiture vers Thurnham, et elle aperçut le numéro de Harrison sur l'écran avant de reporter son attention sur la circulation autour d'elle.

— Harrison ? Où êtes-vous en ce moment ?

Kay n'entendit qu'une réponse étouffée, avant que Sharp ne reprenne la parole, transmettant les détails de la propriété vers laquelle ils se dirigeaient.

— Compris.

Il termina l'appel et rangea le téléphone dans la poche de sa veste.

— Harrison va rester au quartier général encore un moment. Il est d'accord pour qu'on s'y rende, en vue d'obtenir une mise à jour lors du briefing de l'après-midi.

Ils restèrent silencieux le reste du trajet, Kay se concentrant sur sa conduite tout en essayant de manœuvrer la voiture à travers la circulation aussi vite que possible.

Atteignant la périphérie de l'agglomération, elle appuya sur l'accélérateur et dirigea habilement le véhicule sur d'étroites routes de campagne.

En s'engageant dans la rue menant à l'adresse fournie par les agents en uniforme, elle comprit pourquoi l'endroit aurait été parfait pour les besoins de Demiri.

Une seule route sinueuse ne révélait que deux propriétés. Deux voitures de patrouille étaient garées devant la première sur le côté droit de la route, leurs occupants déjà occupés à parler à une femme âgée qui se tenait entre les véhicules, les bras croisés sur la poitrine.

Kay ralentit en s'approchant, puis baissa sa vitre.

Un des agents se précipita vers elle et se pencha jusqu'à être à son niveau. Il fit un signe de tête à Sharp sur le siège passager, puis pointa du doigt plus haut sur la route.

— La scène de crime est là-bas, juste au-delà de la crête de la colline. Il y a deux autres voitures là-bas, et nous avons délimité la zone.

Le regard de Kay se porta sur la femme.

— C'est elle qui a appelé ?

— Oui. Elle promenait son chien tôt ce matin. La direction du vent a dû changer quand elle est passée devant la maison de ses voisins, parce qu'elle a dit qu'elle n'avait rien remarqué avant, alors qu'elle promène son chien au même endroit tous les matins. Apparemment, elle s'est approchée de la porte d'entrée et a frappé, mais ne s'attendait pas à ce que quelqu'un réponde, car elle a dit que la dernière fois qu'elle savait que quelqu'un vivait réellement ici, c'était il y a plus d'un an. Elle a essayé de regarder par les fenêtres, mais ne pouvait rien voir. Elle dit qu'elle ne sait pas pourquoi, mais elle a juste eu le sentiment que quelque chose n'allait pas et c'est pour ça qu'elle nous a appelés.

— D'accord, merci.

Il s'éloigna de la voiture et Kay vérifia son rétroviseur avant de reprendre la route.

En quelques secondes, ils purent voir la deuxième propriété et deux autres voitures de patrouille garées devant.

Le vent bouscula Kay lorsqu'elle sortit du véhicule, et elle jeta un coup d'œil à la haie basse en face de la propriété qui séparait la route d'un champ en jachère.

Des nuages gris s'amoncelaient dans le ciel, donnant au paysage une atmosphère oppressante.

Elle frissonna en se retournant vers la maison, un buisson de houx luxuriant s'étalant sur la façade du bâtiment et contrastant vivement avec l'horreur qu'elle savait trouver à l'intérieur.

— Prête ?

Les mots de Sharp la tirèrent de ses pensées.

— Oui. Allons voir.

Elle ouvrit la portière arrière de la voiture et en sortit deux combinaisons, en tendant une à Sharp avant d'enfiler la sienne par-dessus son chemisier et son pantalon, puis elle attacha des surchaussures en plastique à ses chaussures.

Alors qu'elle se redressait, l'agent Norris s'approcha, l'air troublé.

— Inspecteur Sharp ?

— Oui, et voici l'inspectrice Hunter, que vous connaissez déjà, je pense. Vous étiez le premier sur les lieux ?

— J'ai dû enfoncer la porte, la voisine plus bas dans la rue n'avait pas de clé, et il n'y avait aucune réponse quand nous avons frappé, dit Norris. Dans ces circonstances, j'ai pris la décision qu'il fallait entrer le plus vite possible. La scène de crime a été préservée, et j'ai noté toutes les surfaces que j'ai pu toucher. Un médecin légiste a été appelé et devrait bientôt arriver pour constater le décès.

— D'accord, dit Sharp. Nous avons cru comprendre qu'il y a trois victimes ?

— C'est exact. Nous avons fouillé le reste de la maison, ainsi qu'une vieille remise à l'arrière, mais il n'y a pas d'autres corps. La propriété n'a pas non plus de cave.

— Très bien. On vous suit.

Kay suivit les deux hommes, se demandant quelles horreurs les attendaient cette fois-ci.

CHAPITRE 31

Kay fut immédiatement frappée par l'odeur de la mort. Elle commença à respirer superficiellement par la bouche, essayant d'éviter de respirer par le nez et d'inhaler l'odeur qui emplissait la propriété.

— C'est par ici, dit Norris en s'approchant d'une porte et en se tenant sur le côté.

Kay observa Sharp se tenir sur le seuil de la pièce et y jeter un coup d'œil.

Après un moment, il se tourna vers elle.

— Elles sont là depuis un bon moment.

Kay déglutit et fit un pas en avant.

— Comment avons-nous pu rater ça, chef ?

— Il est intelligent, Hunter. Et il a tout un réseau de personnes qui travaillent pour lui et le protègent.

Kay croisa les bras sur sa poitrine, puis suivit Sharp alors qu'il commençait à faire le tour de la pièce.

Vide, à l'exception de trois chaises en bois disposées face à face au centre de la pièce, l'espace ne reflétait aucune lumière de l'extérieur, l'unique fenêtre étant recouverte de rideaux en dentelle et de crasse.

Sur chacune des trois chaises était assise une femme morte.

Chaque femme avait un sac en plastique placé sur la tête, les bras attachés derrière elle et les mains fixées au dossier de la chaise.

Des mouches grouillaient dans l'air, et Kay agita sa main devant son visage lorsque l'un des insectes s'approcha trop près.

Son front se plissa tandis que son regard balayait l'espace au milieu des trois chaises.

Chaque femme avait été placée de manière à pouvoir voir la victime précédente, ne faisant qu'accroître la terreur qu'elle avait dû endurer dans ses derniers moments.

Kay détourna les yeux lorsqu'un asticot tomba au sol du corps de l'une des victimes, et elle lutta contre l'envie de fuir.

— Depuis combien de temps pensez-vous qu'elles sont ici ?

— Plusieurs semaines, je dirais. Sauf pour celle-ci.

Il s'accroupit en s'approchant de la femme qui avait le dos tourné à la porte, sa tête formant un angle impossible avec son épaule. Son front se plissa.

— Qu'est-ce qu'il y a ? Kay s'approcha.

— Il faudra que Lucas le confirme lors de l'autopsie, mais je ne pense pas qu'elle soit morte par asphyxie. Regardez.

Kay retint sa respiration et se pencha plus près de l'endroit où Sharp était accroupi, regardant là où il pointait.

On pouvait voir un grand trou dans le plastique près de la bouche de la femme.

— Elle l'a mordu ?

— C'est ce que je pense. Et je crois que quelqu'un lui a brisé le cou à la place.

Il se redressa et épousseta une poussière imaginaire de son pantalon.

Le regard de Kay balaya les deux autres corps.

Les sacs en plastique avaient protégé les visages des femmes des ravages de la nature, leurs terrifiants derniers moments à jamais figés dans leurs yeux laiteux.

— Vous pensez que c'est Demiri ?

En réponse, Sharp pointa les trois marques dans la poussière sur le sol au milieu des chaises.

— Ça ressemble au genre de marques qu'un trépied de caméra laisserait. Donc oui, je pense que Demiri, ou au moins quelqu'un travaillant pour lui, a filmé les derniers moments de ces femmes. On en sera sûrs une fois que Harriet et son équipe seront passées par ici et que Lucas aura fait l'autopsie, mais ce serait une sacrée coïncidence si ce n'était pas le cas, vous ne croyez pas ?

Kay marmonna une réponse évasive, désireuse de ne pas inhaler plus d'air fétide que nécessaire.

Sharp termina son tour de la pièce, passa une dernière fois son regard sur les trois victimes, puis fit un signe de tête vers la porte.

— Allez, venez. Nous ne voulons pas contaminer cette scène plus que nécessaire.

Il s'arrêta brusquement dans le couloir lorsque Lucas Anderson, médecin légiste du quartier général, entra dans la maison.

— Désolé pour le retard, dit-il, l'air harassé. La circulation sur la M26.

Sharp haussa les épaules.

— Ça ne vous prendra pas longtemps pour constater les décès.

Il passa devant le médecin légiste et sortit dans le jardin devant la maison.

Lucas leva un sourcil vers Kay, et elle haussa les épaules.

— C'est une sale affaire, dit-elle. Il prend ça personnellement.

Le médecin légiste regarda par-dessus son épaule, avant de se retourner vers elle.

— Garde un œil sur lui, Hunter. J'ai entendu dire qu'il était sous beaucoup de pression ces derniers temps.

Kay fronça les sourcils, mais hocha la tête tandis que Lucas lui tapotait le bras et passait devant elle, puis elle se dépêcha de suivre son supérieur.

Elle le trouva de l'autre côté de la ruelle au moment où elle avait jeté sa combinaison de protection dans la poubelle que l'équipe médico-légale avait installée à leur arrivée.

Il se tenait les mains enfoncées dans les poches, le regard fixé sur la maison.

— Il me semble que Demiri devient négligent dans sa panique de quitter la région, dit-il alors qu'elle s'approchait.

— Je ne pense pas que ce soit aussi simple que ça, chef.

Elle frissonna en suivant son regard, et observa l'équipe médico-légale s'arrêter sur le seuil pour parler avec Lucas.

— Pour moi, c'est presque comme s'il laissait une piste de miettes de pain.

CHAPITRE 32

Une atmosphère morose planait sur le briefing de l'après-midi, la nouvelle de l'horreur de la découverte dans la maison abandonnée ayant atteint l'équipe d'enquête avant le retour de Kay et Sharp.

Harrison passa la tête par la porte du bureau de Sharp, son attitude devenant efficace dès qu'il les aperçut.

— Allez, rassemblons les troupes.

Il disparut à nouveau dans la pièce, le bruit d'une porte d'armoire claquée remplissant le vide.

Sharp grimaça.

— Ça va, chef ?

— Il n'a même pas été dans l'armée, bon sang, marmonna-t-il avant de se précipiter vers la porte ouverte de son bureau.

Kay haussa les épaules et traversa la pièce jusqu'au distributeur d'eau, avalant sa boisson en trois grandes gorgées avant de se diriger vers son bureau et de laisser tomber son sac au sol.

— Tu as l'air furieuse, dit Barnes depuis le bureau en face du sien.

Elle jeta un coup d'œil par-dessus son épaule pour vérifier que leurs supérieurs étaient hors de portée de voix, puis se retourna vers Barnes.

— Il se passe quelque chose avec Sharp, dit-elle. Je ne l'ai jamais vu comme ça. Même Lucas a dit avoir remarqué qu'il semblait sous pression en ce moment.

— Ça nous arrive à tous à un moment donné.

— Peut-être.

— Tu crois qu'il se sent menacé par le fait que Harrison partage l'enquête ?

— Ouais. C'est possible.

Elle fit un signe de tête vers le bureau.

— Qu'est-ce qu'il a fait pendant qu'on était dehors ?

Barnes sourit.

— Il n'est arrivé qu'il y a une heure, une sorte de réunion au QG. Beaucoup de discours sur le travail d'équipe à son retour. Que du vent, bien sûr. Je pense qu'il a vérifié les dossiers pour voir s'il y en avait des faciles à résoudre pour faire passer Sharp pour un incompétent.

— Quel salaud. Je savais qu'on ne pouvait pas lui faire confiance.

Ils interrompirent leur conversation en entendant

un léger sifflement venant de la direction du tableau blanc.

Sharp se tenait à côté de Harrison, les yeux brillants.

— Pouvons-nous commencer ce briefing, mesdames et messieurs ? Nous avons beaucoup à faire.

L'équipe se précipita vers le fond de la salle des opérations, saisissant des chaises ou se perchant sur les bords des bureaux avant de sortir leurs carnets. Finalement, le bruit s'estompa.

— Debbie, comment ça s'est passé pour trouver le propriétaire ?

— Les derniers locataires enregistrés par la mairie sont partis il y a dix-huit mois, chef. Depuis, ils ont envoyé des ouvriers pour vérifier le bâtiment, fuites d'eau, sécurité, ce genre de choses. Apparemment, ça n'a pas été fait depuis environ six mois. Manque de ressources, m'ont-ils dit.

— Ils vous ont donné le nom de la dernière personne à s'être rendue sur place ?

— Oui, et un numéro de portable pour le joindre. Paul Robinson. Il a accepté d'être interrogé à quinze heures, quand il aura fini son service.

Sharp regarda sa montre.

— Dans une demi-heure. Excellent travail, Debbie. Autre chose ?

— Il n'y a eu aucun signalement à la mairie concernant des clés volées ou des problèmes depuis le départ des derniers locataires. La propriété a simplement été abandonnée. J'attends que la mairie me communique les détails sur les derniers locataires, et je vais suivre ça.

— D'accord. Piper, Miles, j'aimerais que vous fassiez l'entretien avec Robinson. S'il n'y est pas allé depuis six mois, je ne m'attends pas à grand-chose, mais découvrez s'il a remarqué quoi que ce soit d'anormal.

— Oui, chef, dit Carys.

Son stylo flottait au-dessus de son carnet.

— Pensez-vous qu'il aurait pu y retourner entre-temps ? Vous savez, par curiosité ?

— Excellente idée, dit O'Reilly. Brillant, ça vaut vraiment le coup de demander, Miles. Il pourrait être un suspect.

— On va faire de vous une détective de l'unité des crimes majeurs, Carys, dit Harrison.

Sharp s'éclaircit la gorge avant de consulter les notes dans sa main.

— Bien, depuis que Hunter et moi sommes revenus, Harriet a appelé avec ses conclusions préliminaires. Comme nous le soupçonnions, deux des victimes étaient là depuis au moins un mois, vu l'état de décomposition. La troisième victime n'y était peut-être que depuis deux semaines, Lucas le confirmera en temps voulu. À noter que la troisième victime a réussi à mordre à travers le plastique, et n'est donc pas morte par asphyxie. À la place, on lui a brisé le cou. Hunter, les experts de la police scientifique ont également confirmé que les marques que nous avons vues sur le sol ressemblent à celles d'un trépied de caméra, donc nous pouvons supposer que la mort de chaque victime a été filmée.

— Si la troisième victime a eu le cou brisé, alors son tueur a dû être filmé, dit Kay.

Un silence choqué emplit la pièce.

— Si nous pouvons localiser le film, nous pourrons peut-être identifier son tueur, dit Harrison. Même si je serais surpris s'il n'avait pas le visage couvert.

— Ça vaut quand même le coup d'essayer. Bonne remarque, Hunter, dit Sharp.

Il lança un regard noir lorsque le téléphone de son bureau se mit à sonner et pointa Debbie du doigt.

— West, répondez et si ce n'est pas urgent, prenez un numéro et rappelez-les.

— Oui, chef.

Il tourna son attention vers les trois photographies désormais épinglées au tableau blanc, leurs sinistres représentations des trois victimes n'étant que trop claires.

— Dès que Harriet et son équipe auront les empreintes digitales et toute autre information disponible sur ces trois femmes, je veux qu'elles soient identifiées.

— Et si ce sont des immigrées clandestines ?

demanda Barnes, exprimant les propres inquiétudes de Kay.

Sharp soupira et passa une main dans ses cheveux.

— Nous ferons de notre mieux pour elles, c'est compris ?

— Oui, chef, murmura l'équipe d'une seule voix.

— Inspecteur ?

Tous les regards se tournèrent vers Debbie qui sortait du bureau de Sharp, les yeux écarquillés.

— Qu'y a-t-il, West ?

— C'était le directeur Bagley de la prison, dit Debbie. Bob Rogers a été agressé.

CHAPITRE 33

Kay enfila sa veste sur ses épaules et se dépêcha de suivre Sharp, ignorant le regard furieux de Harrison qui les regardait partir.

Elle n'avait aucune idée de la raison pour laquelle lui et Sharp semblaient être à couteaux tirés récemment, mais cela devait provenir de la réunion qu'il avait dit avoir eue au quartier général.

Si elle était honnête, elle s'en fichait. Tout ce qui lui importait était de s'assurer qu'ils arrêtent Demiri le plus vite possible. Elle n'avait pas de temps à perdre avec les querelles politiques qui entouraient l'affaire.

Sharp descendait les escaliers à grands pas devant elle, sans attendre de voir si elle suivait. Elle croisa le regard d'un agent en uniforme alors que Sharp passait en trombe, et il haussa un sourcil.

Elle secoua la tête.

Ce n'était pas le moment pour de l'humour, ni pour des explications.

Au lieu de cela, elle se dépêcha de rattraper l'inspecteur en chef, tendant la main pour empêcher la porte arrière du commissariat de se fermer sur son visage. Le temps qu'elle sorte du bâtiment, il avait déjà démarré la voiture, son humeur noire gravée sur son visage.

Elle monta sur le siège passager et attacha sa ceinture alors qu'il accélérait hors du parking.

La prison n'était qu'à deux ou trois kilomètres du commissariat à vol d'oiseau, mais grâce à l'ingénierie civile des années 1960, ils devaient emprunter un itinéraire alambiqué autour de la rocade pour y arriver.

Vieille de plus de deux cents ans, la prison abritait environ six cents détenus, dont beaucoup étaient des délinquants sexuels. Un mur de briques du Kent de couleur sombre entourait les bâtiments de la prison, les cachant à la vue du public.

Malgré les nombreux prix que les détenus avaient remportés pour leurs efforts en jardinage, Kay se sentait révulsée par l'attention indue que cela donnait à la prison. Pour elle, ils étaient là pour être punis, et non pour se divertir, et elle ne croyait pas qu'aucun d'entre eux puisse un jour être réhabilité dans la société.

Elle refoula ses pensées alors que la voiture s'arrêtait devant le poste de garde, et elle vérifia les notes qu'elle avait imprimées lorsqu'elle avait suggéré pour la première fois qu'ils parlent à Bob Rogers.

La prison comprenait quatre bâtiments résidentiels pour les détenus, cependant pour sa propre sécurité, Bob Rogers avait été envoyé dans l'unité d'isolement.

L'ironie de la chose fit renifler Kay.

— Vous avez dit quelque chose ?

— Non, chef. Je lis juste mes notes, c'est tout.

Sharp grogna en réponse et baissa sa vitre alors qu'un garde s'approchait.

— Vous allez devoir déplacer votre voiture.

— Quoi ?

Le garde pointa du pouce par-dessus son épaule.

— Une ambulance va sortir. Vous bloquez le passage.

Sharp jura dans sa barbe, passa la marche arrière et passa son bras sur le dossier du siège de Kay alors qu'il manœuvrait le véhicule pour le ramener dans l'étroite rue qui longeait les murs de la prison. Des maisons mitoyennes faisaient face à la prison, et des voitures garées bordaient la route.

— Je ne vois rien du tout, marmonna-t-il en tendant le cou.

Kay se retourna sur son siège.

— C'est dégagé.

Sharp fit reculer la voiture sur la route, puis resta assis à fulminer silencieusement en tambourinant des doigts sur le volant.

Kay se redressa lorsqu'une ambulance jaillit des

portes et fila dans la rue au-delà de leur position, sa sirène hurlante et ses gyrophares allumés.

— Ça n'a pas l'air bon, dit-elle.

Sharp passa la première vitesse.

— J'ai aussi un mauvais pressentiment.

Une fois passés les portes, le garde désormais apaisé que l'ambulance ait pu partir rapidement, Sharp gara la voiture dans un espace et ils se dirigèrent vers l'entrée de la prison.

Un petit attroupement s'était formé au niveau du prochain ensemble de portes, et Kay reconnut parmi eux un homme d'âge moyen comme étant le directeur.

Il n'avait pas l'air de passer une bonne journée.

Il leva les yeux de l'homme avec qui il était en grande conversation – un garde avec du sang sur le devant de sa chemise – et il leur fit signe d'approcher.

— Allez vous nettoyer, Perkins. Bon travail, en passant. Vous avez fait tout ce que vous pouviez.

Kay regarda le gardien de prison disparaître dans un bâtiment sur la gauche, puis reporta son attention sur le directeur.

— Monsieur Bagley, dit-elle, lui serrant la main après Sharp.

— Inspecteurs.

Il passa une main sur sa cravate et la lissa, un geste presque inconscient alors que ses yeux balayaient la cour.

— Que s'est-il passé ? demanda Sharp.

— Rogers a été attaqué par un homme armé d'un

tournevis. Blessures par arme blanche à la poitrine et à l'abdomen.

Il pointa du pouce par-dessus son épaule.

— Perkins a été le premier sur les lieux avec un de ses collègues. Ils ont maîtrisé l'agresseur, puis Perkins a fait de son mieux pour stabiliser Rogers en attendant l'ambulance.

— C'est grave à quel point ?

Les yeux du directeur semblaient troublés.

— Grave, j'en ai peur. L'ambulance a mis plus de vingt minutes à arriver, le trafic scolaire, vous voyez. Le temps qu'ils arrivent, Rogers avait déjà perdu beaucoup de sang.

— Et son agresseur ? demanda Kay.

L'homme secoua la tête.

— Il refuse de parler. Il va y avoir une enquête complète, évidemment.

Sharp pinça les lèvres.

— Dommage que nous n'ayons pas pu obtenir un rendez-vous pour lui parler plus tôt.

Le front de Bagley se plissa.

— Inspecteur, la priorité de mon équipe est le bien-être de nos prisonniers. Nous ne pouvons pas bouleverser toute la routine de la prison simplement parce que vous décidez que vous voulez parler à l'un d'entre eux. Des dispositions doivent être prises, et le prisonnier doit être informé de vos souhaits.

Sharp leva les mains.

— Désolé. C'est frustrant, c'est tout.

Bagley hocha la tête.

— Je comprends.

— Qui d'autre savait que nous prévoyions de parler à Rogers ? demanda Kay.

— Moi-même et une demi-douzaine de membres du personnel, dit Bagley. Plus Rogers, bien sûr, et quiconque à qui il aurait pu le dire.

Kay baissa les yeux alors que son sac commençait à vibrer, un instant avant que son téléphone ne se mette à sonner.

— Excusez-moi, dit-elle. Je dois prendre cet appel.

Elle s'éloigna de quelques pas de Sharp et Bagley, puis répondit.

— Qu'est-ce qu'il y a, Barnes ?

— Nous venons de recevoir un appel de l'hôpital, dit le détective plus âgé, sa voix résignée. Bob Rogers n'a pas survécu. Mort à l'arrivée.

— Merde, murmura Kay, merci.

Mettant fin à l'appel, elle retourna vers les deux hommes et leur transmit la nouvelle.

— Je ne peux pas dire que je suis surpris, dit Bagley. Il n'était pas dans un bon état quand il est parti d'ici.

Sharp soupira et tendit la main au directeur.

— Faites-nous savoir ce que vous arrivez à découvrir. Je resterai en contact, et si notre enquête apporte un éclairage sur les raisons de cet événement, je vous en informerai.

— De même, dit Bagley.

Kay suivit Sharp jusqu'à la voiture, tous deux perdus dans leurs pensées jusqu'à ce qu'ils atteignent le véhicule.

— Demiri l'a découvert, n'est-ce pas ? dit-elle.

— Ou il nous a devancés.

— Vous pensez qu'il fait le ménage ?

Sharp posa ses mains sur le toit de la voiture et tourna la tête vers l'entrée de la prison derrière eux.

— C'est ce qui m'inquiète, Hunter. Et s'il prenait ce bateau rempli de gens et s'enfuyait ? S'il s'installait ailleurs ? Nous aurons perdu tous les avantages que nous avions.

Kay grimaça. Elle ne le dit pas à voix haute, mais à cet instant, elle ne pouvait se rappeler un seul avantage qu'ils avaient eu dès le départ.

CHAPITRE 34

Kay ajusta le volume de son casque avant d'appuyer à nouveau sur le bouton « lecture » de la vidéo.

Sur l'écran de son ordinateur, la vidéo enregistrée de Paul Robinson, le dernier employé municipal à avoir visité la petite maison à Thurnham, défilait ; Gavin et Carys étaient assis en face de l'homme dans une salle d'interrogatoire pendant qu'il leur parlait de sa dernière visite.

— Ce n'était rien, vraiment, dit-il, sa voix ressortant nasillarde à travers l'équipement d'enregistrement. L'une des propriétaires plus haut dans la rue s'était plainte du nombre de sacs poubelles laissés devant la propriété, elle s'inquiétait des rats, disait-elle.

— Que s'est-il passé quand vous êtes arrivé ? demanda Carys.

— Il n'y avait personne, alors j'ai pris des

dispositions pour que les sacs soient ramassés lors de la prochaine collecte des ordures le lundi suivant, et j'ai émis un avis au locataire pour qu'il veille à garder l'endroit propre et sans vermine.

— N'est-il pas inhabituel d'avoir des propriétés comme celle-ci dans vos registres ?

L'homme haussa les épaules.

— Pas vraiment. Certains de ces bâtiments appartenaient autrefois à différents services pour diverses raisons au fil des ans. Cette maison, par exemple, appartenait au service de l'environnement. Comme le conseil a dû réduire ses budgets dans différents domaines depuis plusieurs années, les bâtiments ont été loués. Ça rapporte un revenu, vous voyez.

— Qu'en est-il des références pour les locataires de celui-ci, ou des adresses de réexpédition ? demanda Gavin.

Robinson se pencha en arrière sur sa chaise et leva les mains.

— Pour une raison quelconque, le dernier enregistrement que nous avons pour cet endroit concerne une femme âgée du nom de Mme Boyston. J'ai fait quelques vérifications avant de venir ici. Il semble que, euh, elle soit décédée il y a quatorze mois.

— Il y a quatorze mois ? dit Carys.

— Nous manquons de personnel, comme je l'ai dit. Réductions budgétaires. Écoutez, le loyer continuait d'être payé à temps, donc le conseil n'avait aucune raison de remettre en question la location.

— Mais le certificat de décès aurait sûrement dû vous être envoyé ?

— Il semble avoir été égaré.

Kay gémit et retira son casque, puis tendit la main et arrêta l'enregistrement.

Elle se déconnecta du système, éteignit son ordinateur et passa son sac sur son épaule.

La salle des opérations s'était vidée une demi-heure auparavant, une atmosphère morose planant sur l'équipe alors que la nouvelle de la mort de Bob Rogers leur était parvenue.

Malgré la tentation de prendre un plat à emporter sur le chemin du retour par commodité, elle changea d'avis quand elle réalisa que les cochons d'Inde avaient eu une alimentation plus saine que la sienne en l'absence d'Adam à la maison.

Vingt minutes plus tard, elle se gara dans son allée, déterminée à utiliser le sac de salade dans le réfrigérateur avant qu'il ne commence à engendrer la création d'une toute nouvelle espèce, et elle se consola avec le fait qu'il lui restait au moins deux verres de bourgogne blanc dans une bouteille pour l'accompagner.

Après avoir nourri Bonnie et Clyde puis elle-même, elle s'assit au comptoir de la cuisine, un dossier ouvert à son coude rempli de ses propres notes sur l'enquête pendant qu'elle dessinait une série de cercles reliés, tous connectés à un nom.

Jozef Demiri.

Elle lâcha le stylo et but une gorgée de vin. Tout indiquait que Demiri se retirait de ses activités commerciales, peut-être même de la côte sud de l'Angleterre, et elle ne pouvait tout simplement pas se permettre de le laisser s'échapper.

Ses pensées revinrent à Harrison et O'Reilly.

Harrison lui laisserait-il une chance d'être celle qui arrêterait Demiri le moment venu, ou saisirait-il l'opportunité pour lui-même ? S'assurerait-il que O'Reilly soit celui qui l'accompagne plutôt que de voir quelqu'un de l'équipe de Sharp s'en attribuer le mérite ?

Elle reposa son verre de vin, déterminée à ce que, quoi qu'il arrive politiquement entre ses deux officiers supérieurs, elle serait présente pour voir le visage du trafiquant d'êtres humains albanais lorsqu'il serait inculpé pour le meurtre de Katya et des autres victimes.

Son portable vibra sur le comptoir une seconde avant de commencer à sonner, et elle tendit la main pour le saisir, reconnaissant le numéro de téléphone de sa sœur.

— Salut, Abby.

— Attends une seconde.

Kay leva les yeux au ciel tandis que sa sœur tentait de couvrir le téléphone avant que sa voix étouffée n'atteigne ses oreilles, réprimandant l'aîné de ses deux bambins avant de revenir, essoufflée.

— Franchement, ces deux-là. Je jure que je vais installer un sablier quand ils jouent pour qu'ils partagent équitablement les jouets.

— Comme Maman faisait avec nous, tu veux dire ?

— Ça a marché, non ?

Elles rirent toutes les deux à ce souvenir.

— Je n'avais pas eu de tes nouvelles depuis un moment. Tout va bien ? demanda Abby.

Après des mois de silence, Kay avait finalement confié à sa famille la fausse couche déclenchée par l'enquête des normes professionnelles à laquelle elle avait été soumise.

Ses collègues de travail l'avaient découvert par accident ; une rumeur s'était répandue dans le commissariat grâce à une série de dispositifs d'écoute placés dans sa maison. Kay soupçonnait Jozef Demiri – ou du moins l'un de ses laquais – d'être à l'origine de ce travail et de la fuite subséquente pour tenter de fracturer l'équipe autour d'elle, mais elle n'avait toujours aucune preuve et, plutôt que de les laisser l'apprendre par d'autres moyens comme ses collègues, elle avait pris la décision de le dire à sa famille un après-midi d'été où elle et Adam étaient chez ses parents pour un barbecue.

Cela ne s'était pas bien passé.

— Tu es là ?

— Désolée.

Kay prit une autre gorgée de vin.

— Je vais bien. Occupée au travail, comme d'habitude. Adam est à Aberdeen pour une conférence toute la semaine. Comment vont les choses de ton côté ?

Elle sourit tandis que sa sœur continuait à parler des facéties d'Emily à son groupe de jeu quotidien, puis décrocha lorsque le sujet passa au bébé, Charlotte, et aux périls de l'apprentissage de la propreté.

— Tu ne vas pas demander des nouvelles de Maman ?

— Elle a demandé des miennes ?

La mère de Kay avait été furieuse quand elle avait finalement été informée de la fausse couche de Kay – à la fois d'avoir été tenue dans l'ignorance de la nouvelle, mais aussi contre Kay pour avoir pris sa carrière tellement au sérieux qu'elle avait mis en danger la vie de son futur petit-enfant.

Choquée par l'égoïsme de sa mère, et déçue d'elle-même pour ne pas avoir réalisé que la réaction de sa mère était prévisible étant donné son manque de soutien antérieur pour tout ce que Kay faisait de sa vie, Kay avait quitté la maison en trombe, laissant Adam présenter leurs excuses pour leur départ pendant qu'elle fulminait dans la voiture.

Son père avait été dévasté.

Il avait appelé le mardi matin suivant, leur

moment habituel pour discuter pendant que sa mère était hors de la maison, et ils avaient tous deux terminé l'appel en larmes.

Elle n'avait pas parlé à sa mère depuis le barbecue.

— Non, elle n'a pas demandé de tes nouvelles.

Kay soupira.

— Désolée que tu aies été mêlée à tout ça. Je ne voulais pas que ça arrive.

Elle pouvait presque entendre le haussement d'épaules au bout du fil.

— C'est pas grave. Elle finira par s'y faire.

— Un jour.

Elles avaient prononcé les mots en même temps, et Abby parvint à lâcher un petit rire.

— Je dois y aller, frangine. Grosse journée demain, dit Kay.

— D'accord. Je t'aime.

— Je t'aime aussi.

Kay mit fin à l'appel, fit glisser le téléphone sur le plan de travail et prit la photographie montrant sa proie en train de quitter ses bureaux quelque six mois auparavant.

— Je préférerais m'attaquer à *toi* n'importe quand plutôt qu'à ma famille, Demiri.

CHAPITRE 35

— Du calme.

Harrison se dirigea d'un pas décidé vers l'avant de la salle des opérations et arpenta l'espace devant le tableau blanc pendant que Kay et ses collègues cessaient de parler et se tournaient vers le commandant divisionnaire.

Sharp s'appuya contre un bureau sur le côté de la pièce, son regard balayant les officiers en uniforme et les détectives assemblés alors qu'ils trouvaient des sièges ou un endroit où se percher. Un silence s'installa, à l'exception du grattement des stylos sur le papier.

— Bien. Tout d'abord, merci à tous pour ce début matinal. Je reconnais que ce n'est pas agréable d'être au travail au chant du coq, mais je suis sûr que vous comprenez l'importance de frapper Demiri maintenant.

Harrison brandit deux documents dans sa main droite.

— Voici les mandats que nous avons demandé pour perquisitionner ses bureaux à Ashford et sa maison. Debbie, ma belle, vous pourriez baisser les lumières ?

Kay remarqua l'expression de Gavin à cette marque d'affection et lui fit un léger signe de tête négatif.

Les techniques de management de Harrison appartenaient à l'âge des ténèbres, mais ce n'était pas le moment d'en débattre.

En se retournant, elle vit O'Reilly se pencher depuis sa position au coin du bureau de Carys et murmurer quelque chose à l'agente. Carys couvrit sa bouche de sa main et répondit, ses yeux ne quittant jamais Harrison, mais Kay vit le clin d'œil qu'O'Reilly lui fit avant de reporter son attention sur le devant de la salle.

— À ce rythme, nous allons perdre encore plus de gens au profit de l'unité des crimes majeurs, grommela-t-elle dans sa barbe. Y compris le fan-club de Jake O'Reilly.

— Qu'est-ce que tu as dit ? chuchota Gavin à côté d'elle.

— Rien.

— Bien.

La voix de Harrison traversa la pièce, et il tapota l'image sur le tableau blanc.

— Les plans des bureaux de Demiri.

Kay porta son attention sur le commandant divisionnaire alors qu'il vantait les tentatives de Carys pour obtenir des copies du plan du bâtiment auprès du service d'urbanisme du conseil, et elle se demanda pourquoi il n'avait pas demandé l'aide de leurs collègues à Ashford.

Elle mordilla le bout de son stylo en écoutant, puis réalisa que Harrison était si déterminé à ce que Demiri soit arrêté par son équipe d'enquête, qu'il laissait probablement autant de personnes que possible hors de la boucle pour protéger sa position.

Cela l'inquiétait, et malgré ses affirmations au cours du briefing qu'ils auraient le soutien d'un contingent local en uniforme lors de la descente, elle se demandait quelles seraient les répercussions lorsque les détectives là-bas découvriraient qu'ils avaient été snobés.

Elle griffonna une note pour elle-même alors que l'image vacillait et qu'une nouvelle apparaissait, celle d'une photographie aérienne d'une grande maison entourée de bois.

Harrison sourit, son visage illuminé en un masque grotesque dans la lumière du rétroprojecteur.

— Nous n'avons pas eu autant de chance avec la maison de Demiri, dit-il. Pour ceux qui nous rejoignent aujourd'hui et qui ne sont pas au courant, cette propriété se trouve à la périphérie de Pluckley.

Il actionna l'interrupteur et une autre image apparut.

— Cette photographie a été prise ce matin par des officiers de l'unité des crimes majeurs qui surveillent la propriété à distance. Vous pouvez voir ici qu'il semble y avoir trois entrées : la porte d'entrée, la porte de derrière à côté de ce que nous croyons être une cuisine, et ces doubles portes donnant sur le patio pavé qui mène au jardin. Je veux des officiers à toutes les entrées avant que nous n'entrions. Actuellement, les renseignements issus des rapports précédents de Gareth Jenkins suggèrent que Demiri a au moins quatre membres du personnel qui résident sur place, et un certain nombre de personnes visitent sa maison au quotidien, donc nous devons nous assurer de maîtriser quiconque essaierait de partir précipitamment. Vous voulez mettre votre équipe au courant, Sharp ?

L'inspecteur principal acquiesça et se dirigea vers l'avant de la salle.

— Je veux deux équipes qui accompagnent les agents en uniformes, donc Piper et Miles, vous dirigez la perquisition des bureaux de Demiri. Barnes, je vous veux à la maison. De cette façon, nous pourrons avoir un débriefing de haut niveau dès votre retour ici plutôt que d'attendre que les rapports soient mis à jour dans le système.

Il leva la main pour demander le silence alors

qu'un murmure balayait la salle, l'impatience de l'équipe étant palpable.

— Je n'ai pas besoin de vous dire à quel point Demiri et ses hommes sont dangereux, ni à quel point ces perquisitions sont importantes pour notre enquête, alors veillez les uns sur les autres et faites votre travail correctement.

Il rendit la parole à Harrison qui conclut en faisant écho à l'ordre de retenue de Sharp avant de congédier l'équipe.

Kay se retourna en entendant la voix d'O'Reilly alors qu'il passait devant son bureau.

— Miles ? Fais attention à toi, d'accord ?

Les yeux de Carys s'écarquillèrent aux paroles d'O'Reilly, mais elle hocha la tête.

— Bien sûr, chef. Toujours.

— Visiblement, il n'a pas entendu dire que tu avais affronté un train en marche, marmonna Gavin en la suivant hors de la pièce.

Kay pouvait encore les entendre se chamailler alors que la porte se refermait derrière eux, et elle sourit pour elle-même.

Au moins, on pouvait compter sur Gavin pour garder l'esprit de Carys concentré sur le travail et non sur l'inspecteur pendant la descente.

— O'Reilly ?

— Chef ?

— Un mot dans le bureau de Sharp. J'ai une tâche spéciale pour vous.

Harrison rayonna et fit un geste vers la porte ouverte.

Kay resta assise alors que les lumières du plafond se rallumaient, et elle fixa l'image de la maison qui s'estompait tandis que le projecteur était éteint.

Pourquoi n'avait-elle pas été incluse dans l'une des équipes de perquisition ?

CHAPITRE 36

Kay se frotta l'œil et tendit l'oreille pour écouter les ordres lancés à toute vitesse à la radio.

Debbie posa une tasse de thé devant elle, puis resta en suspens au bout du bureau.

— Ça a commencé ?

— Non. Ils attendent l'ordre d'intervenir.

— Je parie que tu aimerais y être, dit Debbie, avant de retourner de son côté de la salle des opérations.

Les pensées de Kay se tournèrent vers la cave qu'ils avaient découverte sous la boîte de nuit de Demiri, et elle frissonna. Elle ne dit rien, et se pencha plutôt sur la pile de paperasse devant elle pour augmenter le volume de la radio.

La porte du bureau de Sharp s'ouvrit brusquement, et Harrison apparut, tout son corps exsudant la tension.

— Ils sont prêts ?

— Oui, chef. Ils attendent vos ordres, dit Kay, et elle lui tendit la radio. Le QG est prêt aussi. Ils ont positionné des voitures de patrouille pour bloquer les accès à la route de la zone d'activités où se trouvent les bureaux de Demiri, ainsi que la route devant sa maison.

— Bien.

Harrison jeta un coup d'œil par-dessus son épaule tandis que Sharp s'avançait vers eux, sa cravate de travers.

Kay fronça les sourcils, puis se détourna.

Son visage semblait furieux, et elle ne l'avait jamais vu avec une cravate qui n'était pas nouée et parfaitement droite.

Elle se demanda ce que Harrison avait bien pu lui dire à huis clos pour le mettre dans cet état, puis elle chassa cette pensée alors que Harrison levait la radio.

— À toutes les équipes, ici le commandant divisionnaire Harrison. Vous avez le feu vert pour l'Opération Exodus. Je répète, l'Opération Exodus est lancée.

Kay gémit intérieurement en entendant l'indicatif qui avait été attribué au hasard à l'opération de recherche, et elle croisa les doigts en espérant que ce n'était pas un mauvais présage.

Harrison reposa la radio sur le bureau devant Kay et se tourna vers Sharp.

— Espérons que votre équipe se comportera bien.

On ne peut pas se permettre qu'ils ralentissent l'unité des crimes majeurs, après tout.

Un muscle tressaillit dans la mâchoire de Sharp.

— Ce sont tous de bons officiers, Simon, et plus que capables d'accomplir la tâche qui leur est confiée. Tout comme ils l'étaient lors de la descente dans la boîte de nuit.

Harrison renifla.

— On verra bien. Qu'en pensez-vous, Hunter ? Vous croyez qu'on va enfin coincer Demiri après tout ce temps ?

— Je l'espère, chef.

— Dommage qu'on ait dû vous garder ici, vraiment, dit-il. J'aurais bien aimé voir la tête de Demiri quand vous seriez arrivée chez lui.

Les yeux de Kay se tournèrent à nouveau vers Sharp.

L'inspecteur principal se tenait les mains dans les poches, en train de contempler le tapis.

— Pas de problème, chef, dit-elle à Harrison, mettant plus de chaleur dans ses paroles qu'elle n'en ressentait. Au moins, nous pourrons filtrer toutes les informations au fur et à mesure qu'elles arrivent et développer une approche stratégique pour l'interroger pendant que les recherches se poursuivent.

Harrison rayonnait.

— Vous avez tout à fait raison, Hunter. Une réflexion louable.

Il tourna son attention vers un agent en uniforme

qui s'approchait d'eux et apposa sa signature sur une série de formulaires avant de congédier l'homme, puis il se dirigea vers le tableau blanc et se tint devant, les mains sur les hanches, apparemment perdu dans ses pensées.

Sharp s'affaissa dans la chaise à côté de la sienne et se pencha en avant, les coudes sur les genoux tandis qu'ils écoutaient les bavardages sur les ondes.

Les deux perquisitions étaient coordonnées par l'équipe de communication au QG où, à son grand dégoût évident, l'inspecteur O'Reilly avait été envoyé par Harrison pour surveiller les progrès et lui fournir un accès immédiat au coordinateur de l'équipe s'il avait besoin d'envoyer un message urgent.

— Je devrais être sur le terrain, avait-il grommelé à Kay en sortant.

Kay avait souri gentiment, mais avait eu le bon sens de rester silencieuse.

— Les caméras embarquées de Piper et Miles sont en direct, appela Debbie depuis son bureau. Je vous ai envoyé un lien vers le flux par e-mail.

Kay ouvrit ses e-mails et cliqua sur le lien, puis elle prit une gorgée de thé pendant que l'écran chargeait.

— Enfin, marmonna Sharp alors que les images s'animaient.

L'enregistrement vidéo en direct de la caméra de Gavin avait du son, mais Kay le baissa pour écouter plutôt les commentaires d'O'Reilly à la radio.

L'équipe une était chargée du raid sur les bureaux de Demiri, tandis que la deuxième équipe s'occupait de sa maison.

Minutées avec précision, les deux équipes convergèrent vers chacune des propriétés à quelques secondes d'intervalle.

Kay regarda la caméra de Gavin approcher l'équipe d'intervention tactique qui attendait aux abords des véhicules d'intervention rassemblés, avant qu'il ne s'approche des portes d'entrée du bureau de la zone d'activités.

Elle inspira brusquement lorsqu'il posa sa main sur la porte d'entrée et qu'elle s'ouvrit vers l'intérieur.

— Pas verrouillée ?

— Mauvais signe, dit Sharp.

Harrison se détourna du tableau blanc.

— Qu'est-ce qui ne va pas ?

Sharp pointa le flux vidéo.

— Quand nous avons interrogé Demiri dans ses bureaux, les portes étaient verrouillées et nous avons dû attendre qu'on nous ouvre. Il y avait une caméra vidéo au-dessus de la porte et un système d'interphone.

Harrison se frotta le menton.

— Il nous attend probablement, et n'a pas voulu s'embêter avec la comédie de la sécurité.

Kay surprit le regard que Sharp lança à Harrison et leva un sourcil, mais son inspecteur principal secoua légèrement la tête et reporta son attention sur l'écran.

L'image en noir et blanc vacilla légèrement lorsque Gavin franchit la porte et la tint ouverte pour Carys. Kay aperçut un flash du visage de Carys, l'expression de la femme déterminée, puis l'angle revint vers la zone de réception qu'elle et Sharp avaient pénétrée quelques jours auparavant.

Elle fronça les sourcils.

— Chef ? Où est le bureau de réception ?

Sharp secoua la tête, ses yeux ne quittant jamais les images à l'écran.

À la radio, la voix de Gavin retentit, confirmant ses craintes.

— On dirait que l'endroit a été déserté.

Harrison arracha la radio du bureau.

— Piper, vérifiez la salle de conférence sur la gauche.

Kay retint son souffle tandis que la caméra de Gavin pivotait et commençait à se diriger vers la grande salle de réunion où elle et Sharp avaient été conduits par Demiri.

La porte s'ouvrit, révélant un grand espace vide où se trouvait autrefois la table de conférence, et un rectangle plus sombre contre le mur du fond où était suspendue auparavant la grande télévision à écran plat.

Harrison jura dans sa barbe, puis sortit son téléphone portable de sa poche.

— O'Reilly ? Les bureaux de Demiri sont vides. Quel est le statut de l'équipe à la maison ?

Kay observa le visage du commandant divisionnaire rougir, ses yeux flamboyant devant l'image sur l'écran devant lui, avant qu'il ne mette fin à l'appel.

— Barnes a confirmé que la maison de Demiri a également été abandonnée, dit-il d'une voix dangereusement basse.

Il reprit la radio.

— Piper, évacuez le bâtiment. Sécurisez-le immédiatement pour les analyses médico-légales.

— Compris, chef.

— Il a fermé toutes ses opérations, n'est-ce pas ? dit Kay. Il est en fuite.

À côté d'elle, Sharp s'affaissa dans sa chaise et passa une main sur son visage.

Harrison tendit la radio à Kay, s'éloigna furieusement de son bureau, puis entra à grands pas dans le bureau de Sharp et claqua la porte avec suffisamment de force pour faire trembler les vitres.

CHAPITRE 37

Jozef Demiri se tenait dos à la pièce, son regard parcourant le paysage devant lui.

Un sourire se dessinait au coin de sa bouche, mais il savait qu'il ne pouvait pas se détendre.

Pas encore.

Cependant, il était trop facile d'imaginer la réaction de la police lorsqu'elle découvrirait qu'il les avait dupés, et il aurait aimé voir leurs visages quand ils découvriraient ses bureaux et sa maison vides et dépourvus de toute preuve.

Il tira sur un fil lâche du pull en laine qu'il portait par-dessus un t-shirt à manches longues et un jean, des vêtements ordinaires qu'il n'avait pas portés depuis des années, préférant ses costumes de créateur. La fuite de sa maison s'était exécutée dans un moment de panique lorsqu'il avait réalisé à quelle vitesse l'enquête de police gagnait du terrain.

Il avait voulu attendre, voulu narguer l'inspectrice Hunter et ses collègues un peu plus longtemps, mais Oliver Tavender avait insisté.

La réception en toute sécurité de la cargaison était plus importante, après tout.

L'homme avait raison, bien sûr. Beaucoup d'argent avait déjà été investi, et il avait quatre actionnaires extrêmement puissants à qui rendre des comptes si la marchandise n'arrivait pas comme prévu.

Des hommes dont l'influence s'étendait bien au-delà des frontières du comté du sud.

Des hommes qui pouvaient mettre fin à sa vie à tout moment.

Oliver Tavender avait travaillé sans relâche au cours des trois derniers jours pour s'assurer que toutes les traces de la vie de son patron avaient été effacées, et Demiri devait admettre à contrecœur qu'il ne pouvait pas se passer de lui.

Cela le troublait de devoir dépendre autant d'une seule personne, mais il n'avait pas le choix. Pas s'il voulait survivre.

Il savait que le moment venu, il sacrifierait Tavender pour assurer sa propre liberté, et cela le troublait que l'homme s'en rendît probablement compte.

Il n'avait personne en qui il pouvait avoir confiance, et c'était entièrement la faute de l'inspectrice Hunter.

Il serra le poing, résistant à l'envie de quitter la sécurité du bâtiment pour la traquer.

Elle viendrait à lui, il le savait.

Elle ne pourrait pas résister.

Il baissa les yeux vers la route à l'extérieur en apercevant un mouvement sur sa droite, mais ce n'était que la petite voiture argentée appartenant à une vieille dame qui vivait à un kilomètre de là. Il consulta sa montre, nota que son départ correspondait exactement à l'horaire observé chaque semaine depuis trois mois, et il laissa ses épaules se détendre.

Il se détourna de la fenêtre et se dirigea vers un fauteuil mangé par les mites, s'enfonçant dans les coussins moelleux avant de tendre la main vers une petite table d'appoint et de saisir le grand bol de soupe qui lui avait été apporté quelques minutes plus tôt par son hôte.

Tavender était parti, pour effectuer une dernière course en fin d'après-midi qui effacerait la dernière pièce du puzzle pour l'inspectrice Hunter et garantirait que Demiri puisse laisser derrière lui son héritage et repartir à zéro.

Il parcourut des yeux le nouveau passeport posé sur la table, sa riche couleur bordeaux ornée des symboles de l'Union européenne. Il se consolait en se disant qu'il pouvait encore s'échapper facilement et voyager n'importe où sur le continent, et il avait passé les trois derniers jours à réfléchir au meilleur endroit pour installer ses nouvelles opérations.

Cela prendrait du temps et de l'argent, mais il avait les deux.

C'était l'effet que la fuite aurait sur sa réputation soigneusement entretenue qui l'inquiétait.

Il avait passé des années à développer l'entreprise, l'étendant au-delà de l'empire risqué de la drogue qu'il avait d'abord convoité, puis découvrant une toute nouvelle demande parmi ses clients les plus élitistes.

Il ne les considérait pas comme ses égaux, cependant. Et ils seraient insultés s'ils pensaient qu'il le faisait.

Pour eux, il était un fournisseur, rien de plus.

Il reposa le bol de soupe, la vapeur s'élevant dans l'air froid de la pièce, et il prit son carnet, caressant du pouce la couverture en cuir brun avant de retirer l'élastique autour des pages et de l'ouvrir à une page d'écriture soignée.

Malgré les assurances qu'il avait toujours données à ses clients, il tenait un décompte de leurs noms, visites et de l'argent qui passait entre eux. Avec le film conservé sur un serveur enfoui dans les recoins les plus sombres du web mondial, Demiri espérait avoir suffisamment d'assurance pour les empêcher de le traquer pendant un moment.

Ses pensées revinrent à l'inspectrice Hunter, et un frisson agréable parcourut son échine.

Il avait entendu, bien sûr, qu'elle n'avait été vue dans aucune de ses propriétés ce matin-là, et pendant un moment, il avait ressenti de la déception. Cela avait vite été tempéré par la réalisation que ses supérieurs la considéraient peut-être trop précieuse pour être gaspillée dans ce qui s'avérait être une recherche infructueuse, et il se réinstalla dans le fauteuil, satisfait à l'idée que ni elle ni ses collègues ne savaient où il se trouvait, ni quels étaient ses plans pour elle.

Ses instructions à Tavender avaient été claires.

L'inspectrice Hunter était à lui, et à lui seul.

Il laissa la soupe chaude lui brûler la bouche et la gorge, savourant la douleur qu'elle lui procurait, et il fixa du regard le paysage désolé au-delà de la fenêtre.

Il aurait son moment avec l'inspectrice Hunter, et bientôt.

CHAPITRE 38

Au moment où l'équipe retourna dans la salle des opérations, une obscurité grise avait enveloppé la ville et une fraîcheur avait mis fin à l'après-midi, menaçant de pluie.

Un Barnes abattu s'était enfoncé dans sa chaise avant de poser ses pieds sur le bureau et de reposer son menton dans sa main.

Kay plaça une tasse de thé fumante devant lui, puis fronça les sourcils.

— Debbie ? Tu as vu le commandant divisionnaire Harrison ? Je croyais qu'il voulait qu'on soit tous là pour un briefing à seize heures trente ?

— Pas depuis trente minutes, non. Il a disparu avec son téléphone collé à l'oreille.

Kay déglutit.

Sans aucun doute, le commandant devait recevoir les réflexions de la commissaire sur la disparition de

Demiri, et par la suite, l'équipe pouvait s'attendre à un accueil glacial à son retour.

Barnes froissa une note qui avait été collée sur l'écran de son ordinateur par l'un des membres de l'équipe administrative et la lança vers la corbeille à papier, sa lèvre supérieure se retroussant lorsqu'elle rebondit sur le côté et tomba au sol à la place.

Ils levèrent tous deux les yeux quand Gavin ouvrit la porte, la tenant ouverte pour Carys avant que le duo ne se traîne vers leurs bureaux, leurs expressions abattues.

Sharp jeta un coup d'œil depuis son bureau.

— Piper, Miles, prenez une boisson chaude et on va faire le débriefing.

— Vous voulez attendre Harrison, chef ? demanda Kay.

— Non, je ne veux pas attendre ce foutu Harrison. C'était son idée d'avoir ce débriefing, alors il n'a qu'à arriver à l'heure. On va commencer sans lui. Miles a l'air morte de fatigue de toute façon.

Carys lui adressa un faible sourire et se dirigea vers la bouilloire.

Kay et Barnes s'avancèrent vers le tableau blanc, rapidement rejoints par les autres.

Dix heures s'étaient déjà écoulées depuis le briefing matinal, et Kay était reconnaissante que Sharp ait renvoyé les membres juniors de l'équipe chez eux depuis quelque temps.

Ils auraient besoin de toute leur lucidité quand ils

reviendraient tôt le lendemain pour commencer à passer au crible les maigres informations traitées par les équipes médico-légales dans la maison et au bureau de Demiri dans l'espoir d'une percée.

— Bien, Barnes. Faites-nous un rapide compte rendu de la perquisition chez Demiri, dit Sharp.

— Il n'y avait pas de véhicules dans l'allée quand nous sommes arrivés, chef. Il y a un bâtiment séparé à droite de la maison, un ancien bloc d'écuries qui avait été converti en garages, avec de la place pour deux véhicules, mais tout était vide.

Barnes pointa avec sa tasse de thé l'image aérienne que Sharp avait à nouveau installée sur le tableau blanc.

— Le bois autour de la propriété n'appartient pas réellement à Demiri, il lui est loué par le fermier voisin. Inutile de dire qu'il y a maintenant une équipe médico-légale supplémentaire sur place, en train d'utiliser le GPS pour vérifier toute terre perturbée ou autres anomalies récentes.

— La maison était-elle déverrouillée comme les bureaux ? demanda Gavin.

— Non, nous avons dû enfoncer la porte d'entrée. Tous les meubles étaient encore là, mais tous les effets personnels de Demiri avaient disparu, vêtements et autres, et il n'y avait aucun signe d'équipement électronique. Même la télévision avait disparu.

— Débarrassé à la hâte, dit Carys.

— Non, et c'est là le problème, répondit Barnes. Je n'ai pas eu l'impression que cela avait été fait dans la panique. Ça semblait trop coordonné.

— Comme s'il nous attendait ? suggéra Kay.

— Exactement.

— Quand nous l'avons interrogé, il a mentionné une nouvelle entreprise à Romford, dit Sharp. Quelque chose est ressorti à ce sujet ?

— Non, répondit Kay. J'ai eu des nouvelles de mon contact à l'unité mixte des services de renseignements plus tôt, et ils n'ont rien trouvé. Je ne pense pas que Demiri ait des intérêts commerciaux là-bas. Il nous mentait.

— Eh bien, pour le moment, il a fait un numéro de disparition aussi célèbre que l'un des foutus fantômes de Pluckley, dit Barnes, puis il se retourna alors que Simon Harrison faisait irruption par la porte et se précipitait vers eux.

— Bien, vous êtes encore là, dit-il en faisant glisser son téléphone portable dans la poche de sa veste.

— Que se passe-t-il ? demanda Sharp.

— La commissaire a accepté la tenue d'une conférence de presse au quartier général pour parler de l'affaire Demiri. Si nous nous dépêchons, nous pouvons la faire passer aux informations locales de dix-huit heures. La couverture nationale sera diffusée à vingt et une heures ce soir.

— Quoi ?

Kay sentit sa mâchoire tomber, un instant trop tard.

— Désolée, chef. C'est juste que... vous voulez vraiment le mettre au courant de l'enquête ?

Les yeux de Harrison s'assombrirent.

— Étant donné le désastre des perquisitions d'aujourd'hui, je ne dirais pas que nous ayons beaucoup le choix, n'est-ce pas, Hunter ? Je veux dire, bon sang, aucun de vous n'a soupçonné *quoi que ce soit* quand vous l'avez interrogé dans ses bureaux ?

— Nous n'avons pas demandé la visite guidée quand nous y étions, dit Sharp entre ses dents serrées.

Harrison redressa sa cravate, puis jeta un coup d'œil par-dessus son épaule avant de leur faire signe de revenir vers la porte.

— Eh bien, il est trop tard maintenant, annonça-t-il. Allez, on doit y aller. Demiri sait que nous nous rapprochons de lui. En ce moment, nous l'avons mis en fuite. Son entreprise a fermé, ses bureaux sont fermés, et il n'y a aucun signe de lui dans sa propre maison. Il se cache quelque part, et vous savez aussi bien que moi que si nous faisons un appel télévisé pour obtenir des informations, quelqu'un proche de lui pourrait se manifester.

Kay capta le regard de Sharp dans sa direction, et elle haussa les épaules avant d'attraper sa veste au dos de sa chaise et de le suivre.

D'après sa propre implication avec Jozef Demiri, elle doutait fort que quiconque le connaissant soit assez courageux – ou stupide – pour divulguer sa localisation, malgré les affirmations de Harrison.

D'après l'expression que portait Sharp, il était évident qu'il pensait la même chose, même s'il restait silencieux.

— On prend votre voiture ?

Harrison poussa la porte et traversa le parking devant eux.

— Que se passe-t-il ? demanda Kay à voix basse.

— Aucune idée, répondit Sharp. Gardez les yeux ouverts et la bouche fermée. On se retrouve après la conférence de presse. Quelque part hors de portée d'oreille de M. Harrison et de son acolyte, O'Reilly.

— D'accord.

CHAPITRE 39

Lorsqu'ils arrivèrent au quartier général, plusieurs camionnettes de presse et voitures ornées des logos des chaînes de télévision se disputaient l'espace dans le parking visiteurs.

Harrison regarda sa montre en descendant du siège passager et attendit que Sharp verrouille la voiture.

— Nous sommes en retard, dit-il avant de se précipiter vers le bâtiment.

Kay jeta un coup d'œil à un véhicule de presse à proximité tandis qu'un technicien claquait la porte et passait une rangée de câbles sur son épaule, sifflotant en travaillant.

Elle fronça les sourcils.

Elle savait que les conférences de presse étaient nécessaires pour impliquer le public et rechercher des informations sur les enquêtes en cours, mais elle détestait le fait que ce soit souvent considéré comme un divertissement, un moyen d'augmenter l'audience du soir, et que la compétition entre les chaînes de télévision serait féroce.

Elle jeta un coup d'œil à Sharp alors qu'ils suivaient Harrison, et elle remarqua qu'il arborait une expression tout aussi préoccupée.

Ils restèrent silencieux en suivant le commandant divisionnaire à travers le bâtiment jusqu'à la salle qui avait été réservée pour la conférence de presse.

Kay s'arrêta sur le seuil et rassembla ses pensées en regardant les divers journalistes, caméramans et photographes prendre place.

Une longue table avait été installée à une extrémité de la salle, recouverte d'une nappe bleue et occupée en grande partie par une rangée de microphones.

Divers logos de chaînes d'information familières étaient fixés aux microphones, chaque chaîne de télévision s'assurant de recevoir de la publicité gratuite des caméras de ses concurrents.

Quatre chaises étaient disposées derrière la table, un verre d'eau devant chacune d'elles.

Un grand panneau orné du logo de la police du Kent avait été érigé derrière la table, le numéro de téléphone de Crime Stoppers clairement visible depuis le fond de la salle.

Malgré les cinq rangées de chaises qui avaient été installées dans la petite salle, les journalistes devaient se bousculer sur les côtés, des reproches murmurés par les opérateurs de caméra parvenant aux oreilles de Kay alors qu'elle suivait Harrison à l'avant de la salle.

Il désigna les deux sièges à droite de la table.

— Sharp, si vous preniez celui tout à droite, avec Hunter à votre gauche. Je serai à sa gauche, et ensuite la commissaire sera à ma gauche.

Il baissa la voix.

— Elle a un peu de retard, mais avec un peu de chance, elle sera là dans les prochaines minutes. Des papiers de dernière minute à signer pour une autre enquête. Je vais présenter tout le monde et lire la déclaration préparée par notre équipe médias. Je me tournerai vers vous si nécessaire.

Kay se faufila entre la table et le fond de la scène, adressa un petit sourire à Sharp lorsqu'il tira sa chaise pour elle, et s'assit. En tendant la main vers son verre d'eau, elle réalisa qu'elle tremblait et elle la retira brusquement. Si Demiri l'observait de quelque part, elle ne voulait pas qu'il la voie paraître autre chose que maîtresse d'elle-même.

Elle devait lui faire savoir qu'elle était plus que capable de le traduire en justice.

Un bruit au fond de la salle à sa gauche la tira de ses pensées, et elle commença à se lever lorsque la commissaire entra dans la pièce par une deuxième porte.

La femme lui fit signe de se rasseoir.

— Restez assise, Hunter. Où en sommes-nous niveau timing, Harrison ?

— Nous sommes toujours dans les temps, madame. J'ai prévu une marge de manœuvre sachant à quel point vous êtes occupée.

Kay tourna la tête et croisa le regard amusé de Sharp.

Il lui fit un clin d'œil, puis but une gorgée d'eau avant de se pencher en arrière sur sa chaise, les mains jointes sur la table devant lui.

Kay aurait aimé être aussi détendue qu'il en avait l'air, puis elle se retourna pour faire face à la salle une fois de plus lorsque Harrison se racla la gorge.

— Mesdames et messieurs, si vous voulez bien prendre place, nous allons commencer.

Il attendit que les derniers journalistes se rapprochent de l'avant de la salle, microphones et téléphones brandis, puis il commença.

Kay scrutait les visages des journalistes pendant qu'il lisait la déclaration médiatique préparée, donnant les faits connus, et qui avaient été jugés nécessaires pour faire avancer l'enquête sans trop en révéler à Demiri, avant d'être tirée de ses observations par le son de son nom.

— J'aimerais vous présenter les deux détectives chargés de cette affaire, l'inspecteur principal Sharp et l'inspectrice Kay Hunter, dit Harrison.

Il pivota sur son siège pour faire face à Kay.

— Peut-être que l'inspectrice Hunter aimerait dire quelque chose ?

Kay déglutit, puis fit face à la salle bondée et essaya de ne pas cligner des yeux lorsqu'un flash d'appareil photo se déclencha vers le fond de la pièce.

Elle avait été surprise par l'insistance de Harrison pour qu'elle assiste à la conférence de presse en premier lieu. Elle n'avait certainement pas imaginé qu'il la présenterait par son nom et lui demanderait de s'adresser aux médias.

Elle s'éclaircit la gorge.

— Nous sommes très désireux de parler à quiconque pourrait avoir des informations susceptibles de nous aider dans notre enquête, dit-elle. Nous pensons que Jozef Demiri est toujours dans la région.

Elle jeta un coup d'œil à sa droite vers Sharp et fut récompensée par un hochement de tête presque imperceptible avant qu'il ne tourne son attention vers les journalistes.

— En aucun cas le public ne doit tenter d'approcher Jozef Demiri, dit-il. Nous le considérons comme dangereux et potentiellement armé. Toute personne ayant des informations concernant sa localisation est priée de contacter la salle des opérations du commissariat de Maidstone ou d'utiliser le numéro de Crime Stoppers. Je rappelle aux téléspectateurs que les appels au numéro de Crime Stoppers sont traités de manière anonyme.

Il fit signe à Harrison de conclure le briefing, et Kay retint son souffle pendant que les deux détectives seniors répondaient aux questions des journalistes avant que Harrison ne se penche vers la rangée de microphones.

— Mesdames et messieurs, merci pour votre temps. Nous vous tiendrons informés dès que nous aurons de nouveaux éléments à vous communiquer.

La commissaire se leva de son siège et ouvrit la marche vers la porte à l'arrière de la salle.

Elle attendit que Sharp la referme derrière eux avant de parler.

— Bien joué, Harrison. Vous me tiendrez au courant des développements ?

— Nous le ferons, madame. Soyez assurée que si nous recevons des informations sur la localisation de Demiri ou ses opérations, nous vous en informerons immédiatement.

— Merci.

Elle serra la main de chacun d'eux, puis s'éloigna à grands pas, sortant son téléphone portable de la poche de son uniforme et le portant à son oreille alors qu'elle disparaissait au coin du couloir.

Harrison rayonna en la regardant partir, puis se tourna vers Sharp et Kay.

— Bon travail, Hunter. Vous avez fait passer le message de manière concise et claire. Pas de doute, on aura plus d'appels à traiter d'ici demain matin.

— Euh, merci, chef. J'apprécie.

Harrison baissa les yeux lorsque son téléphone portable bipa.

— Bon, si vous voulez bien m'excuser tous les deux, la commissaire veut me dire un mot rapidement. On se voit demain à sept heures, d'accord, Sharp ?

— Entendu, acquiesça Sharp.

Il se tourna vers Kay tandis que l'autre inspecteur s'éloignait à grands pas et disparaissait au coin.

— Allons-y. Je vous ramène au commissariat, et ensuite on emmènera l'équipe boire un verre pour regarder la conférence de presse au pub. Au fait, bien joué là-bas. À ce rythme, Harrison va vous programmer des interviews pour la télé en journée.

Elle commença à le suivre, puis leva les yeux vers son visage, mais ses traits restaient impassibles.

— Vous plaisantez, n'est-ce pas ?

Sa bouche esquissa un sourire en coin, et elle s'arrêta net tandis qu'il s'éloignait en sifflotant.

— Bâtard, marmonna-t-elle.

CHAPITRE 40

Gavin slaloma à travers la foule en tenant un plateau de boissons au-dessus de sa tête avant d'atteindre la table du fond et de le poser devant l'équipe.

D'un même mouvement, ils se jetèrent sur les pintes de bière et entrechoquèrent leurs verres.

— Espérons que ça en valait la peine. Avec un peu de chance, on aura de nouvelles pistes sur lesquelles travailler demain matin, dit Barnes.

Sharp leva la main pour le faire taire, puis pointa du doigt la télévision au-dessus du bar.

— Ça commence.

Kay but une gorgée de sa boisson et regarda par-dessus la tête de Carys la chaîne d'information lancer la diffusion de la conférence de presse.

Un sentiment de soulagement l'envahit lorsqu'elle réalisa que sa nervosité ne se voyait pas du tout, et elle fut satisfaite que sa voix sonne stable et autoritaire.

Sharp pivota sur son siège et leva son verre vers le sien.

— Bon travail.

— Merci.

Elle se tut lorsque les informations se terminèrent et que le patron baissa le volume, laissant les bruits du pub l'envelopper.

Dans le coin opposé, un groupe de trois employés de bureau se tenait autour d'une machine de quiz, leurs acclamations bruyantes entrecoupées de taquineries bon enfant, tandis qu'à côté d'eux, deux hommes jouaient au billard, le son familier du bois sur la résine parvenant jusqu'à elle.

Elle sentit ses épaules se détendre en écoutant les plaisanteries amicales entre ses collègues.

— Alors, dit Carys. On parle officieusement pendant qu'on est ici ?

— Code du silence, dit Barnes, avant de prendre une gorgée de bière.

— On peut.

Sharp balaya une poussière imaginaire de la table, puis y posa ses coudes.

— Qu'est-ce que vous vouliez savoir ?

— Harrison a-t-il utilisé cette conférence de presse pour faire avancer l'enquête ou sa propre carrière ?

Gavin retint son souffle avant de taper dans le dos de Carys.

— C'était sympa de travailler avec toi, Miles.

— Elle marque un point, dit Kay. Il y a de quoi se demander ce qu'il essayait d'accomplir. Il aurait pu publier un communiqué de presse normal au lieu de tenir une conférence de presse. En l'occurrence, il n'a pas laissé beaucoup de temps pour les questions.

— En toute honnêteté, il essayait probablement de s'assurer que les journalistes aient tous les détails à temps pour le journal de 20 heures, dit Sharp, en pointant du pouce par-dessus son épaule vers la télévision désormais silencieuse. Et il y a plus de gens qui regardent la télé que ceux qui lisent les journaux de nos jours. J'imagine que notre équipe média est en train de télécharger ça sur tous nos réseaux sociaux pendant qu'on parle. Donc, je pense qu'il a utilisé la conférence pour faire avancer l'enquête.

Kay jeta un coup d'œil à Carys et remarqua que la jeune détective semblait contrite.

— Cependant, dit Sharp, le coin de sa bouche tressaillant, je suis sûr que ça n'a pas nui à sa carrière.

Ils éclatèrent de rire, puis retombèrent dans un silence complice.

— Je me demande de quoi la commissaire voulait lui parler après, dit finalement Kay.

Sharp haussa les épaules.

— C'est de la politique tout ça. Je suis sûr que

Harrison va utiliser cette affaire à son avantage d'une manière ou d'une autre.

— Ça ne vous dérange pas ? Qu'il arrive et prenne les rênes ?

Il secoua la tête.

— Je veux mettre Demiri derrière les barreaux. C'est tout ce qui compte.

Il grimaça.

— Je ne suis pas sûr de vouloir être à la place de Harrison, de toute façon.

— Assez parlé boulot ! dit Barnes en se levant. La prochaine tournée est pour moi. La même chose ?

———

Deux heures et un curry plus tard, Kay se pencha en avant et tapota l'épaule du chauffeur de taxi.

— C'est celle de droite, juste après la boutique.

— Très bien.

Le véhicule ralentit en tournant au virage, juste à temps pour que Kay voie une voiture s'éloigner rapidement de devant sa maison.

Ses feux arrière s'allumèrent au bout de la rue, avant qu'elle ne tourne à droite et disparaisse.

Son cœur se mit à battre la chamade.

Le chauffeur de taxi freina et alluma la lumière intérieure.

— Ça fera dix livres cinquante, madame.

— Merci.

Elle paya le chauffeur et se précipita vers sa porte d'entrée, son souffle formant de la buée dans la froide nuit d'automne.

Alors qu'elle approchait de la porte d'entrée, les lumières de sécurité s'allumèrent, et elle fit des allers-retours sur le gravier, ses yeux balayant la surface pierreuse à la recherche de toute trace de celui qui avait été là.

De grandes empreintes de pas s'étaient enfoncées dans le gravier, mais elle ne pouvait pas déterminer si elles appartenaient à Adam ou à son mystérieux visiteur.

Elle se dirigea vers la porte d'entrée, et au moment où elle insérait sa clé dans la serrure, les deux cochons d'Inde commencèrent leur piaillement aigu.

Elle jura dans sa barbe, réalisant qu'ils avaient probablement faim après n'avoir pas été nourris depuis près de douze heures, et elle trébucha dans le couloir.

La semelle de son pied glissa sur le paillasson, et elle baissa les yeux en fronçant les sourcils, avant de ramasser la carte de visite qui était posée face contre terre sur la surface rugueuse.

Une brève note avait été griffonnée au dos de la carte blanche.

Appelez-moi, s'il vous plaît. Nous devons parler.

Elle la retourna et jura à nouveau.

Jonathan Aspley, Kentish Times.

— Putain de Harrison.

Rassurée que son visiteur nocturne ne représentait aucune menace pour sa sécurité, seulement pour son humeur, et maudissant une fois de plus le commandant divisionnaire pour son insistance sur sa présence à la conférence de presse, elle claqua la porte d'entrée, poussa les verrous et se dirigea à grands pas vers la cuisine en allumant les interrupteurs au passage.

Elle jeta son sac à main sur le plan de travail et prit la boîte en plastique qui contenait la nourriture des cochons d'Inde, puis elle s'accroupit devant leur cage.

— Hé, vous deux. Désolée d'être en retard.

Clyde émit un son irrité dans sa gorge, puis enfouit son museau dans la nourriture fraîche. Les yeux brillants et pleins de reproches de Bonnie fixèrent Kay, avant qu'elle ne se précipite elle aussi vers la gamelle.

Kay remplit à nouveau leur biberon, puis se redressa et repoussa ses cheveux derrière ses oreilles avant de prendre un verre et de le remplir au robinet de la cuisine.

Elle avait bu deux pintes de bière au pub avant de passer à l'eau gazeuse au restaurant indien, mais elle savait que la nourriture épicée la laisserait assoiffée. Après ce début de journée matinal, elle voulait une bonne nuit de sommeil.

Elle se dirigea vers le plan de travail et tira l'un

des tabourets de bar avant de s'y affaler avec un soupir.

Comme sur commande, son téléphone portable se mit à sonner.

Elle gémit et tendit la main vers son sac, un sourire se formant sur ses lèvres en reconnaissant le numéro d'Adam.

— Je croyais que tu étais au travail, dit-elle en guise de réponse.

— Longue journée ?

— Pas trop. On est allés manger un curry après.

— Je suis jaloux. La nourriture de l'hôtel est horrible.

— Comment s'est passée ta visite aux écuries ?

— Fantastique, mais sacrément froid. Il a de superbes idées, et je pense qu'on va pouvoir travailler ensemble.

— C'est super.

— N'est-ce pas ? Écoute, je dois faire vite parce qu'on est en plein dîner et je suis juste sorti pour t'appeler. Mon vol de retour pourrait être retardé. Apparemment, il y a un front de mauvais temps qui se dirige par ici, et on pourrait être bloqués par le brouillard.

Kay déglutit, mais cacha sa déception dans sa voix.

— C'est la merde. Ils savent pour combien de temps ?

— Un jour ou deux, peut-être. Je te tiendrai au courant dès que possible.

— Ok.

— Je dois y aller. Je t'aime.

— Je t'aime aussi.

Kay mit fin à l'appel, puis poussa le téléphone à travers le plan de travail et se dirigea vers le panneau à côté de la porte d'entrée.

Dans sa hâte de nourrir les cochons d'Inde, elle avait oublié d'activer l'alarme de sécurité.

Ce n'était peut-être qu'un journaliste à sa porte plus tôt dans la soirée, mais elle n'était pas prête à prendre de risques.

Pas maintenant que Demiri savait qu'elle participait activement à l'enquête pour le traduire en justice une fois pour toutes.

Kay était reconnaissante que la salle des opérations soit calme lorsqu'elle arriva au travail le lendemain matin.

Malgré ses intentions de passer une bonne nuit de sommeil, elle avait passé les premières heures à se tourner et se retourner, répétant dans sa tête ce qu'elle allait dire à Harrison à propos du journaliste qui avait découvert où elle habitait.

Barnes et Piper n'étaient nulle part en vue, et Carys avait son téléphone à l'oreille lorsque Kay jeta son sac sous son bureau et se dirigea vers la porte du bureau de Sharp.

Elle frappa deux fois à la porte avec ses jointures, essayant de contenir sa colère.

Ce ne serait pas une bonne idée de passer ses frustrations sur son supérieur, mais elle voulait quand même lui faire comprendre clairement que sa vie privée était hors limites.

— Entrez.

La voix de Sharp résonna à travers la surface en bois, et elle tourna la poignée.

À sa surprise, le commandant divisionnaire Harrison était déjà présent, se tournant sur l'une des chaises pour visiteurs pour lui faire face.

— Bonjour, Hunter.

— Bonjour. Puis-je vous dire un mot, s'il vous plaît ?

— Bien sûr, dit Sharp en lui faisant signe de prendre le siège libre.

Kay remarqua que Harrison avait retenu la leçon et avait pris le siège le plus confortable.

Il apprenait vite, elle devait lui reconnaître ça.

— Quel semble être le problème ?

— Ça.

Elle brandit la carte du journaliste.

— Quand je suis rentrée hier soir, la voiture de cet homme quittait mon allée. Il a laissé cette carte derrière lui. J'aimerais savoir comment il a découvert où j'habite.

— Comment s'appelle-t-il ? demanda Sharp.

— Jonathan Aspley.

Un rictus de dégoût se forma sur la lèvre supérieure de Harrison.

— Cet homme est une vraie plaie, dit-il. Je vous conseille de ne pas le contacter. Je vais dire à l'équipe médiatique de le contacter et de répondre à toutes les questions qu'il pourrait avoir. J'ai besoin que mes officiers travaillent sur cette affaire, pas qu'ils s'occupent des journalistes.

— Kay a raison cependant, dit Sharp. Nous devons déterminer comment il a découvert où elle habite. Je ne vois pas d'inconvénient à ce que mes officiers participent à une conférence de presse pour sensibiliser à notre enquête, mais je refuse catégoriquement qu'ils soient contactés directement.

Harrison se pencha en avant et claqua des doigts, et quand Kay ne réagit pas, il lui arracha la carte des mains et jeta un coup d'œil à la note au dos.

— Ignorez-le. S'il vous contacte à nouveau, faites-le-moi savoir et j'aurai une discussion avec lui.

Kay pouvait sentir le ton de congédiement dans sa voix et décida de ne pas tenter sa chance.

— Merci, chef.

Elle quitta le bureau de Sharp, fermant la porte derrière elle, et traversa la salle des opérations pour rejoindre son bureau.

Feuilletant une pile de paperasse qui avait été laissée dans son bac, elle cala le téléphone de son bureau entre son oreille et son épaule et commença à écouter les messages vocaux qui avaient été laissés.

Deux étaient de l'inspecteur auquel elle avait transféré sa charge de travail existante, et le temps qu'elle le rappelle et qu'ils discutent de deux des cas de cambriolage qu'il gérait en son nom, c'était déjà le milieu de la matinée.

Une voix forte provenant du couloir précéda l'entrée de Barnes dans la salle des opérations, suivi de près par Gavin dont le visage était gris.

Kay se mordit la lèvre. Le jeune enquêteur avait été personnellement choisi par Sharp pour assister à l'autopsie des trois victimes découvertes dans la petite maison avec Barnes, et cela l'avait clairement affecté.

— Quelles sont les conclusions préliminaires de Lucas ? demanda-t-elle alors que Barnes s'affaissait sur le siège de son bureau.

— Asphyxie pour deux d'entre elles, et nuque brisée pour la troisième, comme on le soupçonnait, dit-il d'une voix fatiguée.

Kay repoussa sa paperasse et se pencha en arrière avec un soupir.

— Il pense aussi qu'elles ont été battues avant d'être tuées, poursuivit Barnes. La victime la plus âgée, je veux dire celle qui était là depuis le plus longtemps, avait un tibia et un poignet cassés. Les deux autres avaient des doigts cassés. Il y a aussi des preuves qu'elles ont été violées à plusieurs reprises.

Kay passa une main dans ses cheveux, essayant de ne pas imaginer les derniers moments de ces femmes.

— Bon sang, Barnes.

— Ouais. Je sais.

Ses yeux se posèrent de l'autre côté de la pièce où

Gavin était assis, le menton dans la main, en train de faire défiler ses e-mails.

— Ça lui a mis un coup.

— Il a une sœur aînée du même âge que la dernière victime.

Kay hocha la tête.

— On a réussi à identifier les victimes ?

Barnes secoua la tête.

— Non. J'ai le terrible pressentiment qu'on n'y arrivera pas non plus.

Il soupira et se pencha en avant.

— Enfin bon, qu'est-ce qui s'est passé ici ce matin ? Quels sont les derniers potins croustillants que j'ai ratés ?

Carys et Gavin s'approchèrent, mugs de café à la main, leurs visages curieux suite à la question de Barnes.

— C'était quoi, tout à l'heure ? demanda Carys en faisant un signe de tête vers la porte fermée du bureau de Sharp.

Kay baissa la voix et leur raconta l'histoire du journaliste qui avait laissé sa carte chez elle la veille au soir, et les affirmations de Harrison selon lesquelles il demanderait au service de presse d'informer le journaliste que se présenter au domicile des enquêteurs ne serait pas toléré.

— C'est entièrement la faute de Harrison. Je n'ai jamais voulu passer aux infos, grommela-t-elle.

— Il n'y a pas si longtemps, tu aurais tué pour une opportunité comme celle-là, dit Barnes.

— Il n'y a pas si longtemps, je travaillais tranquillement loin des projecteurs, fulmina-t-elle.

Barnes s'éventa théâtralement.

— Oh, je suis une célébrité ! Je ne peux pas supporter la pression !

Kay croisa les bras sur sa poitrine et lui lança un regard noir pendant que Carys et Gavin éclataient de rire.

— Parfois, Ian Barnes, tu es vraiment un emmerdeur de pre—

— On dirait que tout le monde s'amuse ici. Que se passe-t-il ?

Kay fit pivoter sa chaise pour voir O'Reilly s'approcher d'eux en se frottant les mains, un large sourire sur le visage.

Elle sourit.

— Oh, rien. Trop long à expliquer.

— Eh bien, c'est bon de voir que vous gardez tous votre sens de l'humour dans ces circonstances. C'est la bonne attitude, ajouta-t-il en tapant dans le dos de Gavin alors qu'il se dirigeait vers son propre bureau.

Gavin le fusilla du regard jusqu'à ce que Carys lui donne un coup de coude.

— Sois gentil, siffla-t-elle.

— Je n'ai pas besoin de l'être, dit-il. Tu l'es suffisamment pour nous tous.

Il tourna les talons et se dirigea d'un pas furieux

vers le tableau blanc où il se tint debout, à le fixer d'un air menaçant tout en finissant le reste de son café.

Abattue, Carys se tourna vers Kay, mais celle-ci secoua la tête.

— Tu te débrouilles toute seule sur ce coup-là.

— Hé, regardez ça.

Kay se retourna pour voir Debbie qui s'approchait, son carnet à la main.

— Qu'est-ce que tu as ?

— Un type a appelé la ligne d'urgence. Il dit qu'il a vu la conférence de presse et qu'il pense avoir vu quelque chose sur la plage en contrebas de sa maison il y a deux nuits.

— Tu as un nom ?

— Adrian Webster. Il vit dans un village appelé Amesworth, c'est à environ dix kilomètres de Dymchurch.

— Ils ont déjà eu des problèmes avec des entrées illégales à Dymchurch, chef, dit Gavin. Ça pourrait valoir le coup d'y jeter un œil.

— Je pense aussi, dit Kay. Tu as un numéro de téléphone ?

— Oui. Et une adresse, dit Debbie.

— Que se passe-t-il ?

Kay jeta un coup d'œil par-dessus son épaule à l'interruption pour voir Harrison qui s'avançait vers elle, Sharp sur ses talons.

— On a peut-être une piste.

Elle fit signe à Debbie de mettre les deux officiers supérieurs au courant.

— C'est un excellent début, dit Harrison. Bien, je veux que vous y alliez tous maintenant. Interrogez autant de locaux que possible, en commençant par ceux qui ont des maisons près de la plage.

— Et les agents locaux ?

— Je suis sûr qu'on peut en rassembler quelques-uns pour aider avec le porte-à-porte.

Kay jeta un coup d'œil par la fenêtre au ciel gris et aux nuages ballottés par un vent glacial, et elle gémit intérieurement avant de se retourner vers le commandant divisionnaire.

Harrison souriait.

— Qu'est-ce que je vous avais dit ? dit-il. La conférence de presse a fonctionné.

CHAPITRE 42

Kay enfonça profondément ses mains dans les poches de son manteau, reconnaissante d'avoir pensé à mettre l'épais vêtement de laine sur le siège arrière de la voiture avant de quitter le commissariat.

À côté d'elle, Carys s'emmitouflait dans une écharpe, plissant les yeux face au vent glacial qui soufflait de la mer et balayait le parking exposé.

— Je commence à regretter de ne pas en avoir apporté une.

— Mon père me disait toujours de porter une écharpe et de couvrir mes poignets et mes chevilles, dit Carys. Ça marche. Je n'ai pas attrapé froid depuis des années.

Kay plissa les yeux et scruta le parking alors qu'un autre véhicule ralentissait et s'engageait sur le gravier, son châssis grinçant tandis qu'il tanguait sur la surface criblée de nids-de-poule.

Barnes descendit du siège passager lorsque la voiture s'arrêta à côté de la sienne.

— Je jurerais que la suspension est morte sur la moitié des fichues voitures de service, grommela-t-il, avant d'être bousculé par une rafale de vent. Bon sang. Pas vraiment la Costa del Sol, hein ?

— Je suis sûre que c'est agréable en été, dit Kay.

Le détective plus âgé n'avait pas l'air convaincu.

— Je n'imagine pas à quel point il faut être désespéré pour essayer de traverser ça, dit Gavin en les rejoignant et en rangeant les clés de la voiture dans sa poche.

Ils se tournèrent vers l'eau, les vagues gris foncé se bousculant et bouillonnant à la surface.

— Envie de surfer, Gav ? dit Carys.

— Non merci, je ferais une hypothermie en quelques secondes.

Kay releva le col de son manteau.

— Bon, mettons-nous au travail. Les agents en uniforme ont trois patrouilles qui commencent à l'autre bout du village, alors avec un peu de chance, on aura fini d'ici le milieu de l'après-midi et on sera de retour à temps pour le briefing. On va se séparer en binômes, donc Carys, tu es avec moi. On va prendre chacun un côté de la rue.

Les autres murmurèrent leur accord.

— Le dernier arrivé au café paie les boissons chaudes, dit Barnes.

— Marché conclu.

— Par quelle maison est-ce que tu veux commencer ? demanda Carys alors que Barnes et Gavin s'éloignaient.

Kay pointa du doigt un petit cottage battu par les intempéries, plus proche du parking.

— C'est la maison pour laquelle on a l'adresse d'Adrian Webster, donc on va commencer par lui. De là, on remontera.

Elles traversèrent péniblement le gravier moucheté de boue jusqu'au cottage, et Kay remarqua un filet de fumée qui s'échappait de la cheminée en brique avant d'être emporté par le vent. En s'approchant, le bâtiment ne semblait pas aussi délabré qu'elle l'avait d'abord pensé, et ses murs étaient au contraire recouverts d'une glycine nue, ses feuilles flétries attendant l'arrivée du printemps.

La porte s'ouvrit alors que Carys poussait le petit portail encastré dans le mur, et un homme âgé passa la tête, une tasse en porcelaine à la main.

— Vous êtes l'inspectrice Hunter, n'est-ce pas ?

— Oui, répondit Kay en fronçant les sourcils.

— Je vous reconnais de la télé, dit-il, rayonnant. Adrian Webster.

Kay réprima l'envie de lever les yeux au ciel, et serra plutôt la main tendue et présenta Carys.

— Ravi de vous rencontrer. La bouilloire vient de siffler. Entrez donc.

Elles tapèrent des pieds sur le paillasson pour

déloger les saletés qui s'étaient accrochées à leurs semelles avant qu'il ne pointe sa tasse vers la droite.

— Allez-y. Je vais apporter un plateau.

Kay ouvrit la voie vers un salon qui montrait son âge, malgré les tentatives de décoration de Webster.

— Vous vivez seul ? demanda Carys lorsqu'il revint avec leurs boissons.

— Oui, ma femme est décédée il y a trois ans.

Il haussa les épaules.

— Cancer. C'était une bénédiction à la fin, pour être honnête.

— Quand vous avez appelé nos collègues plus tôt, vous avez mentionné que vous pourriez avoir des informations susceptibles de nous aider ? dit Kay.

Webster posa sa tasse sur un dessous-de-verre sur la table devant eux avant de se caler dans son fauteuil et de poser ses mains sur ses genoux.

— Oui. Je ne sais pas si c'est grand-chose, mais je pensais qu'il valait mieux que je dise quelque chose, vous savez ? Surtout après tous les efforts que vous avez faits avec la conférence de presse et tout ça. Vous ressemblez exactement à ce que vous êtes à la télé, au fait.

Kay hocha la tête et prit une gorgée de son thé, supposant qu'il comprendrait l'allusion et continuerait à parler.

— Eh bien, dit-il, depuis que Sarah est morte, je ne dors plus très bien. Je me retrouve allongé à trop penser aux choses, alors il y a environ un an, j'ai pris l'habitude de me lever, d'allumer le chauffage électrique ici et de me faire une boisson chaude. J'aime m'asseoir à la fcnêtre et regarder la mer. C'est apaisant.

Il haussa les épaules, comme pour chasser un souvenir trop douloureux.

— Bref, il y a eu quelques trucs dernièrement qui m'ont fait me poser des questions. Des lumières sur l'eau qui semblent se diriger par ici, mais qui s'éteignent avant de trop s'approcher parfois. Je sors me promener la nuit de temps en temps, pour me changer les idées. Je l'ai toujours fait, même quand Sarah était en vie, mais il y a environ une semaine, j'étais sur le point de remonter quand les nuages se sont écartés, et j'ai cru voir un canot pneumatique ou quelque chose comme ça s'approcher du rivage.

— Avez-vous vu quelqu'un dedans ?

— J'ai vu quelqu'un courir vers le bateau. Dieu sait où il se cachait, parce que vous avez vu le paysage ici. Plat comme une crêpe. Mais je ne peux pas être sûr d'avoir vu quelqu'un *sortir* du bateau, la lune a disparu derrière les nuages à nouveau, et je n'ai rien pu voir d'autre. J'étais un peu curieux, et il ne faisait pas trop froid à ce moment-là, alors j'ai passé la tête par la porte d'entrée pour voir si je pouvais apercevoir quelqu'un d'autre.

— Ça aurait pu être incroyablement dangereux, monsieur Webster, dit Kay.

Il lui adressa un sourire penaud.

— Je n'y ai pensé qu'après coup, dit-il. J'étais trop intéressé par ce qui se passait. De toute façon, je suis arrivé trop tard pour voir ce qui se tramait, parce que le temps que j'atteigne le portail, je pouvais entendre le moteur vrombir alors que le bateau quittait la plage.

— Pourquoi ne l'avez-vous pas signalé sur le coup ?

Il haussa les épaules.

— Je l'ai déjà fait, par le passé, mais il ne se passe jamais rien. J'ai abandonné. Vous êtes les premiers à m'avoir pris au sérieux.

— Avez-vous pu voir quelqu'un sur la plage après le départ du bateau ?

Webster secoua la tête.

— L'endroit était désert.

— Et le lendemain ? Y avait-il quelque chose qui traînait, des objets qui semblaient déplacés ?

— Non, dit-il. C'est comme s'ils n'avaient jamais été là.

CHAPITRE 43

Après avoir remercié Adrian Webster pour son temps et quitté à contrecœur la chaleur de sa maison, Kay suivit Carys à travers le portail et sur la route côtière, puis elle jeta un coup d'œil par-dessus son épaule alors qu'elles commençaient à s'éloigner.

Le rideau en filet de la fenêtre du salon frémit, une silhouette se déplaçant hors de son champ de vision avant de disparaître.

Elle pinça les lèvres.

— À quoi tu penses, chef ?

Kay serra les dents alors qu'un vent glacial s'attaquait à ses cheveux, son visage et ses oreilles, avant de remonter le col de sa veste et d'y enfouir son menton dans l'épaisse matière.

— Eh bien, nous allons évidemment devoir vérifier si l'incident qu'il a mentionné correspond à la déclaration de quelqu'un d'autre, mais nous en parlerons à Sharp lors du briefing plus tard. Je n'arrive pas à croire qu'il ne l'ait pas signalé sur le moment.

— Comme il l'a dit, lui et d'autres habitants l'ont déjà signalé, mais ça continue d'arriver, soupira Carys. Je n'envie pas Colin Fox et son équipe. Ça doit être tellement frustrant pour eux.

— Oui, je suppose. Rends-moi service quand nous serons de retour au poste. Vérifie dans HOLMES2 s'il a vraiment signalé quoi que ce soit avant ça, ou s'il nous fait perdre notre temps.

— Tu penses que ton statut de célébrité lui est monté à la tête ?

Kay plissa les yeux alors que des fossettes apparaissaient sur les joues de Carys.

— Très drôle.

Kay leva les yeux vers la route au-delà, désormais un chemin accidenté qui s'était rétréci à la largeur d'une seule voiture. Plissant les yeux contre le vent, elle aperçut Barnes et Piper qui quittaient une propriété à l'autre bout.

Au-delà, plus loin, un imposant monolithe de briques s'élevait du paysage plat ; un château d'eau de l'époque victorienne qui avait été battu par les éléments au fil des siècles et se dressait maintenant, sentinelle au-dessus du petit hameau qui l'entourait.

Barnes leva la main avant que les deux hommes ne se retournent et disparaissent de vue.

Kay passa sa langue sur ses lèvres, le goût salé lui rappelant les vacances d'enfance sur la côte du

Devon. Elle jeta un coup d'œil à sa gauche alors qu'elles se dirigeaient vers la maison suivante, une parcelle d'herbe clairsemée séparant la route côtière de la plage au-delà.

D'une certaine manière, le littoral du Kent lui avait toujours semblé plus désolé ; étranger. Les marais plats à l'est du comté ne l'avaient jamais séduite lors de ses promenades avec Adam à son arrivée dans la région. Au contraire, le paysage la mettait mal à l'aise lorsqu'elle scrutait à travers la brume les bateaux de pêche abandonnés, tandis que les franges méridionales du comté la laissaient avec un sentiment de mélancolie à chaque visite, même en été.

Elle cligna des yeux pour chasser cette pensée alors que la limite du prochain cottage commençait, et elle remarqua que contrairement à la propriété précédente qu'elles avaient visitée, le jardin à l'arrière communiquait avec la plage au-delà.

La façade de la maison était encadrée d'un muret bas correspondant au style de celui qui bordait le reste de la rue, avec un portail en fer blanc qui menait à une porte d'entrée.

Elle renifla, l'arôme fort d'une cigarette flottant dans la brise alors que Carys sonnait à la porte.

Aucun son ne provenait de l'intérieur de la maison, et Carys frappa deux fois avant de baisser la main et de se tourner vers Kay.

— Qu'en penses-tu, chef ?

— Passons par derrière.

Elle ouvrit la voie le long du chemin de gravier usé, passant devant la fenêtre de façade de la maison et contournant le bâtiment, ses yeux observant le lierre qui s'accrochait aux murs et grimpait le long d'une unique fenêtre près du toit en pente.

En arrivant à l'arrière de la maison, le vent souleva un tourbillon de poussière, projetant du sable dans ses yeux.

— Merde, marmonna-t-elle, baissant la tête et clignant des yeux pour se débarrasser du sable.

— Ça va ?

— Oui.

Elle plongea la main dans son sac et sortit un mouchoir en papier d'un paquet avant de se moucher et de cligner à nouveau des yeux.

Carys protégea ses yeux de sa main puis pointa du doigt un bateau à coque en bois qui dépassait des touffes d'herbe à travers le sable.

— Là-bas.

Elles s'approchèrent, et Kay remarqua un nuage de fumée apparaître vers la proue avant qu'une tête ne surgisse au-dessus du niveau de la coque au bruit de leurs pas.

Un homme d'une bonne soixantaine d'années, portant un bonnet en laine enfoncé sur ses oreilles, les regarda d'un air confus.

— Qu'est-ce que vous voulez ?

Kay montra sa carte de police.

— Inspectrice Kay Hunter et enquêteuse Carys Miles de la police du Kent. Nous nous demandions si vous pourriez nous aider dans une enquête que nous menons dans le secteur ?

Il retira la cigarette de sa bouche, souffla la fumée sur le côté, puis plissa les yeux avant de laisser tomber un marteau dans le bateau.

— À quel sujet ?

— Nous avons appris de certains de vos voisins qu'il y a eu des activités suspectes le long de la côte ici. Nous essayons de déterminer si la plage est utilisée pour faire débarquer des clandestins.

Kay contourna le bateau pour le rejoindre.

— Vous avez parlé à ce Webster plus haut sur la route ? Il dit toujours qu'il voit des choses. On ne peut pas toujours se fier à sa parole.

Il renifla et fit un geste vers la vaste étendue de plage qui s'étendait derrière eux.

— Remarquez, les contrebandiers ont toujours aimé cette côte, dit-il. L'eau-de-vie, le thé, le tabac, et maintenant les gens. Ça n'a pas changé depuis des siècles.

— Désolée, je n'ai pas saisi votre nom ?

— Tom Harcourt.

— Depuis combien de temps vivez-vous ici, Tom ?

— Environ quinze ans.

— Vous vous intéressez à l'histoire de la région ?

— Je suppose que oui. J'ai déménagé ici depuis le Wiltshire après mon divorce.

— Je croyais bien reconnaître l'accent. On est bien loin du Wiltshire.

Il haussa les épaules.

— La maison appartenait à mon grand-oncle. Il me l'a léguée dans son testament. J'avais besoin de vivre ailleurs après avoir perdu Celia.

Kay observa les lignes du bateau.

— Vous pêchez ?

— Seulement pour moi-même. Pas commercialement. Parfois, c'est juste bon de sortir en mer, loin de la terre ferme. Ça me donne le temps de réfléchir.

Kay s'approcha de la clôture de fil barbelé qui séparait la propriété de la plage et elle tira sur une petite plume accrochée à l'une des pointes acérées.

— Cette clôture est une addition récente ?

— Je n'ai pas beaucoup d'autres options. Je ne peux pas me permettre un de ces systèmes d'alarme sophistiqués.

Il passa devant elle et se dirigea vers la maison, puis retira le mégot de cigarette de sa bouche et le jeta dans un seau de plage pour enfants bleu vif rempli de sable à côté de la porte de derrière.

— Est-ce que vous avez remarqué une activité suspecte récemment ? demanda Carys.

Il se gratta l'oreille.

— Non. Mais j'entends des bribes par-ci par-là.

Webster a mentionné des lumières sur la plage tard dans la nuit.

— Et vous ne l'avez pas signalé ?

— À quoi bon, ma petite dame ? Même si Webster n'imagine pas des choses, vos collègues et cette bande de l'agence des frontières ne peuvent rien y faire, n'est-ce pas ? Vous arrêtez un bateau, il y en aura trois autres prêts à prendre sa place à la prochaine marée nocturne.

Il soupira.

— C'est bien beau de parler du renforcement de la sécurité aux terminaux des ferries et à l'Eurotunnel, mais où est-ce que ça nous laisse ? Je me souviens qu'il y a dix ans par ici, personne ne fermait sa porte à clé la nuit. Maintenant, on se fait voler des trucs à gauche et à droite.

Kay referma son carnet d'un coup sec, incapable de fournir à l'homme les réponses qu'il cherchait. Elle sortit une carte de visite.

— Mon numéro direct est dessus. Le portable aussi. Si vous voyez quoi que ce soit, ou si vous entendez quelque chose dans les prochains jours, vous m'appellerez ?

— Je suppose que oui.

— Merci.

CHAPITRE 44

Kay s'affaissa dans sa chaise et jeta un coup d'œil à son téléphone portable pour vérifier ses messages avant de le jeter sur le bureau.

La salle des opérations baignait dans une atmosphère de désespoir. La nouvelle s'était rapidement répandue que les quatre détectives et l'équipe d'agents en uniforme qui s'étaient rendus à Amesworth n'avaient pas obtenu les résultats escomptés.

Kay elle-même ne pouvait s'empêcher de penser que cela avait été une perte de temps totale. Elle ne comprenait pas pourquoi Harrison avait insisté pour qu'elle se déplace pour parler à Adrian Webster, alors que l'homme avait très peu d'informations à leur donner. En fait, cela aurait été une meilleure utilisation de son temps et de celui des autres détectives si un entretien avait été mené par téléphone à la place.

Sharp faisait les cent pas devant le tableau blanc, son impatience face à la lenteur des progrès de l'enquête étant plus qu'évidente.

Carys circulait entre eux, distribuant le café qu'elle avait acheté dans leur café préféré en revenant au commissariat.

— Je ne comprends pas pourquoi quelqu'un voudrait vivre dans un endroit aussi désolé, dit-elle, s'appuyant sur le bureau de Kay et sirotant sa propre boisson chaude. Mon Dieu, ça fait du bien. Je ne sentais plus le bout de mes doigts pendant un moment.

— Tu l'as dit, répondit Kay. Le chauffage était aussi en panne dans la voiture que conduisait Gavin.

Elle avait choisi d'échanger sa place avec Barnes sur le chemin du retour, laissant le détective plus âgé voyager avec Carys pour qu'elle puisse faire le point avec Gavin et écouter ses commentaires sur leurs enquêtes de porte-à-porte avant le briefing.

Elle avait également pris le temps de lui demander comment il se sentait après la triple autopsie à laquelle il avait dû assister la veille. Son instinct avait été juste ; le jeune détective avait du mal.

— Je sais que je ne devrais pas être bouleversé, dit-il, dirigeant la voiture autour d'une série de virages à la suite du véhicule de Carys et Barnes. Mais je n'arrive pas à chasser ces images de ma tête. Et l'odeur...

— Tu es humain, Gavin, avait-elle dit. Et c'est ce qui va faire de toi un excellent détective. Cela dit, si tu as du mal et que tu as besoin d'en parler à quelqu'un, n'attends pas trop longtemps, d'accord ? Ça peut se faire de manière anonyme. Personne n'a besoin de le savoir.

Un faible sourire avait traversé son visage.

— Merci, chef. J'apprécie.

Ils n'avaient plus rien dit à ce sujet, et maintenant Gavin était assis, attentif et à l'écoute, tandis que Sharp s'adressait à la salle.

— Avez-vous appris quelque chose d'utile des habitants ? demanda l'inspecteur principal. Je pensais que cet Adrian Webster était celui qui avait appelé la ligne d'assistance après la conférence de presse ?

— C'était lui, dit Kay. C'est un peu un insomniaque et il signale avoir vu du mouvement la nuit sur la plage, mais il n'a pas pu nous donner de preuves concrètes suggérant que ce qu'il avait vu était un bateau accostant, et il ne rapporte avoir vu qu'une personne sur la plage pendant un bref moment. Un autre résident d'Amesworth à qui nous avons parlé, Tom Harcourt, a suggéré que Webster imaginait des choses.

Sharp jeta le stylo qu'il tenait sur le bureau à côté du tableau blanc et passa une main sur son visage.

— Donc, il aurait pu souffrir de délires causés par le manque de sommeil ?

Kay haussa les épaules. Elle n'était pas prête à alimenter sa mauvaise humeur.

— Ou il voulait juste rencontrer Hunter après son apparition à la télévision, suggéra Barnes.

Kay le fusilla du regard, mais concéda le point. C'était déjà arrivé à d'autres détectives ; parfois, le public voulait simplement se sentir partie prenante d'une enquête parce qu'il n'y avait rien d'autre dans leur vie.

— Ça ne semble pas être une communauté soudée, dit Gavin, tandis qu'il feuilletait les pages de son carnet. Quand nous avons parlé à une Mme Greaves à l'extrémité du village, elle n'avait aucune idée de qui vivait deux portes plus haut, même si elle y habite depuis près de huit ans et qu'ils étaient là quand elle est arrivée.

— C'est parce que l'endroit n'a pas de pub, dit Barnes.

— Qu'est-ce que ça a à voir ? demanda Debbie.

— Comme Gavin l'a dit, il n'y a pas de sentiment de communauté. S'il y avait un pub, les gens auraient un endroit où se rassembler. Au lieu de cela, ils restent chez eux.

— Il n'y a pas d'église non plus.

— Le pub aurait un public plus important.

— C'est un bon point, dit Kay, apercevant le regard d'exaspération de Sharp et décidant de ramener la conversation sur l'enquête. Aucun d'entre eux n'a de raison de socialiser avec les autres, et ils semblent tous méfiants de ce que chacun fait, ou ils s'en fichent.

La réponse de Sharp fut interrompue par la sonnerie du téléphone sur le bureau de Kay, et il lui fit signe de prendre l'appel pendant qu'il finalisait le briefing.

Espérant qu'une nouvelle piste avait émergé de la conférence de presse ou de leurs conversations avec les résidents locaux ce jour-là, elle se précipita pour répondre avant que l'appelant ne change d'avis.

— Allô ? Inspectrice Hunter à l'appareil.

— Détective Hunter, c'est Jonathan Aspley du *Kentish*—

— Je n'ai pas le temps de parler à un journaliste. Nous sommes au milieu d'une—

— S'il vous plaît. Ce n'est pas à propos de votre enquête. Enfin, pas directement.

Aspley exhala, et sembla rassembler ses pensées avant de continuer.

— Ne laissez pas vos collègues savoir que vous me parlez, d'accord ? J'ai besoin de vous rencontrer pour que nous puissions parler en privé.

Kay se détourna du reste de l'équipe, qui commençait maintenant à retourner à leurs bureaux, le briefing étant terminé, et elle baissa la voix.

— Je ne vous donne pas d'exclusivité, Aspley. Pour qui me prenez-vous ?

— Je ne vous demande pas votre aide, dit-il. Je veux vous offrir la mienne. Est-ce que nous pouvons nous rencontrer ? Je vous promets, je ne vais pas vous faire perdre votre temps. C'est important.

Kay regarda sa montre.

— Ok. Où ?

CHAPITRE 45

Après avoir prétexté devoir récupérer des informations auprès de l'équipe de criminalistique numérique de Grey au QG, Kay quitta la salle des opérations et se précipita vers le bureau d'accueil.

Le sergent Hughes leva les yeux de son journal et haussa un sourcil.

— Tu es pressée ?

— Je peux avoir une voiture de service, s'il te plaît Hughes ?

Il inspira profondément.

— Eh bien, je ne suis pas sûr—

— *S'il te plaît*. Désolée, je n'ai pas le temps de tergiverser.

Il mit son journal de côté et bougea la souris jusqu'à ce que son écran d'ordinateur s'allume.

— Où est ta voiture ?

— Garée devant le White Rabbit. On est allés boire un verre après le travail hier soir.

— Vous avez fêté ton nouveau statut de célébrité ?

— Ne t'y mets pas toi aussi.

Il sourit en coin, tapota le clavier avec deux doigts, puis fouilla dans un tiroir et lui tendit un trousseau de clés.

— Elle est à toi pour deux heures.

— Merci.

Elle s'élança hors de l'accueil et le long du couloir qui menait au parking, remerciant à voix basse deux agents qui s'écartèrent sur son passage, l'air perplexe.

Elle regarda à nouveau sa montre avant de mettre le contact de la petite citadine que Hughes lui avait attribuée.

Aspley lui avait dit qu'il attendrait vingt minutes. Passé ce délai, il considérerait son absence comme un signe qu'elle n'était pas intéressée par ce qu'il avait à lui dire.

Le lieu qu'il avait choisi, Mote Park, était un espace vert populaire dans le centre-ville couvrant plus de cent quatre-vingts hectares. Mêlant prairies, zones boisées, rivières et un grand lac, il existait depuis l'époque médiévale.

Kay secoua légèrement la tête pour chasser l'image d'un pendu découvert dans le parc un an auparavant.

Ses pensées se tournèrent plutôt vers ce dont le journaliste voulait lui parler. Son insistance sur le fait que cela n'avait rien à voir avec la conférence de presse avait piqué sa curiosité.

Elle se gara sur le parking dix minutes plus tard et se hâta vers une silhouette debout près des tables de pique-nique désertes.

— Jonathan Aspley ?

Il tendit la main.

— Détective Hunter. Merci d'avoir accepté de me rencontrer.

— Je n'apprécie pas que des journalistes se présentent chez moi sans y être invités.

— Je suis désolé. J'avais besoin de vous parler loin du commissariat.

Kay fronça les sourcils.

— Pourquoi ?

Ses yeux passèrent d'elle au parking, puis il jeta un coup d'œil par-dessus son épaule.

— Ça vous dérange si on marche ?

Elle plissa les yeux.

— Vous portez un micro ?

— Non !

Il ouvrit sa veste d'un geste.

— Non, je n'en porte pas. Vous pouvez vérifier si vous voulez.

Kay secoua la tête, réprima sa frustration face à son attitude mystérieuse et lui fit signe de montrer le chemin.

Elle le laissa marcher un peu devant elle, pour avoir le temps de l'étudier.

Elle n'avait pas eu l'occasion de le rechercher sur le site web d'un journal, et il était plus jeune qu'il ne l'avait laissé entendre au téléphone.

Un peu plus petit qu'elle, il portait ses cheveux châtain clair plus longs sur le devant et elle remarqua qu'il avait l'habitude de les rejeter en arrière avant de parler. Ses yeux bleu pâle donnaient à ses traits déjà froids un aspect délavé, surtout dans la faible lumière hivernale.

Elle porta son attention sur les environs tandis qu'elle le suivait d'un pas lourd.

Là où en été un marchand de glaces aurait été stationné, entouré de parents harassés et d'enfants grincheux, l'endroit était maintenant désert, quelques feuilles flétries tourbillonnant sur l'asphalte craquelé et criblé de trous.

Les racines noueuses des arbres brisaient les bords du chemin, leurs branches nues grinçant dans le vent.

Aspley attendit qu'ils arrivent à hauteur du hangar à bateaux avant de ralentir, son regard attiré par un couple de cygnes sur le lac à droite.

Kay serra son manteau contre sa poitrine et plissa les yeux face à la brise cinglante qui soulevait ses cheveux de son col.

— Si vous avez quelque chose à me dire, pourriez-vous vous dépêcher ? Il fait un froid de canard ici.

— Désolé. Je voulais qu'on parle quelque part où je pouvais être sûr qu'on ne serait pas entendus.

— Qu'est-ce qui se passe ?

— Jusqu'à quel point connaissez-vous Simon Harrison ?

Elle haussa les épaules.

— C'est la première fois que je travaille avec lui. Il vient de l'unité des crimes majeurs, donc je n'ai jamais eu affaire à lui auparavant. Pourquoi ?

Aspley souffla dans ses joues avant de répondre.

— J'enquête depuis un moment sur les méthodes policières de Harrison. Quand j'ai appris qu'il avait été muté dans le Kent depuis la police de Londres il y a trois ans, j'ai postulé pour un poste au journal de la région afin de le suivre.

Kay désigna un banc en bois au bord du lac.

— Ok. Vous avez toute mon attention.

Ils se dirigèrent vers le banc et Aspley boutonna sa veste avant de poursuivre.

— Quand il était à Londres, Harrison avait la réputation de tout faire pour faire avancer sa carrière. Il a mis beaucoup de criminels derrière les barreaux, mais ses méthodes ont toujours été sujettes à caution.

— Que voulez-vous dire ?

— Avant son transfert, un détective qui travaillait avec lui a été assassiné par un suspect qu'ils poursuivaient depuis six mois.

Kay déglutit.

— Ça a dû être terrible pour lui, d'avoir ça sur la conscience.

— Harrison n'a pas de conscience. Il s'est servi de

son collègue pour piéger le suspect, et ça a mal tourné. Ça vous rappelle quelque chose ?

Les pensées de Kay se tournèrent vers Gareth Jenkins, et un malaise s'installa dans son estomac.

— Si Harrison avait été responsable de la mort de son collègue, il y aurait eu une enquête des normes professionnelles, et il aurait été relevé de ses fonctions.

— Il a passé un accord. Il a accepté le transfert, et le dossier a été classé.

— Qu'est-ce que tout cela a à voir avec moi ?

— C'est justement là le problème, Kay. Il se sert de vous comme appât pour Demiri. Pour quelle autre raison vous aurait-il demandé de venir à la conférence de presse ?

Kay ricana.

— Ne soyez pas ridicule. C'était mon idée de faire partie de son équipe.

— Vraiment ? Ou vous a-t-il simplement donné l'impression que c'était votre idée ?

Elle plissa les yeux en le regardant, puis repensa à toutes les fois où Harrison avait disparu sans laisser de traces pendant le peu de temps où elle avait travaillé avec lui, et elle se demanda à quel point il était désespéré de s'assurer qu'elle et le reste de l'équipe de Sharp seraient tenus à l'écart de l'arrestation de Demiri.

Irait-il jusqu'à soudoyer un journaliste pour essayer de l'effrayer ? Tenterait-il de lui faire douter de ses propres affirmations selon lesquelles il l'avait intégrée à son enquête, uniquement pour saisir la moindre occasion de saper ses capacités ?

Ou bien le journaliste essayait-il de provoquer de la paranoïa, dans l'espoir qu'elle se confierait à lui ?

Elle se leva du banc et foudroya Aspley du regard.

— Cette conversation est terminée.

Kay enfonça ses mains dans ses poches et tourna les talons.

— Attendez !

Elle s'arrêta et jeta un coup d'œil par-dessus son épaule.

— Quoi ?

Aspley se tenait à côté du banc, l'air peiné.

— Écoutez, faites attention, d'accord ?

Elle pinça les lèvres et secoua la tête.

— Bien essayé, Aspley. Maintenant, si vous voulez bien m'excuser, j'ai une enquête à poursuivre.

Elle se retourna et se dirigea rapidement vers la voiture, ne se faisant pas confiance pour regarder en arrière une nouvelle fois alors que son esprit tournait à plein régime.

CHAPITRE 46

Kay se redressa brusquement dans son lit, le cœur battant, l'esprit confus alors qu'elle était tirée d'un profond sommeil.

— Qu'est-ce que...

Une série de couinements stridents atteignit un crescendo depuis la cuisine en bas, et elle tendit aveuglément la main vers la lampe de chevet, protégeant ses yeux lorsque l'ampoule s'alluma.

Elle rapprocha son poignet de son visage et plissa les yeux en essayant de lire le cadran de sa montre, un instant avant que son téléphone portable ne se mette à sonner et à vibrer sur la surface de la coiffeuse.

Elle gémit et repoussa la couette, trébuchant à travers la pièce pour attraper le téléphone avant qu'il ne bascule sur la messagerie vocale.

Son alarme n'était pas censée sonner avant encore dix minutes, et pourtant elle se retrouvait avec deux boules de poils qui réclamaient leur petit-déjeuner à grands cris, et sans doute une crise au travail.

— Allô ? marmonna-t-elle.

— C'est Sharp.

— Qu'est-ce qui se passe ?

— Reg Powers a été retrouvé mort au garage près de Hythe. Dans combien de temps pouvez-vous être sur place ?

Kay fit un rapide calcul mental.

— Environ une heure et demie ?

— Faites au plus vite si vous pouvez. Amenez Barnes.

Il raccrocha sans attendre de réponse, et Kay jura entre ses dents avant de taper sur le raccourci pour appeler Barnes.

— Ughhh.

— Bonjour.

— Il est quelle heure ?

— Six heures moins le quart. Reg Powers a été retrouvé mort. Sharp veut qu'on se rende sur les lieux. Tu peux venir me chercher dès que possible ?

— Ok.

Elle fit défiler l'écran de son téléphone jusqu'à trouver l'alarme, l'éteignit et jeta le téléphone sur le lit avant de se diriger vers la salle de bains attenante. Retirant son t-shirt par-dessus sa tête, elle se glissa sous les jets d'eau chaude et essuya le sommeil de ses yeux tout en assimilant les nouvelles de Sharp.

Se dépêchant de descendre, elle jeta de la

nourriture dans le bol des cochons d'Inde puis attrapa son sac sur le plan de travail.

Elle déverrouilla la porte et se précipita au bout de l'allée pour attendre Barnes.

Elle sentait déjà que la journée allait être longue.

Kay détacha sa ceinture de sécurité tandis que Barnes freinait le long du trottoir à plusieurs mètres du garage, et elle bondit hors de la voiture avant même qu'il n'ait coupé le moteur.

Ses yeux balayèrent la scène alors qu'elle approchait, et son cœur se serra.

Un van de la télévision était garé en face du garage, dont le parvis avait été délimité par des bandes de ruban de scène de crime qui flottaient dans l'air glacial du matin.

Une journaliste risquait sa vie en se tenant au milieu de la route pour parler à la caméra braquée sur elle et elle gesticulait avec excitation vers les tentes blanches qui avaient été installées pour faire écran entre la rue et le garage.

Son tailleur rouge vif agressait les yeux non caféinés de Kay.

Kay s'approcha et attendit que la femme ait fini son baratin et baissé son microphone.

— Parfait, Suzie, lança le cameraman.

— Excusez-moi, dit Kay.

La femme leva un sourcil épilé à l'extrême.

— Oui ?

Kay montra sa carte de police, puis désigna le virage sans visibilité derrière la femme.

— C'est un axe principal, avec une limitation à 100 km/h. Pour éviter à mes collègues de la police de la route d'avoir à racler ce qu'il restera de vous quand le prochain poids lourd passera, pourriez-vous mener vos interviews sur le trottoir ?

La femme fit la moue.

— Ça n'aura pas le même effet. Joe ne pourra pas avoir le bon angle.

— Eh bien, Joe aura un putain de plan fantastique de vous éclaboussée sur la route si vous ne faites pas ce que je dis.

La journaliste soupira, rejeta ses cheveux noir de jais par-dessus son épaule et s'éloigna en se pavanant, grognant bruyamment vers le cameraman.

— Tu te fais des amis et tu influences les gens, chef ?

— Honnêtement, Barnes. On pourrait penser qu'ils auraient un peu de bon sens.

Ils reportèrent leur attention sur le garage, traversant la route et signant le formulaire qu'un agent en uniforme leur tendait.

Il nota leurs noms, puis souleva le ruban.

— L'inspecteur Sharp est là-bas, avec l'équipe scientifique, dit-il.

— Merci, dit Kay.

Elle s'arrêta et laissa Barnes la devancer.

— Des problèmes avec la journaliste ?

Il sourit.

— Non, elle se tient bien à l'écart. C'est dommage. Elle est pas mal en jupe.

Kay leva les yeux au ciel et suivit Barnes.

Heureusement, les premiers intervenants avaient eu le bon sens d'établir le cordon bien en retrait de la tente principale où travaillait l'équipe scientifique, et elle prit note de les remercier pour leur prévoyance.

Sans doute Suzie serait-elle bientôt rejointe par plusieurs autres journalistes une fois que l'information se serait répandue.

— Hunter.

Sharp passa la tête hors de la tente et leur fit signe d'approcher.

— Comment la journaliste est-elle arrivée si vite ? demanda Kay.

Sharp désigna d'un mouvement du menton l'une des voitures de patrouille, à l'arrière de laquelle un homme âgé discutait avec une officière.

— Un certain Harry Bertram passait par là pour aller chercher son journal au kiosque. Il a vu Powers assis dans une des voitures devant le garage, et ça ne lui a pas plu, alors il s'est approché pour voir. Une fois qu'il a ouvert la portière, il a réalisé que Powers était mort, alors il a dit au marchand de journaux d'appeler la police. Il semble que le vendeur ait appelé quelques personnes supplémentaires.

— Merde, dit Barnes. Ils ont réussi à filmer quelque chose avant que les écrans ne soient mis en place ?

— Non, les premiers intervenants ont été excellents ; ils ont trouvé ces bâches dans le garage et les ont tendues avant que l'équipe de télévision n'arrive.

— Le garage était ouvert ?

— C'est un point que nous allons examiner dans le cadre de l'enquête, alors ajoutez-le à votre liste, répondit Sharp.

— D'accord, que s'est-il passé avec Powers ?

Sharp tenait le rabat de la tente ouvert.

Plutôt que d'entrer dans la zone sécurisée, Kay et Barnes se tenaient sur le seuil.

Il n'y avait aucune raison pour qu'ils se bousculent tous pour voir – ils avaient vu suffisamment de cadavres par le passé, et deux personnes de plus piétinant la scène de crime n'auraient pas été appréciées.

En l'état, la puanteur d'urine et d'excréments mêlée aux traces de gaz d'échappement était telle que Kay porta sa manche à son nez pour le masquer.

— Asphyxie, dit Sharp. Évidemment, l'autopsie le confirmera, mais c'est assez évident. Une ambulance a été envoyée en même temps que les premiers intervenants, donc ils ont constaté le décès pour nous.

Kay hocha la tête. Le fait que l'équipe de l'ambulance confirme le décès leur épargnait d'avoir à arracher Lucas à la morgue et de perdre du temps à attendre son arrivée. Au moins, Harriet et son équipe pouvaient travailler rapidement pour préserver autant de preuves que possible.

— Suicide ? demanda Barnes.

— J'en doute, répondit Sharp. À moins qu'il ne se soit arraché les ongles avant de s'asphyxier.

Barnes grimaça et souffla entre ses dents.

— Comment son meurtrier a-t-il réussi à l'asphyxier de toute façon ? dit Kay. Je pensais que c'était difficile avec les voitures modernes.

— Ce véhicule a plus de vingt ans, dit Sharp.

— La vitre du passager est fissurée, dit Barnes.

— Je travaille sur la théorie qu'il l'a frappée pour essayer de briser la vitre, dit Harriet en se frayant un chemin parmi ses collègues pour s'approcher. Il s'est légèrement déplacé sur son siège, les hanches tournées vers la gauche, comme s'il avait essayé d'utiliser le talon de sa botte pour la briser, mais je confirmerai ça une fois que nous aurons terminé ici. Les fissures ont certainement été faites de l'intérieur de la voiture, pas de l'extérieur.

— Comment se fait-il qu'il n'ait pas ouvert la porte, s'il pouvait atteindre la fenêtre avec ses pieds ? demanda Kay.

— Les serrures avaient été collées, dit Harriet. Bertram a dit à vos collègues qu'il a dû forcer la porte du conducteur avec un pied-de-biche qu'il a trouvé dans le garage.

Elle remonta son masque sur sa bouche et retourna là où son équipe travaillait, et Sharp laissa retomber le rabat de la tente, puis fit signe à Kay et Barnes de le suivre dans le bâtiment.

Les doubles portes à l'avant avaient été maintenues ouvertes, et une autre partie de l'équipe de Harriet progressait méticuleusement dans l'espace sombre à l'intérieur.

Sharp se tourna vers Kay et Barnes, et baissa la voix.

— C'est une conséquence directe de l'insistance de Harrison à tenir une conférence de presse trop tôt dans l'enquête, dit-il, les yeux flamboyants. On ne peut pas mesurer les dégâts qu'il a causés. Combien de personnes vont encore mourir avant qu'on ne trouve Demiri ?

Kay se tourna pour faire face à la route au-delà du parvis.

Deux autres véhicules avaient rejoint Suzie et son caméraman ; différentes chaînes d'information se bousculaient pour trouver de la place le long de l'étroit trottoir.

Son cœur manqua un battement lorsqu'elle reconnut Jonathan Aspley, et elle détourna le regard alors qu'il commençait à marcher vers le cordon de sécurité.

—Inspecteur !

La voix de Harriet porta jusqu'à l'endroit où ils se tenaient, sa tête dépassant de la tente.

— Qu'est-ce qu'il y a ? dit Sharp.

— Vous devez voir ça.

Ils se précipitèrent vers la zone couverte et rejoignirent Harriet à l'entrée.

— Entrez, dit-elle. Je ne veux pas risquer qu'une de ces équipes de presse voie ça.

Ils se faufilèrent dans l'espace exigu, et Kay remarqua que les yeux de la technicienne brillaient d'excitation.

— Qu'est-ce que tu as ? demanda Barnes.

Elle leur fit signe de venir du côté du siège du conducteur et s'accroupit.

— Nous avons remarqué qu'il avait un morceau de papier dans la main ; nous l'avons ouvert délicatement, et il semble qu'il ait utilisé son propre sang pour laisser un message.

Kay sentit un frisson lui parcourir la nuque tandis que Harriet tendait le papier à Sharp.

Alors qu'il en prenait le coin entre ses doigts gantés, son front se plissa avant qu'il ne le tourne vers eux.

— Un lieu et une heure, dit-il. Ça vous dit quelque chose à vous deux ?

— Ça doit être le prochain chargement de Demiri, dit Kay, le cœur battant. C'est quand il va amener le prochain groupe de filles.

CHAPITRE 47

— Il n'y a pas le temps de planifier ça correctement, dit Sharp, les dents serrées. Ce sera un désastre.

— Non, ça ne le sera pas, répondit Harrison. Nous aurons le soutien de l'agence des frontières et de mon équipe de l'unité des crimes majeurs, plus des agents en uniforme.

— Avec tout le respect que je vous dois, chef, nous n'avons que le nom d'un endroit. Pas de localisation exacte. Il pourrait prévoir de faire accoster le bateau n'importe où le long de cette portion du littoral, dit Kay en agitant la main vers le document que Sharp lisait. Et, selon cet e-mail de l'agence des frontières, ils veulent baser la majorité de leur équipe à Dymchurch parce que c'est là que les précédents contrebandiers ont débarqué. Nous n'aurons qu'une poignée de leurs agents disponibles pour nous soutenir.

Harrison arpentait la pièce, sa frustration palpable.

— Écoutez, dit-il finalement. Nous sommes assez nombreux pour avoir quatre équipes de quatre réparties à un kilomètre intervalle. Nous maintenons le contact radio en permanence. Les prévisions météo annoncent de la pluie, donc nous n'aurons pas autant de visibilité que je le voudrais, mais nous pourrons quand même voir un bateau arriver ; de toute façon, nous pourrons entendre le moteur avant qu'ils ne le coupent et ne dérivent vers la rive.

— Vous croyez ?

Sharp passa une main sur sa mâchoire et se gratta le début de barbe.

— Ça ne me plaît pas. C'est trop risqué.

— Nous n'avons pas le choix, Sharp, dit Harrison. Si nous ratons ce bateau, ces filles vont finir exactement comme celles que nous avons trouvées mortes. Vous voulez avoir ça sur la conscience ?

Kay observa son supérieur s'affaisser dans son siège, le regard troublé.

— C'est bien ce que je pensais, dit Harrison.

Il prit sa veste du dossier de la chaise visiteur et la passa sur ses épaules.

— Je vais aller briefer le quartier général et passer les appels nécessaires à Colin Fox et son équipe de l'agence des frontières. Nous aurons un briefing inter-agences ici demain matin à huit heures, Sharp. Assurez-vous que votre équipe soit prête.

Il quitta la pièce rapidement, ses pas pressés

résonnant dans la salle des opérations avant que Kay n'entende la porte claquer dans son sillage.

Elle se leva de sa chaise et s'approcha de la fenêtre, les bras croisés sur la poitrine.

En bas, le commandant divisionnaire marchait vers sa voiture, son téléphone à l'oreille.

— Commencez à appeler le reste de l'équipe, dit Sharp. En plus de vous et Barnes, je veux Miles et Piper sur cette plage demain soir, et je ne veux aucun problème alors faites-les venir tôt demain, au moins une demi-heure avant le début du briefing, pour qu'on puisse s'assurer qu'ils comprennent les dangers impliqués.

— Bien, chef.

Elle se retourna en entendant frapper à la porte ouverte.

— Lucas vient d'envoyer par e-mail le rapport d'autopsie sur les trois victimes trouvées dans la propriété de Thurnham, dit Barnes. J'en ai imprimé un exemplaire pour chacun de vous.

Sharp fit un geste vers le siège que Harrison venait de quitter, et Barnes leur tendit les documents.

Kay parcourut les pages, ses yeux absorbant les détails de la torture que les femmes avaient endurée avant d'être tuées. Les os brisés qu'elle et Sharp avaient remarqués sur la scène de crime étaient déjà assez horribles, mais en lisant le rapport, l'étendue de leurs blessures internes lui donna la nausée.

Barnes s'éclaircit la gorge.

— Comme vous le verrez dans les conclusions de Lucas, il établit que toutes les blessures des trois victimes ont été causées avant leur mort.

Kay soupira et posa sa copie sur le bureau de Sharp.

Soudain, tous les risques associés à l'opération du lendemain soir pâlissaient en comparaison de ce qui arriverait si Demiri n'était pas appréhendé et les clandestines sauvées de ses griffes et de celles de ses hommes.

Kay s'arrêta à la porte et jeta un coup d'œil par-dessus son épaule.

— Étant donné votre passé militaire et votre expérience, je dois dire que je serais plus à l'aise de recevoir des ordres venant de vous pour cette opération, chef.

Il haussa les épaules, une lassitude traversant ses traits qu'elle n'avait jamais vue auparavant.

— C'est ce que c'est, Hunter. Rentrez chez vous et reposez-vous. La journée de demain va être longue.

CHAPITRE 48

Kay descendit l'escalier en chaussettes, les cheveux fraîchement lavés. Elle portait son jean préféré et un pull ample, parfaits pour se détendre devant la télévision avec un verre de vin.

Elle tendit la main et augmenta le thermostat d'un cran, s'assurant que le chauffage central contrebalancerait le vent froid qui faisait trembler les fenêtres à double vitrage, puis elle se dirigea vers la cuisine.

Ses deux protégés à fourrure levèrent les yeux vers elle depuis leur cage, avec des expressions pleines d'espoir.

— Je sais, je sais. C'est l'heure de manger, dit-elle.

Elle fut surprise de constater à quelle vitesse elle s'était habituée à leur présence dans la maison, et elle était secrètement ravie que l'abri de jardin se soit avéré trop encombré pour leur cage.

Elle ne supportait pas non plus l'idée qu'ils aient à affronter les éléments sur la terrasse arrière.

Elle fredonnait en changeant les journaux souillés, les remplaçant par des propres et mettant les déchets dehors avant de saisir un des sacs de légumes déjà coupés dans le réfrigérateur.

Bonnie babillait toute seule tandis que Kay sortait Clyde de la cage et lui appliquait doucement de la pommade sur la peau pendant qu'il grignotait un bout de carotte.

Elle le tourna dans ses mains jusqu'à ce que la petite créature poilue lui fasse face, puis le souleva pour que ses yeux se retrouvent en face des siens.

— Tu sais quoi, Clyde ? Vous avez une vie de rêve, tous les deux. Vous n'avez pas à vous soucier des gens malfaisants. Tout ce que vous avez à faire, c'est rester là et manger vos carottes.

Clyde remua son nez.

Kay sourit, le remit dans la cage et ferma le loquet, puis se lava les mains avant de se servir un grand verre de vin tout en préparant son propre dîner.

Tout en travaillant, elle faisait un commentaire en direct aux cochons d'Inde, puis elle s'arrêta brusquement.

— Je perds la boule.

Elle fronça les sourcils, reconnaissant ses actions pour ce qu'elles étaient, une façon de repousser la pensée de l'opération du lendemain.

Un sentiment de malaise l'envahit, et elle secoua

la tête en servant les pâtes dans une assiette et en tirant un tabouret au bout du plan de travail.

Ça ne servirait à rien de s'inquiéter. Le commandant divisionnaire Harrison et son équipe de l'unité des crimes majeurs étaient bien versés dans ce genre d'affaires, et ils avaient le soutien de l'agence des frontières et de certains de leurs propres agents en uniforme.

Pourtant, un frisson de nervosité et d'excitation lui parcourut l'échine.

Demiri serait-il là ?

Aurait-elle enfin l'occasion de l'arrêter ?

Elle repoussa son assiette, incapable d'avaler la nourriture, réalisant qu'elle ne pourrait pas se détendre ce soir, malgré les conseils de Sharp.

Elle s'approcha du réfrigérateur et remplit son verre, puis faillit le lâcher quand son téléphone portable se mit à sonner.

— Ressaisis-toi, marmonna-t-elle, et elle se précipita vers le plan de travail.

Elle sourit en voyant le nom de l'appelant.

— Salut, toi.

— Salut, dit Adam. Mauvaise nouvelle, j'en ai peur. Les prévisions météo ne s'améliorent pas et ils ont annulé mon vol. On dirait que je ne pourrai pas partir d'ici avant demain soir maintenant.

— C'est bête. Tu as réussi à contacter la clinique ?

Pendant qu'Adam parlait des différents appels qu'il avait passés à ses collègues et des arrangements qu'il avait pris pour prolonger son absence, Kay se demanda si elle devait lui parler de l'opération prévue pour le lendemain soir.

Après tout, si Adam avait été à la maison en ce moment, elle le lui aurait dit.

Pourtant, il était à plus de six cents kilomètres, bloqué sans moyen de rentrer chez lui, et il semblait injuste de lui donner une raison de s'inquiéter.

Elle le connaissait trop bien – il ne ferait que s'inquiéter – ou ferait quelque chose de drastique, comme louer une voiture et rentrer en conduisant.

Elle se mordit la lèvre.

— Alors, quoi de neuf à la maison ? demanda-t-il.

— Tout va bien. L'enquête se déroule bien, et nous espérons avoir un résultat bientôt.

— Tu restes loin des ennuis ?

Elle ferma les yeux, reconnaissante qu'il n'ait pas prononcé le nom de Demiri, et soulagée de ne pas avoir à mentir.

— Oui.

— Eh bien, reste à l'écart des problèmes pendant encore vingt-quatre heures, dit-il, et il soupira. Je n'arrive pas à croire que je sois coincé ici ce soir au lieu d'être avec toi.

— Ne t'inquiète pas, dit Kay. Ça va aller.

CHAPITRE 49

Kay enfonça ses mains dans ses poches et enfouit son visage dans l'épaisse écharpe qu'elle avait enroulée autour de son cou avant de quitter le commissariat pour se rendre sur la côte.

Elle plissa les yeux dans la faible lueur de la lune qui se faufilait derrière les nuages, obscurcissant leur vue sur les eaux déchaînées de la Manche qui martelaient la plage en contrebas.

Des bruits de bottes sur le sable se firent entendre à côté d'elle, et Gavin apparut à son épaule.

— Tu crois qu'il sera là ?

Elle releva la tête et hoqueta lorsque le vent froid lui fouetta le visage. Elle tourna le dos à la plage pour un bref répit face aux éléments et scruta les broussailles qui bordaient la route côtière.

— Il sera là. Quelque part. Je ne peux pas imaginer qu'il veuille perdre son investissement.

Gavin grogna en réponse et leva les yeux vers le ciel.

— Le ciel se couvre. On dirait qu'on va encore avoir de la pluie.

Kay reporta son attention sur la mer.

— Ça va l'aider. On ne pourra pas repérer le bateau avant qu'il ne soit presque arrivé.

— Si on est au bon endroit.

— Où est Harrison ?

— À environ un kilomètre par là.

Gavin pointa vers leur gauche.

— Il a des équipes réparties le long de la plage ici, et dans la crique suivante, au cas où.

— Carys et Barnes ?

— Au-delà de la position de Harrison, près du prochain épi au loin.

Kay plissa les yeux face au vent, apercevant une ombre sombre au bout du poteau le plus éloigné du bord de l'eau. Elle jeta un coup d'œil par-dessus son épaule vers la chaumière délabrée en retrait de la plage, ses murs couverts de lierre et son intérieur plongé dans l'obscurité.

— Aucun signe du propriétaire ?

— Non. Il y a un des journaux gratuits qui dépasse de la boîte aux lettres. Il doit être absent. Barnes a essayé de réveiller quelqu'un il y a une demi-heure, mais pas de réponse.

— Dommage. Je suis surprise que le commandant divisionnaire ne connaisse pas le propriétaire. Je pensais qu'il surveillait cette partie du littoral.

— Tu crois que c'est un des informateurs de Harrison ?

Kay frissonna.

— Mieux vaut que ce soit le sien plutôt que celui de Demiri.

Ils se turent et se tournèrent à nouveau vers l'eau.

Kay avait voulu remettre en question les ordres de Harrison de répartir l'équipe le long de la plage, mais par respect pour Sharp, elle s'était tue.

Elle ne pouvait s'empêcher de sentir qu'elle et Gavin étaient exposés si loin du reste de l'équipe, mais Harrison avait insisté et, finalement, elle avait ravalé ses questions et s'était résignée à un rôle de soutien pour l'opération.

Ses pensées furent interrompues par un tapotement sur son bras de la part de Gavin.

— Regarde.

Il pointa vers les eaux sombres, et elle suivit son regard.

— Je ne vois rien.

— J'ai cru voir quelque chose. Je me suis trompé apparemment.

— Ce serait tellement plus facile si l'équipe de Fox de l'agence des frontières était là.

— Eh bien, tu l'as entendu parler à Sharp et Harrison avant qu'on ne quitte le commissariat. Il était catégorique sur le fait qu'il positionnerait son équipe plus loin le long de la côte près de Dymchurch, parce que c'est là qu'ils ont déjà attrapé des gens.

— Oui, et c'était partout dans les nouvelles quand c'est arrivé, alors je suis sûre que c'est maintenant une zone « rouge » pour les passeurs.

— Je suppose qu'on doit essayer de couvrir autant de distance que possible, chef.

— Je sais. Tu as raison. Ce serait bien la poisse s'ils apparaissaient *là-bas*, et—

Kay entendit la brusque inspiration de Gavin au moment même où il levait la main pour la faire taire.

Une embarcation basse s'accrochait aux vagues, s'approchant de la plage à leur gauche. Le bruit étouffé de son moteur lui parvint, et son rythme cardiaque s'accéléra d'un cran.

— C'est eux, dit Gavin.

Kay prit les jumelles qu'il lui tendait.

Dans la faible lueur de la lune causée par la couverture nuageuse, Kay pouvait distinguer huit silhouettes accrochées aux bords, recroquevillées sur elles-mêmes face aux éléments.

Au milieu du petit mais puissant navire, elle pouvait discerner deux silhouettes plus épaisses qui s'étaient accroupies à côté de la colonne de direction centrale, essayant de dissimuler leur présence.

Le canot pneumatique franchit une grosse vague, sa poupe se soulevant dans les airs avant de s'écraser sur la suivante.

Un cri se fit entendre par-dessus le bruit de la mer,

et le cœur de Kay se serra pour ces jeunes femmes, probablement encore adolescentes et à des centaines de kilomètres de leurs foyers et de leurs familles, qui avaient fait ce terrifiant voyage à travers l'une des voies maritimes les plus fréquentées du monde.

Le moteur vrombit une fois de plus, puis s'arrêta alors que le canot était projeté vers la plage, la fin de son voyage en vue.

— Chef ? chuchota Gavin.

À contrecœur, Kay rendit les jumelles et se mordit la lèvre.

Harrison devrait synchroniser soigneusement l'arrestation du navire.

Trop tôt, et les hommes pilotant l'embarcation redémarreraient simplement le moteur et s'éloigneraient de la plage.

Pire encore, s'ils perdaient le contrôle ou si le moteur tombait en panne alors que le canot était en plein virage, cela pourrait signifier un désastre pour tous les passagers si une grosse vague frappait au même moment, faisant chavirer le bateau.

Kay retint son souffle.

Elle avait été rassurée quand l'équipe de Harrison avait installé leurs véhicules vers l'extrémité de la plage et sorti des couvertures thermiques et des trousses de premiers secours. Il était évident qu'ils ne prenaient aucun risque, mais si les occupants du bateau ne pouvaient pas nager jusqu'à la sécurité dans l'eau glaciale et périlleuse...

— Ils débarquent, dit Gavin.

Kay plissa les yeux dans l'obscurité, se concentrant juste à temps pour voir la poupe du canot toucher terre.

Quelques secondes plus tard, une douzaine d'officiers armés de l'unité d'intervention tactique se levèrent de leurs positions le long du sable et se précipitèrent vers le bateau, criant à ses occupants de lever les mains en l'air.

Elle s'avança, désireuse d'être impliquée, puis s'arrêta lorsque la radio accrochée à son gilet pare-balles grésilla.

La voix de Harrison perça à travers les parasites violents.

— Tout le personnel qui n'est pas directement impliqué dans l'arrestation du navire, gardez vos positions.

Elle entendit Gavin pousser un long soupir.

— Toujours le rôle de demoiselle d'honneur, jamais celui de la mariée, grommela-t-il.

Kay plissa les yeux dans la faible lumière.

Trois des véhicules tout-terrain de la division rebondissaient sur les plantes rabougries qui bordaient la piste accidentée avant de traverser le sable, se dirigeant vers la foule qui s'assemblait autour du canot échoué.

Les puissants projecteurs fixés sur le toit de chaque véhicule s'allumèrent brusquement, illuminant la scène, et Kay jura copieusement alors qu'elle était temporairement aveuglée, malgré la distance d'environ un kilomètre et demi.

— Je n'entends rien à travers ce truc, marmonna Gavin en frappant du plat de la main l'arrière de sa radio. Si c'est ça être organisé.

Kay lui jeta un coup d'œil tandis que la radio émettait un sifflement de protestation, puis elle détacha la sienne de son gilet pare-balles.

— Tiens.

Il la prit, glissa la sienne dans son gilet et ajusta le volume pour qu'ils puissent écouter les rapports venant de l'autre bout de la plage.

Kay se balança sur la pointe des pieds, impatiente de jouer un rôle plus actif dans les arrestations.

— Tous les autres agents doivent maintenir leur position, trancha la voix de Harrison à travers les parasites. Nous avons Oliver Tavender en garde à vue, mais aucune trace de Demiri.

— Merde, il s'est échappé, dit Gavin.

— Chut. J'essaie d'écouter.

Elle lui fit signe d'augmenter le volume, mais cela n'améliora guère la qualité du son.

Frustrée, elle racla le sable avec ses bottes, effaçant leurs empreintes.

Elle avait toujours préféré les plages rocheuses – des endroits pour grimper et escalader ; des fossiles à découvrir ; des anémones de mer qui s'accrochaient à un doigt tendu si on les provoquait.

Ici, le paysage semblait plus exposé et impitoyable – sans aucun endroit où se cacher.

— Alors, où es-tu, Jozef ? murmura-t-elle.

— Chef ?

— Rien.

Elle donna un dernier coup de pied dans le sable, puis se dirigea vers l'endroit où Gavin faisait les cent pas près du bord de l'eau.

Elle cligna des yeux pour essayer d'arrêter les

larmes causées par le vent et enfonça sa casquette plus fermement sur sa tête, avant de prendre conscience de bruits de pas dans le sable mou derrière elle.

Elle fit volte-face, les mains levées en position défensive.

— Détective Hunter ?

— Monsieur Webster ?

Elle jeta un coup d'œil par-dessus son épaule pour voir Gavin tripoter la radio, un juron sonore émanant du jeune détective avant qu'il ne lève la radio en l'air et hausse les épaules.

— Celle-là aussi est morte.

Elle se retourna vers Webster.

Le vieil homme portait un anorak usé par les intempéries sur un jean, ses pieds chaussés d'une paire de vieilles bottes de travail et un bonnet en laine enfoncé bas sur ses oreilles.

— Monsieur Webster, vous devez retourner chez vous pour votre propre sécurité.

Il l'ignora et regarda par-dessus son épaule, ses yeux passant sur Gavin avant de dériver vers la scène au loin, puis de revenir sur elle.

— Je crois qu'il y a un autre bateau, dit-il, les yeux troublés.

Il tendit la main vers son bras et la conduisit à quelques pas avant de pointer du doigt la plage assombrie au-delà.

— Là-bas. J'ai quitté la maison pour voir ce

qu'était tout ce remue-ménage, mais en marchant le long du chemin, j'ai entendu une voix appeler, doucement.

Le rythme cardiaque de Kay s'accéléra, et elle se rapprocha du vieil homme pour essayer de voir ce qu'il montrait.

— Où ?

— Vous voyez cet épi, à environ quatre cents mètres ? Derrière.

— Gav ?

— Chef ?

— Du nouveau avec cette radio ?

— Non.

Il cracha le mot.

Kay sortit son téléphone portable et se mordit la lèvre.

Les instructions de Harrison avaient été claires – pas de téléphones portables, de peur que la lumière de l'écran ou une sonnerie intempestive n'alerte quelqu'un de leur présence.

Elle fixa l'écran éteint un moment de plus, puis le remit dans son gilet.

— Merde.

Cela irait à l'encontre de toute sa formation, mais elle ne pouvait pas laisser Demiri s'échapper. Elle passa en revue les risques dans sa tête, les écartant un par un.

— Gav ? Nous allons avoir besoin de renforts,

alors va voir Sharp et ramène une équipe pour nous aider.

— Qu'est-ce que tu vas faire ?

— Je vais m'approcher un peu et demander à M. Webster de me montrer où est ce canot.

— Chef, sans vouloir remettre en question ton autorité, il vaudrait mieux attendre. Tu ne peux pas y aller seule.

Elle baissa la voix.

— Je ne le laisserai pas s'échapper. Je vais garder mes distances. Vas-y, tu en auras pour moins de dix minutes, n'est-ce pas ?

Il hocha la tête, l'air malheureux.

— Ça ne me plaît toujours pas, chef.

— On perd du temps à en parler. Vas-y !

Elle regarda Gavin se retourner et commencer à courir maladroitement sur le sable, puis elle se tourna vers Webster.

— Montrez-moi.

— C'est par ici, dit Webster. Suivez-moi.

Pour un homme âgé, Webster maintenait un rythme régulier à travers la plage, s'éloignant des lumières du véhicule des garde-frontières et s'enfonçant dans l'obscurité.

— Ralentissez, siffla Kay.

— Désolé, dit Webster. J'imagine que j'ai l'habitude de marcher par ici. J'oublie que vous n'êtes pas du coin.

Kay lui fit signe de continuer, le rugissement des vagues oblitérant tout autre bruit autour d'elle.

Lorsque la rangée d'épis apparut, elle tendit la main et la posa sur l'épaule de Webster.

— Attendez.

À sa droite, elle pouvait distinguer la silhouette du cottage de Webster de l'autre côté du chemin face à la plage. Aucune lumière ne brillait aux fenêtres, et elle se demanda à quelle fréquence l'homme trouvait que le sommeil le fuyait et choisissait de marcher sur la plage la nuit à la place.

— Je ne vois pas de canot.

Il porta un doigt à ses lèvres.

— Il est juste de l'autre côté des épis, dit-il. Et baissez la voix. Le son se propage mieux près de l'eau.

Kay fronça les sourcils, incapable de croire que quoi que ce soit puisse être entendu par-dessus le bruit du vent et des vagues qui assaillaient actuellement ses oreilles.

Elle sentit le poids de son téléphone portable, en sécurité dans la poche de son gilet pare-balles, et se demanda si cela valait le risque de l'allumer pour envoyer un message à Sharp afin de lui faire savoir qu'elle était à portée du bateau que Webster disait avoir vu. Elle écarta cette idée presque immédiatement, sachant que si Demiri s'échappait parce qu'il avait vu la lumière de son téléphone, elle n'en finirait jamais d'en entendre parler, de la part de Harrison comme de ses supérieurs.

Gavin n'était visible nulle part.

Elle sentit Webster lui échapper.

— Venez, dit-il. Je vais vous montrer où il est.

Elle trébucha derrière Webster, les embruns l'aveuglant temporairement tandis que le vent tirait sur ses cheveux.

Webster s'accroupit lorsqu'ils s'approchèrent des épis et lui fit signe.

Silencieusement, elle le suivit, se demandant où était Gavin, mais déterminée à ne pas laisser Demiri s'échapper.

Elle regarda encore une fois par-dessus son épaule, mais personne ne la suivait. En se retournant, elle poussa un cri de surprise.

Webster avait disparu.

— Monsieur Webster ?

Elle repoussa ses cheveux de ses yeux, puis retira un élastique de son poignet et les attacha. Le vieil homme n'était nulle part en vue dans l'obscurité, et son cœur manqua un battement.

Elle contourna les épis, s'attendant pleinement à voir un autre canot chargé de femmes qui avaient tout risqué pour traverser la Manche.

Son souffle se bloqua dans sa gorge, la confusion s'emparant d'elle.

La plage était vide. Elle se redressa, ses pensées se bousculant tandis qu'elle essayait de comprendre ce qui se passait. Elle sentit un mouvement derrière elle et pivota sur ses talons un instant avant qu'un poing ne s'abatte sur son visage.

Alors qu'elle gisait haletante sur le sable mou, elle porta une main tremblante à sa lèvre ensanglantée, avant qu'une ombre ne se dresse au-dessus d'elle.

— Bonjour, détective Hunter, dit Jozef Demiri. Je vous attendais.

CHAPITRE 51

Les bottes de Gavin martelaient le sable, sa respiration formant un nuage devant son visage alors qu'il courait vers la scène éclairée à l'autre bout de la plage.

Il regrettait déjà d'avoir laissé Kay derrière, mais elle était sa supérieure et son ton avait suggéré qu'elle n'était pas d'humeur à débattre avec lui.

Il s'arrêta, la poitrine haletante, et jeta un coup d'œil par-dessus son épaule.

Kay et Webster n'étaient nulle part en vue, leurs silhouettes perdues dans l'obscurité.

Il jura, puis repartit, maudissant la surface meuble sous ses pieds. Bien qu'à l'aise au bord de la mer et surfeur passionné à la moindre occasion, il était habitué à courir pieds nus sur le sable, pas avec des bottes réglementaires à lacets. Les dessus en cuir et les semelles en caoutchouc robustes l'alourdissaient, rendant ses pas plus lents.

En s'approchant, ses yeux scrutèrent la foule à la recherche d'un de ses collègues.

Deux agents en uniforme aidaient les femmes trempées à sortir du canot pneumatique.

Les femmes n'avaient pas plus d'une vingtaine d'années, leurs corps émaciés, leurs expressions terrifiées trahissant leur confusion d'être arrêtées au lieu de s'échapper vers une vie meilleure que Demiri et ses hommes leur avaient sans doute promise.

— Laissez passer.

Un officier plus âgé le bouscula, sa main sur le coude d'une femme qu'il guidait vers l'un des véhicules qui attendaient maintenant sur le chemin au-dessus de la plage. En passant, la femme lança un regard suppliant à Gavin, mais il secoua la tête.

Il devait trouver Sharp, ou l'un des autres, et vite.

Il tendit le cou au-dessus de la foule entourant la petite embarcation et aperçut enfin Carys qui parlait à Barnes et à leur inspecteur principal tout en aidant une des autres femmes à sortir du bateau, tenant sa main pendant qu'elle trébuchait sur le sable.

Gavin se fraya un chemin à coups de coude dans la foule, s'attirant plusieurs regards noirs et exclamations d'agacement.

Il s'en fichait.

— Sharp ! Monsieur ! cria-t-il en s'approchant.

Sa voix emportée par le vent et le bavardage autour de lui, il atteignit la poupe du canot pneumatique et réalisa qu'il ne pouvait pas s'approcher davantage.

La foule était trop dense.

Il mit son index et son pouce dans sa bouche et siffla si fort que l'homme à côté de lui sursauta visiblement.

Ignorant son regard noir, Gavin profita du bref silence choqué.

— Sharp, monsieur ! C'est Hunter !

Son officier supérieur n'hésita pas. Il tapa sur l'épaule de Barnes, poussa Carys devant lui et se fraya un chemin à travers les autres officiers jusqu'à ce qu'il atteigne Gavin.

— Qu'est-ce qui ne va pas ?

— Adrian Webster est apparu à notre position plus loin sur la plage. Il dit qu'il pense avoir vu un autre canot pneumatique. Nous n'avons pu joindre personne sur nos radios, et Hunter ne voulait pas vous appeler à cause de nos ordres opérationnels.

Sharp agita la main avec impatience.

— Où est Hunter maintenant ?

— Elle m'a ordonné de venir vous chercher avec quelques autres. Elle est partie avec Webster pour trouver l'autre canot pneumatique.

— Elle a fait quoi ?

Sharp se retourna et fit signe par-dessus la foule à l'endroit où Harrison parlait à l'un de ses collègues de l'unité des crimes majeurs.

La tête du commandant divisionnaire se redressa brusquement, et il se précipita, O'Reilly sur ses talons.

— Bon travail tout le monde. Le temps des félicitations viendra plus tard, cependant—

— Hunter est partie à la recherche d'un autre canot pneumatique suspecté, dit Sharp, s'éloignant déjà.

Il tourna son attention vers Gavin, Barnes et Carys.

— Vous tous, avec moi, tout de suite.

Harrison fronça les sourcils.

— Pourquoi cette précipitation ?

— Aviez-vous entendu parler d'Adrian Webster avant qu'il n'ait appelé la ligne d'assistance après la conférence de presse ?

— Non, je—

— Alors, ce n'est pas l'un de vos informateurs ?

— Non. C'est un problème ?

— Cela signifie qu'il est l'un de ceux de Demiri. Kay est tombée dans un piège.

Les yeux de Harrison s'écarquillèrent.

— Demiri est ici ?

O'Reilly posa une main sur la manche de Harrison.

— Allons l'attraper.

Le cœur de Gavin manqua un battement, son attention se portant brusquement sur l'inspecteur.

— Qu'est-ce que tu viens de dire ?

O'Reilly fit un pas en arrière, une expression de

peur traversant son visage un instant avant qu'il ne se reprenne.

— Quoi donc ?

— C'était *toi*, gronda Gavin, et il se jeta sur l'autre détective.

O'Reilly trébucha en arrière, levant les mains en position défensive, mais cela ne lui servit à rien.

Le poing de Gavin trouva le visage de l'homme avec un craquement satisfaisant, quelques secondes avant qu'O'Reilly ne hurle de douleur.

— Piper !

Gavin prit conscience de la voix de Sharp à travers le bruit du sang qui battait dans ses oreilles, et il retint son prochain coup, haletant.

Une main sur son épaule le fit pivoter, et les yeux gris de Sharp le transpercèrent.

— Vous avez trente secondes pour vous expliquer, Piper.

Gavin déglutit, le ton de Sharp lui rappelant que son supérieur avait passé ses années pré-police sur un terrain de parade militaire, à aboyer des ordres. Il jeta un coup d'œil par-dessus son épaule pour voir O'Reilly se relever en titubant, aidé par Harrison.

L'inspecteur arborait une expression traquée, et Gavin lui lança un regard méprisant avant de se retourner vers Sharp.

— O'Reilly était l'un des hommes qui m'ont attaqué plus tôt cette année, dit-il. Je reconnais sa voix maintenant.

Sharp fit un pas en arrière.

— Il vous reste vingt secondes.

— Quand ils m'ont sauté dessus dans le parking cette nuit-là, juste avant de me tabasser, j'ai entendu l'un d'eux dire à l'autre « allons l'attraper ». Exactement comme O'Reilly vient de le dire. C'est pourquoi quand Kay a demandé à voir les images de vidéosurveillance de l'attaque, O'Reilly lui a dit qu'il n'y avait pas grand-chose à voir, il avait manifestement récupéré l'enregistrement et l'avait édité avant de le montrer à qui que ce soit. Seuls deux hommes pouvaient être vus dans la vidéo, mais il y avait trois hommes là-bas. O'Reilly est resté dans l'ombre, mais je sais que c'était lui.

Sharp regarda par-dessus l'épaule de Gavin.

— Est-ce vrai, O'Reilly ?

Un silence de mort accueillit ses paroles, et Gavin serra les poings en réalisant que l'un des leurs avait fait en sorte qu'il souffre.

Mais pourquoi ?

Il perçut l'expression bouleversée qui traversa le visage de Carys lorsqu'elle comprit ce qu'elle entendait, et que l'inspecteur qu'elle avait placé sur un piédestal était responsable de l'attaque contre son collègue.

— O'Reilly, allez à l'ambulance et occupez-vous de ce nez. Harrison, on réglera ça plus tard, dit Sharp. Pour l'instant, un de mes officiers est en danger.

Il se retourna et partit en sprint, le reste de l'équipe sur ses talons.

— Où est-elle allée, Piper ?

— Il y a une rangée d'épis à environ quatre cents mètres de notre position initiale. Webster nous a dit qu'il y avait vu un canot.

Carys se mit à leur niveau, le son de la respiration lourde de Barnes plusieurs pas derrière.

— Chef ? Kay n'est pas une nageuse expérimentée. On a fait notre formation de remise à niveau ensemble. Elle ne peut pas retenir sa respiration sous l'eau longtemps.

Sharp ne dit rien, et ils se mirent à courir plus vite.

CHAPITRE 52

La gorge de Kay se serra.

Jozef Demiri la dominait de toute sa taille, ses cheveux blancs cachés sous un bonnet de laine sombre, un épais manteau couvrant ses épaules pour le protéger des éléments.

Il fit un pas en arrière, et Kay commença à se relever péniblement.

Son pied frappa son genou avant qu'elle ne puisse réagir.

Une douleur fulgurante traversa l'articulation, et Kay hurla, s'effondrant sur le sable tandis que des larmes perlaient à ses paupières.

Elle serra ses mains autour de son genou et essaya d'estimer depuis combien de temps Gavin était parti, et combien de temps il lui faudrait pour revenir avec Sharp.

Elle ravala un sanglot en réalisant qu'il ne la trouverait peut-être pas.

Ils n'avaient eu que la vague description de Webster sur l'emplacement supposé du canot pneumatique, et elle avait envoyé Gavin chercher des renforts avant que Webster ne donne plus de détails.

Et pendant tout ce temps, il l'avait conduite droit vers le danger.

Demiri s'approcha, sa respiration lourde parvenant à ses oreilles par-dessus le bruit des vagues.

Au début, elle pensa qu'il était essoufflé, handicapé par l'âge et l'effort de se déplacer sur le sable.

Puis la réalisation la frappa avec une nouvelle vague de nausée.

Il savourait son tourment.

— Pourquoi maintenant, Demiri ? cracha-t-elle. On vous avait perdu. Pourquoi fuir et vous cacher, pour vous montrer maintenant ?

Il s'accroupit près d'elle, le denim souple de son jean frôlant sa joue, et elle tressaillit avant de maudire sa réaction.

— Je n'ai pas fui et je ne me suis pas caché, salope, dit-il. J'ai attendu. C'est toi que j'ai attendue. Ton acharnement te détruira, détective Hunter. Tu as détruit mon entreprise. Je vais détruire ta vie. Pièce par pièce.

Il se redressa, ses yeux ne quittant jamais les siens.

— Je savais que tout ce que j'aurais à faire serait d'attendre. Te laisser une piste de miettes à laquelle tu ne pourrais pas résister.

— Pourquoi Webster ?

— Pourquoi pas ? L'homme a été bien payé. Il m'a fourni un endroit où dormir. Je dois dire, détective, que ça m'a excité quand on t'a envoyée le rencontrer après notre appel à votre soi-disant ligne d'assistance. Je pouvais entendre ta voix, et je me demandais ce que tu ferais si tu savais que j'étais là, à t'écouter, si près de l'endroit où tu étais assise dans son salon, en train d'écouter ses mensonges. Il a bien réussi à te tendre le piège, et tu es tombée dedans comme une idiote.

Kay gémit.

Il avait raison, bien sûr. Parce que Webster avait été celui si désireux d'aider la police et de signaler des activités suspectes sur la plage, elle lui avait fait confiance.

Suffisamment confiance pour le suivre aveuglément dans le piège de Demiri.

— Vous n'allez pas vous en sortir comme ça.

Le choc d'entendre la peur dans sa propre voix se transforma en colère lorsqu'elle vit l'effet que cela avait sur lui.

Il découvrit ses dents.

Kay griffa les mains de Demiri alors qu'il se penchait pour agripper le devant de son gilet pare-balles et commençait à la traîner vers les vagues tumultueuses.

Malgré son âge, l'homme possédait une force énorme et la soulevait avec facilité.

Ses pensées revinrent aux preuves que lui et ses hommes avaient laissées dans la cave de la boîte de nuit, et elle lutta contre l'envie de vomir.

Elle devait le ralentir. Elle devait espérer que Gavin et le reste de l'équipe étaient tout près.

Elle ouvrit la bouche pour crier, pour appeler, pour leur faire savoir où elle était, mais avant qu'elle ne puisse le faire, Demiri s'arrêta net et la gifla.

Elle haleta sous le choc de l'impact, et puis il recommença à la traîner.

Elle enfonça ses talons dans le sable mouillé, essayant désespérément de le ralentir, de retarder ce qu'elle savait arriver.

Ses pensées se tournèrent vers sa formation obligatoire, les cours de natation supplémentaires qui lui avaient permis d'obtenir son diplôme mais n'avaient rien fait pour apaiser sa peur de l'eau.

L'haleine fétide de Demiri balaya son visage tandis qu'il s'activait, et soudain elle tomba. Elle hurla alors que son bras se tordait dans un angle impossible sous la force de l'impact, puis l'eau de mer remplit sa bouche et ses narines.

Un poids atterrit sur ses jambes, et une main agrippa son gilet pare-balles alors qu'une fois de plus elle était tirée hors des vagues, toussant et crachant.

Les yeux brûlants, son bras gauche inutile à son côté, elle tourna la tête et vomit depuis sa position assise.

Une grande vague frappa contre sa colonne vertébrale, s'étalant sur ses épaules et éclaboussant le visage de Demiri.

Elle tremblait désormais de façon incontrôlable et luttait pour se concentrer sur les grandes mains qui la tenaient.

Sa tête tomba en avant, son menton reposant sur les phalanges de son agresseur alors qu'elle essayait d'aspirer de l'air précieux.

— Regarde-moi !

Demiri la secoua jusqu'à ce qu'elle tourne les yeux vers lui.

Chaque fois qu'elle avait imaginé arrêter le leader du crime organisé, elle s'était imaginée triomphante, portant un coup à la communauté criminelle, et acclamée comme une héroïne par les mêmes personnes qui avaient essayé de détruire sa carrière.

Maintenant, elle réalisait qu'elle l'avait gravement sous-estimé, et elle était absolument terrifiée.

Demiri la souleva par le gilet pare-balles jusqu'à ce que leurs visages se touchent presque.

Elle pouvait sentir la haine qui émanait de lui, un mal pur qui rampait sur ses épaules et lui nouait les entrailles.

À ce moment-là, elle sut qu'elle allait mourir.

CHAPITRE 53

Gavin jeta un coup d'œil à sa gauche alors que Sharp ralentissait, puis réalisa que l'inspecteur cherchait sa lampe torche dans sa ceinture d'équipement, et il l'imita.

La sécurité de Kay était plus importante que les exigences opérationnelles de Harrison.

Carys et Barnes les rattrapèrent, et Sharp leva la main pour les empêcher d'avancer.

— On continue en marchant. On ne sait pas avec certitude si Demiri est là, et on n'a que la parole de Webster qu'il y a un deuxième canot.

— Elle est en danger, chef, dit Barnes. Je le sens.

— Raison de plus pour ne pas se précipiter là-bas comme des idiots. Ça pourrait être un piège.

— Quel est le plan ? demanda Carys.

— On se déploie, dit Sharp. Je veux que vous soyez espacés régulièrement entre le rivage et la route. Ça nous laisse environ quatre mètres entre nous, donc on saura si quelqu'un essaie de quitter la plage sans qu'on le voie. Gardez vos faisceaux de lampe sur le sable devant vous, en balayant de gauche à droite. On sait que notre cible est près des épis là-bas, alors continuez d'avancer. Si je dis stop, vous vous arrêtez. Ce n'est pas le moment de jouer les héros.

Ils se mirent en position en trottinant et continuèrent d'avancer. Gavin se retrouva avec Sharp à sa gauche et Carys la plus proche de la route non pavée qui longeait la plage. Il distinguait à peine Barnes, plus près des vagues.

Un malaise l'envahit, et il regretta de ne pas avoir insisté pour rester avec Kay. Il savait qu'il avait fait ce qu'il fallait en suivant les ordres et qu'elle y serait allée de toute façon, mais le sentiment de terreur n'avait cessé de grandir depuis qu'il avait raconté à Sharp ce qui s'était passé.

Ses pensées revinrent au commentaire de Carys sur le fait que Kay n'était pas une bonne nageuse. Il savait que les eaux agitées rendraient la nage dangereuse, non seulement à cause du froid mais aussi du risque d'être emporté par un courant.

Et si elle ne pouvait pas retenir sa respiration longtemps...

Le vent tira sur sa casquette, puis le rugissement d'un moteur parvint à ses oreilles. Sans ralentir, il jeta un coup d'œil par-dessus son épaule et vit deux véhicules de police en train de filer sur la route pour les rattraper, leurs gyrophares allumés.

Une silhouette trébucha vers eux, se détachant contre les phares des véhicules, et il reconnut la silhouette dégingandée du commandant divisionnaire.

Apparemment, Harrison était plus alarmé par ses nouvelles qu'il ne l'avait d'abord pensé, et il accéléra le pas.

— Du calme, Piper, dit Sharp. On va la retrouver.

— C'est un véhicule d'intervention tactique, dit Gavin.

— Je sais. C'est bon signe. Ça veut dire qu'ils prennent votre message au sérieux. Et c'est une raison de plus pour ne pas courir là-bas. Demiri pourrait avoir une arme.

Gavin déglutit.

L'idée que Demiri puisse être armé ne lui avait même pas traversé l'esprit, et il se maudit d'avoir douté de Sharp. Il tourna son attention vers la maison en retrait de la plage.

Adrian Webster les avait tous manipulés.

Gavin ne doutait pas que l'homme était un informateur de Demiri, comme Sharp l'avait suggéré.

— C'est ici que je l'ai laissée avec Webster, dit-il à Sharp.

Il montra du doigt les épis, encore à quatre cents mètres.

— Essayez de la joindre par radio, dit Sharp.

— Je ne peux pas.

— Quoi ? Pourquoi pas ?

— Ma radio ne marchait pas quand on a essayé de vous appeler pour avoir des renforts, alors Hunter m'a donné la sienne.

Sharp s'arrêta net.

— Elle a fait quoi ?

— Les radios sont inutilisables, chef. La sienne ne marchait pas non plus, et comme je l'ai dit, elle ne voulait pas allumer son téléphone portable à cause des ordres de Harrison. Elle ne voulait pas alerter Demiri ou qui que ce soit d'autre de notre présence ici.

Sharp scruta la route où les véhicules fonçaient vers eux.

— Ils ne vont pas arriver à temps.

Il se mit à courir vers les épis, les autres ignorant ses ordres de se déployer et le suivant dans son sillage.

Tout en courant, Gavin savait qu'il ne se pardonnerait jamais d'avoir laissé Kay derrière.

Il aurait dû rester.

Il aurait dû insister pour accompagner Webster à la place, pendant que Kay cherchait de l'aide.

Il aurait dû—

— Arrêtez ça, Piper.

Les mots de Sharp interrompirent ses pensées.

— Chef ?

— Arrêtez de vous blâmer. Vous avez reçu un ordre direct d'un officier supérieur. Vous avez agi en conséquence.

— J'ai eu tort.

— Non, ce n'est pas vrai.

— Sharp !

Gavin ralentit jusqu'à marcher alors que Harrison trébuchait vers eux, respirant lourdement.

Le commandant divisionnaire leva une main pour se protéger les yeux de leurs faisceaux de lampe.

— Un signe de Hunter ?

— Rien. Pourquoi votre équipe de communication n'a-t-elle pas vérifié que les radios fonctionnaient correctement ?

Harrison fronça les sourcils.

— Il n'y a rien qui ne va pas avec les radios.

Sharp plissa les yeux, mais montra du pouce par-dessus son épaule.

— Hunter devait se diriger par là.

— Et Demiri ?

— On ne l'a pas encore vu non plus.

— Et lui, c'est qui ?

Gavin se retourna en entendant la voix de Carys, juste à temps pour voir une silhouette sombre chanceler sur le sable, s'éloignant de la direction épis.

— Webster, grogna-t-il.

Un mouvement sur sa gauche le prit au dépourvu, puis Barnes sprinta sur la plage vers Webster, franchissant l'espace entre eux avec une vitesse surprenante pour un homme de sa corpulence.

Ils le suivirent tous, Gavin en tête, mais il n'arriva pas à temps.

Barnes se jeta sur l'homme, les envoyant tous les deux rouler dans le sable.

Webster cria, puis se dégagea de sous Barnes et commença à ramper pour s'éloigner.

Barnes tendit le bras et attrapa la cheville de l'homme, utilisant son poids pour immobiliser Webster pendant qu'il se débattait pour l'empêcher de s'échapper.

— Barnes, non !

Barnes ignora le cri de Sharp. Il saisit le manteau de l'homme et le secoua.

— Où est-elle ? Où est Hunter ?

Une main agrippa son épaule et le tira loin de Webster, une voix basse à son oreille.

— Hé, dit Gavin.

Barnes haussa l'épaule pour se défaire de l'emprise du jeune détective et lança un regard noir à Webster, toujours allongé sur le sable, ses yeux brillant à la lumière de leurs torches.

Soudain, un cri perçant déchira l'obscurité.

Carys gémit aux côtés de Sharp.

— Qu'est-ce que vous avez fait de Kay ? demanda Gavin.

Le vieil homme ricana.

— Vous arrivez trop tard. Demiri l'a.

CHAPITRE 54

Les cheveux blancs de Demiri volaient sauvagement autour de son visage buriné, ses yeux noirs lançant des éclairs une seconde avant qu'il ne crache au visage de Kay.

— Tu te crois meilleure que moi, n'est-ce pas, détective Hunter ?

Il changea de position, ses jambes chevauchant les siennes tandis qu'il parcourait son corps du regard.

— Tu m'insultes. Tu m'as sous-estimé. Tu es trop stupide pour jamais comprendre le pouvoir que je détiens. Les gens qui m'obéissent.

Kay prit une profonde inspiration et ferma les yeux un instant avant qu'il ne la plonge à nouveau sous les vagues.

L'arrière de sa tête heurta le sable compact, expulsant le souffle qu'elle avait désespérément tenté de retenir.

Des larmes lui piquèrent les yeux alors qu'elle levait sa main droite et tâtonnait à l'aveugle. Elle griffa le visage de Demiri, essayant de localiser les yeux et le nez de l'homme – cibles faciles et vulnérables dans une situation de défense normale, mais impossibles à atteindre lors d'un combat sous l'eau.

Une oppression commença à lui étreindre la poitrine – une envie soudaine d'ouvrir la bouche et de chercher de l'oxygène, mais son instinct lui hurlait que le faire signifierait une mort certaine.

Soudain, elle fut tirée vers le haut une fois de plus, et le vent froid et vif lui gifla le visage une fraction de seconde avant que le poing de Demiri ne s'abatte sur son estomac.

Il relâcha sa prise sur son gilet pare-balles, et elle s'effondra sur le sable mouillé, haletante, le ventre en feu.

Sa vision commença à faiblir, des taches noires apparaissant aux bords de son champ de vision.

— Je pense que c'est assez d'amusement pour aujourd'hui.

La voix de Demiri semblait toute proche, et Kay se retourna sur le ventre et tenta de se relever sur ses jambes tremblantes.

Elle s'effondra, amortissant sa chute avec son bras valide, et elle commença à ramper, choquée par le son de ses propres sanglots.

Elle ne voulait pas mourir.

Pas maintenant.

Pas ici.

Pas comme ça.

Son bras fut violemment écarté sous elle, un coup de pied brutal qui l'envoya s'étaler sur le sable, et puis il la traînait à nouveau vers les vagues.

— Non. S'il vous plaît.

Elle enfonça ses talons dans le sable, essayant de le ralentir, et elle frappa les mains qui tenaient son gilet.

Elle cracha du sable de sa bouche, son souffle s'échappant en halètements rauques et sifflants.

Son cœur battait douloureusement et elle fixait avec terreur l'eau qui se rapprochait, incapable d'échapper à l'emprise de l'homme qui la retenait.

Il s'arrêta au bord de l'eau et baissa les yeux vers elle, le mépris envahissant ses traits.

— Il est temps de mourir, détective Hunter.

— Non, attendez !

Une douleur traversa son corps lorsque le poids de Demiri s'abattit sur elle, ses mains passant de son gilet à sa gorge alors que l'eau recouvrait son visage.

Un rugissement emplit ses oreilles, et une douleur envahit son cœur alors qu'elle se demandait fugacement lequel de ses collègues devrait informer Adam de sa mort aux mains d'un homme qu'elle traquait depuis près de deux ans.

Elle pouvait sentir l'épuisement la submerger, une fatigue qui devenait trop tentante à ignorer.

Ses poumons brûlaient sous l'effort de retenir sa respiration, sa gorge écrasée dans l'étau de Demiri.

Un son parvint à ses oreilles – un craquement étouffé qui perça ses pensées, puis le poids sur sa poitrine disparut, et elle accueillit l'obscurité qui l'enveloppait.

CHAPITRE 55

Le brouillard se dissipa et, tandis que ses yeux se focalisaient, Kay remarqua une silhouette familière assise sur la chaise à côté de son lit, son attention portée sur un livre posé sur ses genoux.

— Chef ?

La tête de Sharp se releva brusquement avant que son visage ne s'adoucisse, la peau autour de ses yeux se plissant. Il n'avait pas l'air d'avoir dormi depuis un moment.

— Adam avait dit que vous vous réveilleriez probablement au moment où il irait nous chercher un café.

— Où suis-je ?

— À l'hôpital de Folkestone. C'était le plus proche où nous pouvions vous emmener, vu les circonstances.

Une lumière vive filtrait à travers les lattes des stores blancs, baignant la chambre d'une douce lueur.

Kay passa sa langue sur ses lèvres, la pointe entrant en contact avec une croûte sur sa lèvre supérieure.

Elle fronça les sourcils.

— Quel jour sommes-nous ?

— Jeudi. Vous avez été dans les vapes pendant quelques jours. Rien de grave. Ils vous ont gardée sous sédatifs par précaution. Vous avez une vilaine bosse sur la tête, et on craignait que vous ne souffriez d'hypothermie.

Kay leva sa main gauche pour toucher l'arrière de son crâne, la confusion l'envahissant en sentant le poids de son bras avant de réaliser qu'il était recouvert de plâtre.

Elle frissonna lorsqu'un souvenir refit surface.

— Le médecin dit que c'est une fracture nette. Pas besoin de broches, dit Sharp. Un peu de kinésithérapie une fois que ce sera enlevé, et vous serez sur la voie de la guérison.

— Demiri ?

Il s'éclaircit la gorge.

— Il ne vous embêtera plus. Il est mort.

— Que s'est-il passé ?

— Harrison l'a abattu.

Kay cligna des yeux.

— Quoi ?

Elle essaya maladroitement de se redresser,

jusqu'à ce que Sharp, pris de pitié, se lève et arrange les oreillers derrière elle pour qu'elle puisse s'asseoir confortablement.

Son front resta plissé tandis que son esprit tentait d'assimiler la nouvelle.

— Comment—

— Il a utilisé l'arme de Demiri.

— O'Reilly.

Kay cracha le mot et ferma les yeux, le bruit de pas atteignant ses oreilles.

— Ce n'est pas la réaction à laquelle je m'attendais.

Elle ouvrit les yeux et tourna son attention vers l'endroit où se tenait Sharp, en train de regarder à travers les stores.

Il laissa les lattes en plastique claquer pour se remettre en place, puis il haussa un sourcil dans sa direction.

Kay baissa les yeux et posa sa main sur la couverture, puis elle soupira. Elle devait la vérité à Sharp, rien de moins.

— Quand j'ai commencé ma propre enquête au printemps, avant que Gavin ne soit attaqué, je me suis connectée à la base de données. L'entrée concernant l'arme qui avait été enregistrée comme preuve avant d'être retirée avait disparu. J'ai réussi à utiliser mes droits d'administrateur pour découvrir qui l'avait supprimée, et le nom d'O'Reilly est apparu. Quand j'ai revérifié le système deux jours plus tard pour poursuivre mon enquête, cet enregistrement administratif avait aussi été supprimé. C'était comme si le nom d'O'Reilly n'avait jamais existé.

Sharp enfonça ses mains dans ses poches.

— Et vous n'avez pas pensé à m'en parler à l'époque ?

— Je n'avais aucune preuve !

Kay déglutit, sa gorge encore irritée par l'eau salée.

Sharp remarqua son inconfort et remplit un verre d'eau de la carafe sur la table de chevet et le lui tendit.

— Merci, dit-elle, et elle vida le contenu tandis que Sharp se rasseyait sur la chaise.

Il lui prit le verre, puis se réinstalla dans le siège et passa une main sur son visage.

— C'est O'Reilly qui a organisé l'attaque contre Gavin pour vous effrayer.

— Quoi ? Co... Est-ce que lui et Harrison travaillaient pour Demiri ?

— Non. Dieu merci. Les retombées de cette affaire vont déjà être assez graves comme ça.

— Alors, pourquoi ?

— Pour la même raison que le retrait de l'arme des preuves et le fait de vous en accuser, j'imagine. L'ambition, dit Sharp.

— Donc, O'Reilly retire l'arme des preuves, Harrison efface ensuite toute trace de son existence, et O'Reilly organise le passage à tabac de Gavin parce que j'ai utilisé son ordinateur pour me renseigner sur l'arme, dit-elle avant de froncer les sourcils. Qu'est-ce que O'Reilly avait à y gagner ?

Sharp se releva de la chaise, arpentant la pièce tout en parlant.

— Une promotion accélérée au rang de commandant divisionnaire, dit-il. Harrison a décidé qu'il voulait Demiri pour lui. Il ne voulait pas que mon équipe soit celle qui inculpe Demiri. Cela aurait ruiné ses plans de mener une importante enquête sous couverture et d'arrêter Demiri pour un trafic de drogue majeur. Harrison était plus ou moins assuré d'une promotion au poste de commissaire s'il réussissait.

Kay cligna des yeux, la pièce tournant autour d'elle, et elle s'affaissa contre les oreillers, la main tremblante.

— Ça va ?

Elle secoua la tête, abasourdie.

— Pas vraiment. Répétez-moi ça.

— Le commandant divisionnaire Harrison affirme qu'il craignait que votre enquête n'ait été sur le point d'exposer la position de Gareth Jenkins au sein de l'organisation de Demiri, et selon ses propres mots, il a « décidé de prendre des mesures drastiques » pour protéger Jenkins. Les empreintes de Gareth étaient également sur cette arme, et si vous aviez poursuivi vos recherches avec la même diligence dont vous avez fait preuve jusque-là, vous auriez fait échouer une opération sous couverture de deux ans.

Kay porta la main à sa bouche, déconcertée.

— J'ai perdu ma fille.

— J'en suis conscient, dit doucement Sharp. Je suis tellement désolé, Kay.

— Ce n'est pas suffisant, répliqua Kay en se redressant.

Elle fusilla son supérieur du regard.

— Est-ce que vous avez la moindre idée du stress qu'il m'a fait subir ? Vous savez ce que c'est que de se réveiller en pleine nuit en pleurant, parce que le petit être que vous portiez ne bouge plus ? Vous savez ce que c'est que de devoir ranger tous les vêtements et les jouets de bébé que vous aviez achetés parce que les médecins ont dit qu'il n'y aurait plus d'enfants ? Et puis, de devoir retourner au travail en sachant qu'aucun de vos collègues ne vous fait plus confiance, même si vous avez été lavée de tout soupçon ?

Elle tendit la main vers une boîte de mouchoirs sur la table de chevet à côté d'elle, en prit deux et se moucha avec l'un avant de tamponner ses yeux avec l'autre, puis elle se retourna vers Sharp.

Les mots suivants moururent sur sa langue.

Il semblait aussi bouleversé qu'elle, le visage blême alors qu'il croisait son regard.

— Vous ne saviez vraiment rien, n'est-ce pas ?

Il secoua la tête.

— Ces filles...

Kay s'éclaircit la gorge.

— Harrison ne se souciait pas du nombre de victimes supplémentaires à cause de ses actions ?

— Harrison maintient qu'il ne savait rien du club macabre de Demiri jusqu'à ce que Jenkins nous en parle avant de mourir.

— Alors pourquoi tirer sur Demiri ? Pourquoi ne pas l'arrêter ?

Il haussa les épaules.

— Je suppose que nous allons devoir attendre de voir ce que l'enquête des normes professionnelles va révéler. Peut-être que ça l'a effrayé de savoir qu'il était sur le point de perdre un autre officier sous sa responsabilité.

— Adam est au courant de tout ça ?

Sharp hocha la tête.

— J'ai fait en sorte qu'une voiture l'attende à Heathrow dès que l'ambulance vous a emmenée à l'hôpital, expliqua-t-il. Carys m'a dit que vous lui aviez mentionné que son vol avait été retardé, et je voulais le faire venir ici le plus vite possible. On a cru qu'on vous avait perdue, Kay.

Sa voix se brisa.

Kay détourna le regard, mal à l'aise face à sa sincère inquiétude.

— Je ne comprends pas pourquoi Demiri n'a pas simplement quitté le pays, dit-elle finalement. On a failli le perdre, chef. Pourquoi rester ? Pourquoi attendre pour me confronter ?

— On peut seulement supposer qu'il est devenu

obsédé par vous, dit Sharp. Comme vous l'avez été par lui, en voulant le voir emprisonné pour ce qu'il avait fait.

— Et pour les caméras et les micros dans ma maison ?

— Définitivement l'œuvre de Demiri. Harrison affirme que ni lui ni O'Reilly n'ont eu quoi que ce soit à voir avec ça.

— Vous les croyez ?

— Ils avaient l'air absolument terrifiés quand on leur en a parlé.

Kay soupira et laissa sa tête reposer sur les oreillers une fois de plus. Sa tête lui faisait mal, et pas seulement à cause des ecchymoses qu'elle avait subies quand Demiri lui avait cogné le crâne contre le sable dur et mouillé.

Il y avait trop de choses à comprendre.

Trop de trahison.

— Attendez une minute, dit-elle, se redressant brusquement une fois de plus. Pourquoi vous ?

Sharp arrêta de faire les cent pas.

— Quoi ?

— Pourquoi Harrison s'en est-il pris à *votre* équipe ? Quel est son problème ?

Il ne répondit pas, et Kay plissa les yeux.

— Qu—

Sharp leva la main pour la faire taire alors que la porte de la chambre s'ouvrait et qu'Adam entrait, ses mains tenant deux gobelets de café à emporter.

Il faillit les lâcher dans sa hâte de traverser la pièce jusqu'au lit, et les tendit à Sharp avant d'envelopper Kay dans une étreinte.

Elle savoura son étreinte, fermant les yeux et repoussant le brusque flash-back de sa terreur lorsqu'elle avait été maintenue sous l'eau par Demiri, certaine qu'elle allait mourir.

Ici et maintenant, elle était en sécurité, et avec la personne qui comptait le plus dans sa vie.

Adam rompit son étreinte lorsque Sharp s'éclaircit la gorge, et il tira une deuxième chaise de visiteur vers le côté du lit, enveloppant de ses doigts la main libre de Kay.

— Je voulais attendre que vous soyez tous les deux là pour faire ça, dit Sharp.

Il plongea la main à l'intérieur de sa veste et en sortit une enveloppe blanche avant de la lui tendre.

— Chef ?

— Prenez-la.

Elle tendit une main tremblante, retournant l'enveloppe. Ses yeux rencontrèrent ceux d'Adam.

— Tu peux m'aider à l'ouvrir ?

Il passa son pouce sous le rabat et en sortit délicatement la page pliée à l'intérieur jusqu'à ce qu'elle puisse la saisir de sa main droite.

Elle s'arrêta un instant, se demandant si c'était le moment où toute sa carrière s'effondrait, une demande de démission étant sûrement la seule option qui s'offrait à ses supérieurs après les événements d'il y a deux nuits.

Elle renifla, puis déplia la page et parcourut le texte noir des yeux.

Les mots se brouillèrent, et elle s'essuya les yeux avant d'essayer à nouveau, puis elle haleta.

Votre promotion au grade d'inspectrice principale a été recommandée et approuvée.

Sa main tremblait alors qu'elle laissait tomber la lettre sur ses genoux.

— Je ne peux pas accepter ça, chef.

Elle entendit Adam retenir subitement son souffle, mais elle garda les yeux fixés sur Sharp.

— Pourquoi pas ?

— C'est devenu trop politique. Tout ce que je voulais, c'était être un bon détective. J'ai vu ce qui se passait entre vous et Harrison. La rivalité. Avec tout le respect que je vous dois, chef, je ne veux pas faire partie de ça. Je veux juste faire mon travail.

— Réfléchissez-y au moins, dit-il, puis il se tut lorsque la porte de la chambre privée s'ouvrit à nouveau.

Kay fronça les sourcils ; deux agents en uniforme entrèrent dans la pièce, suivis du commandant divisionnaire Angus Larch, les yeux en feu.

— J'aurais dû savoir que je vous trouverais ici, Sharp. Inspectrice Hunter, je suis désolé de faire intrusion.

Il n'attendit pas sa réponse. Au lieu de cela, il reporta son attention sur son supérieur.

— Inspecteur principal Sharp, je suis ici pour vous relever de toutes vos fonctions en attendant une enquête des normes professionnelles sur votre conduite en tant qu'officier de police supérieur.

L'emprise d'Adam sur sa main se resserra avant qu'un malaise ne s'installe dans l'estomac de Kay, son cœur s'emballant tandis que ses yeux passaient de Larch à Sharp.

— Que se passe-t-il, chef ?

La mâchoire de Sharp se crispa, et il se déplaça vers l'endroit où il avait posé sa veste sur l'autre chaise pour visiteurs. Il la passa sur ses épaules avant de lever les yeux pour rencontrer les siens.

— Je vous expliquerai quand je pourrai. Mais vous avez raison. La rivalité et la politique ne facilitent pas le travail.

Larch regarda Sharp être emmené par les deux agents en uniforme avant de se retourner vers Kay.

— Vous avez dépassé même votre propre stupidité cette fois-ci, dit-il.

Il leva une main pour l'empêcher d'interrompre, et pointa du doigt la feuille sur ses genoux.

— Et si vous pensez que vous allez accepter cette promotion, vous pouvez vous raviser. Jusqu'à ce que j'en décide autrement, vous êtes inspectrice principale par intérim pendant que tout ce gâchis impliquant Sharp sera éclairci. D'une manière ou d'une autre.

— Que va-t-il lui arriver ?

Larch pinça les lèvres, puis haussa les épaules.

— Je ne suis pas sûr. Évidemment, il a un dossier exemplaire pour ses enquêtes réussies, et cela sera pris en considération.

Adam s'effondra dans son fauteuil et passa sa main sur sa bouche.

— Je n'arrive pas à y croire. Je—

Kay tendit la main jusqu'à ce qu'elle trouve la sienne.

— Étant entendu que cela ne quittera pas cette pièce, Sharp a assisté les normes professionnelles dans une enquête sur les méthodes de Harrison pour mener ses affaires, dit Larch.

Il contempla ses ongles.

— Tout ce que je suis prêt à dire, c'est qu'il semble que Harrison ait utilisé des méthodes peu recommandables pour conclure ses enquêtes. D'un autre côté, Harrison a fait des accusations graves contre Sharp, et ces accusations doivent faire l'objet d'une enquête approfondie.

— Mon Dieu, quel gâchis, dit Adam.

Kay ne dit rien, mais elle repensa à sa rencontre avec Jonathan Aspley, et elle se demanda si le journaliste avait quelque chose à voir avec l'aveu de Larch.

Que s'était-il passé entre Harrison et Sharp pour causer une telle animosité ?

Aspley lui dirait-il un jour s'il avait découvert plus sur Harrison que ce qu'il lui avait déjà dit ?

Larch s'éclaircit la gorge, interrompant ses pensées.

— Enfin bon, je vais vous laisser un peu d'intimité.

Kay attendit que la porte se soit refermée derrière lui avant de parler.

— Sharp t'a parlé de ce qu'O'Reilly et Harrison ont fait ?

— Ouais. Honnêtement, Kay, je pensais que tu allais découvrir que Larch était responsable de tout ça. Il avait l'air d'être le genre.

Elle secoua la tête et réussit à former un petit sourire.

— Non. C'est juste un de ces connards carriéristes.

Adam ricana.

— Écoute, ne blâme pas Sharp pour tout ça. C'est ma faute. C'est moi qui n'ai pas arrêté d'insister pour qu'on s'occupe de Demiri. C'est moi qui voulais participer au raid sur la plage.

— Ne cherche pas d'excuses pour aucun d'entre eux, Kay. Ne fais pas ça.

Des larmes brillaient dans ses yeux, et il les essuya avec la manche de sa chemise.

— Après tout ce qu'on a traversé depuis qu'ils t'ont accusée pour les preuves manquantes.

— Sharp est innocent, Adam. Quoi qu'il se passe,

il doit être innocent. Il a toujours veillé sur moi avant, chaque fois qu'il le pouvait.

Il tendit la main vers elle une fois de plus et secoua la tête, un sourire triste sur le visage.

— Tu as ouvert la boîte de Pandore cette fois, Hunter.

Elle lui serra la main, ferma les yeux et soupira, épuisée.

— Je *savais* qu'il y aurait un prix à payer.

<<<<< FIN >>>>

BIOGRAPHIE DE L'AUTEUR

Rachel Amphlett est l'auteure de romans policiers et de thrillers d'espionnage les plus vendus par USA Today, et la plupart de ses livres ont été traduits dans le monde entier.

Grande voyageuse et détective privée par accident, Rachel possède les nationalités australienne et britannique.

Pour en savoir plus sur les livres de Rachel, rendez-vous à l'adresse suivante : www.rachelamphlett.com.